小学館文庫

ハッチとマーロウ

青山七恵

小学館

ハッチとマーロウ

もくじ

装画・挿絵＝田村セツコ
装幀＝佐々木暁

Hutch & Marlow

Nanae Aoyama

一月　わたしたちが大人になった日のこと（ハッチ）

昨日、というのは去年のいちばん最後の日なのだ、マーロウとわたしがいきなり大人になったのは。

一年の終わりといっしょに、わたしたちの子ども時代はいきなり！　終わった。だからふたりはこれから死ぬまで永遠に、大人の時代を生きるのだ。大人になったからには、自分のご飯を作ったり自分の服を洗濯したり自分が汚した場所の掃除をしたり、つまりいままでママがひとりでやってたことはなんだってやる、それにラジオで英語の勉強もしなきゃならない、大人はいつも忙しい……っていうふりを、大人になったわたしたちはこれから一生ずっとするのだ。

ちなみに、わたしたちが大人になるその二分くらいまえに、ママは大人を卒業した。

「とつぜんでゴメンなんだけど、じつは今日でママは、大人を卒業します」

明かりを消した部屋のなか、目のまえには毎年シューマンの奥さんが作ってくれる豪華なバースデーケーキがあって、そのうえでは二十二本のろうそくの炎がちらちら揺れていて、頭のなかはもうすぐもらえるはずのプレゼントの中身のことでいっぱい、おしゃれなリボンつきの長靴かな？　ハート形のポシェットかな？　それともまえからおねだりしてた、ママがここぞというときのお出かけに着るのと同じフワフワつきの真っ白なコートかも！　……っていうことを考えてるさなか、一年で最高にうきうきしているそういうさなかに、いきなりそんなことを聞かされたわたしたちの気持ちって……いま思い出そうとしてるんだけど、正直自分でも、あの瞬間はなにを考えてたのかわかんないんだ、えっ？　て思った気はするんだけど、そのほかのことはとくになんにも、考えてなかったと思うんだ。

でもすくなくとも、隣のマーロウはちょっとはなにか考えていた。「大人を卒業したひとはなんになるの？」って、十秒後くらいにちゃんと聞いたから。

「大人を卒業したひとはだめ人間になる」

答えるなり、ママはケーキにさした二十二本のろうそくの炎をぶあーーーっと一気に吹きけした。

「ちょっとお！」「ママあ！」「それはハッチとマーロウが消すやつでしょうよお！」

くらやみでわたしたちがぶーぶーやりはじめると、

「うるさいっ！」

ママはびっくりするくらいの大声でどなって、いきなりテーブル越しにわたしたちの腕をつかんで（あんまり勢いよくつかんだものだから、セーターのそでにケーキのクリームがベッタリくっついちゃったんだけど、ママはふだんはそういうの、大っきらいなんだけど）、とにかくママは、こう宣言したのだった。

「今日からふたりは子ども卒業、子どもを卒業して大人になります」

腕の力がふっとゆるんだ。と思ったらボッと音が鳴って、根元が青でさきっぽがオレンジ色の細長い小さな炎が目のまえに灯《とも》った。ママがチャッカマンの火をつけたのだ。火が近すぎて、ママのまゆ毛はいまにもチリチリ燃えだしそうだった。

「聞こえた？　ふたりとも。聞いたよね。今日からふたりは、十一歳じゃなくて大人になります。だからもう、自分で自分のことをハッチとかマーロウとか言わないこと。自分のことを言うときは、わたし、と言いなさい。それから、いつなんどき島流しにあってもいいように、明日からラジオで基礎英語を聞いて、一年後には英語をかんぺきにぺらぺらにしゃべれるようにしておくこと」

隣のマーロウはチャッカマンの火に目を見開いたまま、ぼんやりぽわーんとしている。

さっきからママがものすごくヘンなことを言っている気がするんだけど、マーロウのこの顔はなんなのだ。というかそもそも、マーロウがこういう顔をしているのはたいてい眠いときで、そういうとき、マーロウはほとんどひとの話を聞いていないのだ。

ダメだよマーロウ、起きてよ！　からだをぶっつけようとした瞬間、やっぱりなにか考えていたらしいマーロウが、「島流しってなに？」と聞いた。

「島流しはあんゆ。たとえ。それじたいに意味はない」

「島流し……になっても、英語ができれば大丈夫なの？」

「英語を勉強しておけば大丈夫」

「…………」

「というわけで、ママはさっき言ったとおり、今日で大人を卒業するから、あとはよろしく」

にやーっとママが笑うと同時にカチっと音がして、チャッカマンの火が消えた。

……と思うと、広がった暗闇のなかに見えないはずのママの顔だけが白っぽくゆらゆら浮かびあがってきて、うわあまずいよ、ママが煙になっちゃった！　手を伸ばそうとすると、ワハハハハと聞き慣れた笑い声が弾《はじ》けて、遠くなって、とつぜんパッと、まわりが明るくなった。

それで、そのまぶしい明かりのなかで隣のマーロウと目を合わせたその瞬間……

わたしたちはいっしょに大人になったのだ。

毎年大みそかの夜は、一年の終わりとふたりの誕生日をお祝いするため、好きなだけ夜更かししていいことになっている。

大みそかにふたごが生まれて、ママはたいへんだったのよ、あんたたちはほんとうはもっとはやく生まれるはずだったのに、お腹《なか》のなかでふたりともだらだらしちゃって、ママもそういうことなら年明けでいいやと思っておそばをゆではじめたら、いきなりお腹が痛くなって、いきなり生まれる感じになっちゃって、あんたたちってていまもそうね、だらだらしてたかと思うといきなりあせりだしたりして、ほんともう、どっちかにしてよ。

何度も何度も、大みそかにはこういう話を聞かされてきたのに、今年はママが、煙になって、いなくなってしまった。

ふたごが生まれたとき、ママはたいへんだったんだよね。

おそばをゆではじめたら、陣痛が始まっちゃったんだよね。

だからそうやって、わたしたちはきゅうきょ交代ごうたいに、ママの代わりのかたりべを務めた。

それからシューマンの奥さんのケーキを切りわけて、夢中で口につめこんで、残ったケーキをラップで包んで冷蔵庫に入れると歯を磨いて髪を編みあって、「おやすみ」を言ってベッドに入った。

ここまでが、昨日の話。

それでこれが、わたしたち……マーロウとわたしの、大人時代のれいめい期というやつの、始まりのお話。


れいめい期の第一日、いつもどおりに朝は来た。

同時に目覚めたマーロウとわたしがリビングに降りていくと、そうじゃないかとうすうす思ってたとおり、やっぱりママはいなかった。

ふだんなら、わたしたちが起きてくるころにはもう外の戸もカーテンも開けてある。ストーブに火がついて部屋はちょうどよくあったまってるのに、今日はまっくらで、すごく寒い。暗くて寒いリビングでマーロウと顔を見あわせて立ってると、歯がカタカタ鳴って、べろがかたくちぢみあがって、おつけものみたいにしょっぱくなってきた。

しかたなくふたりでまた階段を上がる。奥にあるママの寝室のドアのまえに立つと、

起こすの禁止

貼り紙とかじゃなくて、ドアに直接マジックペンで書いてある。

「緊急事態だ」

困って横を見ると、あんぐり口を開けて、またぼんやりぽわーんとしているマーロウ。

「どうする？」

聞いてもうーん、とうなるだけなので、「とりあえずもう一回降りて、戸を開けて、家のなかを朝にしよう」とパジャマのそでをひっぱった。

リビングの窓を開けて重い戸を引くと、冷たい空気といっしょに背の高い松林のあいだから一気に朝の光が差しこんでくる。

一週間くらいまえに、ママはこの窓から小さなキツネを見たそうだ。わたしたちも同じキツネを見てみたくて、毎朝ここで三十秒くらい、じいっと雪のなかに目を

こらす。でも今日もキツネは出てこない。代わりに出てくるのは、白い息をはふはふ吐きながら小屋から走ってくるバーニーズマウンテンドッグのフロッピーだ。

「フロッピー、今日も寒いね。あとでお散歩にいこうね」

うしろ足で立って飛びつこうとするフロッピーのモサモサの背中をなでてから、わたしたちは窓を閉めた。それからエアコンと灯油ストーブをつけて、テレビの電源を入れて、いつも見ているニュースのチャンネルに合わせた。するとなんとなく、家のなかがいつもの朝みたいになってきた。

「よし、次は朝ご飯だ」

マーロウと気合いを入れて、冷蔵庫から食パンを出して、トースターにセットして、ティファールに水を入れてわかす。テーブルのしたの段ボールに入っているりんごから、なるべく新鮮そうなのを二つつかんで、冷たい水で洗う。

「ハッチ、コーヒーできる？」

コーヒーの粉の茶色い袋をつかんで、マーロウが不安そうに振った。

「フィルターにその粉を入れて、お湯を注げばいいだけでしょ」

「どれくらい入れたらいいの？」

「ふたりぶんだから、スプーン二杯でいいんじゃないかな」

「それ、どれくらい？」

「だから、スプーン二杯だってば」

ママがいつもやってるように、マーロウはふっとうしたお湯をコーヒーの粉のうえに注いだ。でも一気にお湯を入れすぎて、フィルターからはいまにも粉がぶくぶくあふれてきそうだ。できたコーヒーはいつもよりすごく色が濃い。お湯でうすめてみたら今度はいつもよりかなり色が薄くなっちゃったけど、マーロウは「牛乳と砂糖を入れれば味はわかんないよ」とぺろっとべろを出して、そのままテーブルに持っていった。

それからパンが焼けた。しあげに洗ったりんごをパンのお皿の横に置くと、テーブルぜんたいがぱあっと明るくなって、なんとか、いつもの朝ご飯みたいな感じになった。

「卵とかベーコン、焼く？」

「ハッチ、ガス使えるの？」

「やればできると思う」

「火事にならないかな？」

「火事になるかも」

「火事になったらママ、起きてくるかな」

「でもママは、だめ人間になったんだよ」

「だめ人間は、火事ぐらいじゃあ起きないのかな」

「……きっと起きないよ。いろいろ、食べたあとで考えようよ」

それでマーロウはパンをかじりはじめたけど、もぐもぐしたあと飲みこんですぐ、

「ママは、ぐれたんだね」

とつぶやいた。

そのつぶやきかたが、なんだかほんとうにかなしそうだったんだけど、かなしそうなのはたぶん、ママがぐれたということにマーロウなりの責任を感じているからだ。というのもわたしだって、同じくらい、同じ責任を感じているんだから。

「ママがぐれたのは、ハッチたちのせいだと思う？」

「ハッチ、自分のことはもうハッチって言わないんだよ。わたしって言うんだよ」

「あ、そうだった。じゃあ、ママがぐれたのはわたしたちのせいだと思う？」

「でも、わたしたちふたりが自分のことをわたしって言ったら、わたしたちの声はおんなじなんだから、どのわたしがハッチで、どのわたしがマーロウなのか、わかんなくなっちゃうね。ママはそれで、いいのかな」

「たしかに、いつ、どっちがわたしって言ったか、ずっと口を見てないとわかんないね」

「ひとから口をじっと見られるのはイヤだなあ」

「わたしもヤダよ」

「いまわたしって言ったのがハッチかマーロウかすぐわかるように、押したら光る『わたしボタン』みたいなのがあればいいのにね。わたしって言ったときにそのボタンを押せば、いまわたしって言ったのがハッチかマーロウか、すぐわかるでしょ」

「それ、乾電池があれば作れるかな？」

黙って顔を見あわせてから、わたしたちは食べかけのパンを放って乾電池を探しはじめた。

電子レンジの横の小さい引き出しがいっぱいついたキャビネット、缶詰とかカップラーメンとかサラダ油が入ってる床下の収納、玄関の靴箱のなかの、ドライバーとか磁石のセットが入ってるコーナー……考えつくかぎり、ありそうなところぜんぶを探してみたのに、乾電池はぜんぜん見つからない。いままでこんなに乾電池が必要だったことはないのに！　でもそもそも、マーロウもわたしもママが乾電池を使ってなにかしてるところは見たことがない。というか、これはいま初めて思いついたことだけど、もしかしたらママは、乾電池の買いおきはしないタイプのひとだっていう可能性もある。

手ぶらのままテーブルに戻ってくると、パンもコーヒーもすっかり冷めていた。

マーロウもわたしもがっくりきて、とくになんにもしていないのに、なんだか一生とりかえしのつかない失敗をしちゃったような気になった。

「……懐中電灯じゃ、だめかな？」

りんごをかじりながら、マーロウがぽつりと言う。

「懐中電灯だったら、マーロウ、どこにあるか知ってるよ」

「マーロウ、マーロウじゃなくて、わたしって言うんだよ」

「あ、そうだった。じゃあわたし、懐中電灯だったら、どこにあるか知ってるよ」

「わたしだって知ってる」

「でもこうやって、わたし、わたし、って言ってると、自分のことをしゃべってるのに、わたしさんのことをしゃべってるみたいな感じがするね」

「名前がわたしさんっていうひとって、いるのかな。自分の子どもにわたしって名前をつけるひと、いるのかな？」

「自分の赤ちゃんにわたし、わたし、って呼びかけるのってどんな感じかな？」

「それでさ、大人になってさ、わたしさんの友だちとか彼氏が、わたしさんに向かってわたし、わたし、って呼びかけるのもへんな感じだろうね」

「でもわたしさんは、自分のことわたし、って言っても自分の名前を呼んでるだけだから、いまハッチとわたしが感じてるみたいな、よそのひとのことをしゃべってる感じはしないのかな」

「うーん……」

「……懐中電灯、探す？」

懐中電灯はすぐに見つかった。テレビのうしろと、玄関の傘立ての横だ。テレビのうしろに置いてあるのは、オレンジ色の、持ち手が細い筒になっているやつで、傘立てのほうは、もっとごっつい、黒くて重いやつ。マーロウがオレンジのを、わたしがごっついほうを使うことにした。

「これがわたしの、わたしボタンです」

さっそく懐中電灯のスイッチを押してアピールすると、マーロウが顔をしかめる。

「ふたりでいるときには知らせなくてもいいんだよ、いまのはハッチが言ったって、わたし、わかるんだから」

「じゃあママがいるときだけ？」

「ママと、あとはお客さんがいるときだけ」

「学校は？」

「うーん、学校には持ってかなくていいんじゃないのかな。これ、けっこう重いし」

「でもみんな、どっちがなにを言ったか、聞きわけてくれるかな」

「どっちでもいいよ、ハッチもわたしも、どうせおんなじようなことしゃべってるんだから」

「そういうことならこんな懐中電灯、だれといたっていらなくない？」

うーん、うーん、またいっしょになって考えている最中に、いきなりバーンと二階のドアが開く音がした。ママだ。短い髪をぼっさぼさの寝癖だらけにしたはんてん姿のママ、だめ人間に生まれかわった新ママが、吹きぬけの階段をドタドタ降りてくる！

「あんたたち、なにをこそこそやってるの」

「こそこそしてないよ。ただ、わたしって言うときに使うボタンを……」

言いながら、マーロウは懐中電灯のスイッチをちょっとだけ押して、「いまの発言は、わたしです」とつけたした。

「なにそれ？」

聞いておきながら、ママは寒そうにはんてんをからだに巻きつけてキッチンに行ってしまう。そのうしろ姿に向かって、わたしは説明を始める。

「あのね、こうやって、自分のことを名前じゃなくてわたしって言うときには、サインをしないと、ハッチとマーロウのどっちがなにを言ったのか、まぎらわしくなっちゃうんじゃないかと思って……わたしたち、顔も声もそっくりだから、みんなわかんなくなっちゃうんじゃないかと思って……」

「そんなのちゃんと見てればわかるわよ！」と、キッチンから叫ぶママ。

「でも、あんまりひとに口をじろじろ見られるのも、イヤだなあって……」

「口を見てなくたって、人間の会話には、文脈ってものがあるから大丈夫なのよ」

戻ってきたママは、紙パックのオレンジジュースをちょくせつ注ぎ口から一気飲みして、「この家のなかには、あんまりないけどね」とつけたした。

「それにさ、第一、もし自分の言ったことがもうひとりの言ったこととかんちがいされたって、べつにいいじゃない」

紙パックを置いたママは、テーブルのうえに四本も転がっているリップクリームの一本を手に取って、ジュースでぬれているくちびるにグリグリ塗りつける。

「それは困るよ、ママ、だってマーロウとわたしはそっくりのふたごだけど、べつの人間なんだよ？」

「そりゃあそうだけど、人間に言えることなんて、ほんとに限られたちょっとのことなのよ。いま、ハッチとマーロウとわたしがこうやって自分の呼び名について議論してるけどね、こういう議論はね、いまこの瞬間、インドの家、アフリカの家、アイスランドの家、世界のいろんな家で議論されているかもしれないし、しゃべることばは違っても、議論の種になってるそのなかのつぶつぶみたいなものは、世界じゅう共通なのよ」

「あっ、いまママも、自分のことわたしって言った」と、わたし。

「ママはいままでどおり、自分のことママって言ってよ」と、マーロウ。

「なんでよ？」

「だって、三人とも自分のことわたしって言ったら、わたしもマーロウも、どれが自分のことだかわかんなくなっちゃうもん」

「うーん。でもあのね、わたしが自分のことママって言うのは、ハッチとマーロウのまえだけなんだよ。熊倉田《くまくらだ》のおじちゃんのまえで、ママが自分のことママって言うの、聞いたことある？　やみくもとかれいこちゃんのまえで、ママがママって言ってるの聞いたことある？　ないでしょ？」

「でもママがわたしって言うと、ママがママじゃないみたいなんだもん！」

「いままでママだったひとが、うそでした！　って言ってるみたいなんだもん！」

「あんたたち、どこを見てるの？」ママは目を細めた。「昨日のわたしも今日のわたしも、同じ顔をしてるでしょ？　昨日と今日で、目も鼻も口も、同じところにくっついてるでしょ？　わたしはわたしのままで、ここにいるじゃないの」

「いるけど……」

いるけど、なんだろう？……ことばが出てこなくてマーロウの顔を見ると、マーロウがつづきを言ってくれた。

「いるけど、ママが自分のことをママって呼ぶときと同じふうには、いないんだもん！」

するとママのまゆ毛が大きくぴくっと持ちあがった。

口は閉じたままムズムズしてるけど、そこから出てくるはずだったことばがなぜだかうえに上がっていっちゃったみたいに、鼻の穴がじわじわ広がってくる。目玉がぎょろっと飛びだしてくる。ママのひふのしたで出口を探していることばは、ぎゅーっとまゆ毛のあいだにシワを寄せていく。ママは毎晩、シワ伸ばしクリームを顔じゅうに塗りたくってるのに、シワシワはどんどん深くなっていって、顔ぜんたいが梅干しみたいに縮こまって、あーママ、もしかしたら脱皮しちゃうのかも！

思わず手で顔をおおったところでママはとつぜん、**モーーー！**っと叫んだ。

それからバン！　と音を立ててテーブルに突っぷして、すぐに顔を上げて、またわたしたちをじいっと見た。

目が、ぎらぎらしていっと見た。

「呼びかたなんてどうでもいい」

立ちあがったかと思うと、ママは椅子の背に手をかけて、お尻を大きく突きだして、ぐっと下げた頭を腕と椅子の背が作る穴のなかに入れる。これはママが、強いストレスを感じたときいつもするオリジナルストレッチのポーズだ。

「いや、どうでもよくはないかな……」

かたまったままのマーロウとわたしがじっと見守るなか、ママお得意の、ながーいひとりごとが始まった。

「だってハッチとマーロウは、自分のことをもう、自分の名前では呼ばないって決めたんだもんね……いや、決めたのはわたしか。でもそもそもふたりをハッチとマーロウって呼びはじめたのもわたしだもんね。あーあ……。いままでふたりには、いろんなことを押しつけてきちゃったんだろうな。それは申し訳ない。そうね、だから呼びかたのことは撤回、撤回してもいいのかも。考えてみれば、『わたし』なんてほんとうにありきたりでつまんない呼びかただよね。なんだか発音しづらいし、わたしを主語にしてしゃべりだした瞬間、すべてがどうでもよくなる感じ。そうだ、いままでだれとなにを話しててもなんかちがうって感じがしてたのは、そのせいだったのかもね。だとしたら気づくのが遅すぎた。気づかないまま人生の半分が終わっちゃった。でももういいんだ、ただなあ、このふたり、ハッチとマーロウはまだちがうな。だから自分のことくらい自分の好きに呼ばせてあげればいいじゃない、この子たちはこれから好きなようにできないことだらけの世のなかを生きていかなきゃいけないんだから、人生より重いパンチはないって、ロッキーだって言ってるんだから」

ここまで言うとママはとつぜんにゅっと顔を上げて、

「いまの、わかった？」

と聞いた。

マーロウとわたしがなにも言えずにまだかたまっていると、ママは猫みたいに背筋を反らして大きく伸びをして、ゆっくり椅子に座りなおす。

「ほんとうを言うとね、わたしは、わたしよりママのほうがまだ、居心地がいい」

「……じゃあ、ママは、ママのままでいいんじゃ……」

おそるおそる言うと、ママは「そりかもね」と頬杖《ほおづえ》をついて、遠い目をした。

「あのね、ほんとうは、ふたりのまえだけじゃなくて、熊倉田のおじちゃんおばちゃんのまえでもやみくもとれいこちゃんのまえでも、わたしは自分を、ママって言いたい」

「じゃあママ、そうしたら？」

「うん。今度から、できそうだったらそうする。だからふたりも好きにしていいからね。ママ、もううるさいこと言うのイヤだから」

「でもママ……」

マーロウとわたしは顔を見あわせた。目と目が合って、きらっと光った。

そう、マーロウもわたしもたぶんこのとき同時に気づいちゃったんだ……今朝起きてから、マーロウもわたしも自分のことを「わたし」って呼びすぎちゃっていることに。

それでたぶん、こうやって一度自分のことをわたしって呼ぶのに慣れてしまったら、もう自分のことを自分の名前では呼べなくなっちゃうんだってことに、それでもいま、自分のことを昨日までみたいに「ハッチ」って呼んだら、それはたぶんわたしじゃなくて、わたしに似たハッチさんのことをしゃべってるみたいになっちゃうんだってことに。

つまり昨日まではどこのだれだかわからなかった「わたし」さんは、今朝のたったの三十分で、ものすごいはやさで、わたしになってしまったのだった。ちょっと借りて着てみただけのごわごわのコートが、いつのまにか自分のひふになっちゃったみたいに。……ヘンなの！

マーロウとわたしが顔を見あわせているうち、ママはひとりでにごきげんを直したみたいで、ソファに横になってリモコンを手に取った。ばかでっかいテレビ画面にパッと、ＤＶＤの「ロッキー・ザ・ファイナル」が映る。

もう何回も見ているのに、ママはこの映画のエンドクレジット、英語の名前がツーッー流れていく脇で子どもとか大人とかおっきいワニのぬいぐるみみたいなやつがロッキーのまねをして階段を駆けのぼっていく映像が始まると、かならず大泣きする。何回も同じ映像を見て、同じように泣いているママを見ていると、すごく心配になる。ひょっとして、ママ、ボケちゃったんじゃないかって。

今日も映画の途中から、ママはぼろぼろになってリングで闘うロッキーをリモコンで早回しにして、最後のお墓参りのシーンでようやく再生ボタンを押した。それからあの元気が出る音楽が始まって、いつもの映像が流れだすと、ママはやっぱりフーっと鼻で大きく息を吸って、ポロポロ涙をこぼしはじめた。

だめ人間になったママは、心なしか、いつもより泣き声が大きい気がする。よーく見ると、泣きながらも顔だけは、にやにや笑っている気がする。心配だ。ママが堂々とボケはじめちゃったら、マーロウとわたしは介護の勉強も始めなくちゃいけなくなるのかな？　そういうのって学校で教えてくれるのかな、それとも役場とかに行ったほうがいいのかな？

真剣に考えはじめたところで、コンコンと窓が鳴った。

「あっ、おじちゃんとおばちゃんが来た！」

カーテンをめくると、ガラスの向こうで熊倉田のおじちゃんとおばちゃんが手を振っている。

「いま開けるからね！」

マーロウとわたしがダッシュして玄関を開けると、そこにはいつもと変わらないふたりがニコニコ笑って立っていた。

くまくらださん、という名字のとおり、おじちゃんはからだが横にも縦にも大きくて、頭もまゆ毛も顔のした半分にも黒い毛がびっしり生えていて、ほんとうにくまさんみたい、それでおばちゃんのほうは、やせてて首が長くて、いつもやさしい大きな目をしてて、らくださんみたい。マーロウもわたしもこのおじちゃんとおばちゃんが大好きだ。

「明けましておめでとう」

言われてようやく思い出した。そうだ、いろいろあって忘れてたけど、今日は元日、一年の始まりの日なのだ。

新年はじめてのお客さんがやってきたというのに、ママは涙をぬぐいもしなければ姿勢を正そうともせず、ソファに寝そべったまま顔をこっちに向けて、「どうも～」と言うだけだった。

「お正月なのに相変わらずねえこのおうちは」おばちゃんはテーブルのうえに目をとめて顔をしかめる。「なあに？　お正月からパン食なの？　おせち持ってきたから食べなさい」

「ああ、お父さん、お母さん、すみませんねえ」

そうママは言うけど、熊倉田のおじちゃんとおばちゃんはママのお父さんとお母さんじゃなくて、正確には、ママの弟のゆうすけくんの奥さんのかおるちゃんのお父さんとお母さんなのだ。

ふたりはここから車で五分くらいの町のなかに住んでいて、ときどきこうやってわたしたちのようすを、というか、おうちのようすを見にきてくれる。わたしたちが借りているこの広いおうちは、ふたりがお孫さんとかお友だちといっしょに楽しい老後を過ごすために買った別荘なんだけど、お孫さんでもなくお友だちでもないわたしたち三人がもう五年も、こうしてのさばっちゃっている。たぶんおじちゃんとおばちゃんがやさしいおひとよしなのにつけこんで、ママはけっこうずうずうしい感じで、このおうちを借りつづけているんじゃないのかな。

「えみちゃん、大掃除もしてないだろう！」おじちゃんがキッチンのしめったカーテンを揺らして言う。

「一年に一度くらいはちゃんと掃除してもらわないと困るんだよォ。台所の窓、結露防止シート貼《は》ってくれって言ったのにまだ貼ってないね。ほっといたら、木は腐るんだからね」

「ああ、すみません、やろうと思ってたんですけど、なんかばたばたしてて

「……」

「すぐできるんだから、ほら、見ててごらん」

おじちゃんは言ったそばから、窓のすぐそばに立てかけてあるシートをはさみでちょきちょきやりだした。

「そうですよねえ」うなずきながらも、ソファのママはリモコンを握って画面を階段のシーンまで戻すのに夢中だ。おじちゃんのほうは見向きもしない。

「えみちゃん、ポストに入ってた年賀状と新聞、ここに置いとくわよ」

おせちの重箱をテーブルに並べたおばちゃんが言うと、「あ、じゃあ年賀状だけこっち持ってきてもらってもいいですか？」と、ソファからぬーっと手が伸びる。

お殿様ねえ、おばちゃんから年賀状の束を受けとったママは、ロッキーの階段登りはそっちのけで、トランプを配るみたいに床のうえで年賀状の仕分けを始めた。お年玉くじの最後のひとけたを見て、0から9のグループごとに分けているのだ。

それからおばちゃんがポケットに手を入れて、

「ハッチとマーロウには、はい、お年玉」

とかえるの絵がついたぽち袋を差しだしてくれたけど、いつもなら「お礼は⁉」と飛んでくるママの声はない。マーロウとわたしが自主的に「ありがとう」と言ったところで結露防止シートを貼り終えたおじちゃんがヤレヤレと戻ってきて、ママの足元に転がっていたテレビのリモコンを拾う。ロッキーの画面が消えて映ったチャンネルでは、着物姿の芸能人がスタジオに集まって、ステージでおもしろい芸をするひとたちを見守っている。芸人さんたちがなにかやるごとに、おじちゃんもおばちゃんもフフフとかハハハとか、小さく笑う。

年賀状の仕分けを終えたママはぼんやりその画面に見入っていたけれど、途中からなにかに気づいたらしく、「このひとは、むかしこんなんじゃなかったのに……」と、またぶつぶつやりだした。どうやらそこに映っている芸能人のおじさんのひとりが、ママのむかしの知りあいみたいだった。そのおじさん、見ようによってはおじいさん、と言ってもいいひとの顔は、どこかで見たことがある。たぶんずっとまえ、ママが書いた本が映画になったときに脇役で出ていた俳優さんだ。

と、ママがいきなり立ちあがった。みんながビクっとして、なにをするのか見ていると、キッチンからどんぶりを持ってきて、テーブルのコーヒーポットからなみなみ熱いコーヒーをついで、またソファのうえにふんぞりかえる。ママはなにかに夢中になると、どんなむりな体勢をとっていても、一滴もこぼさずどんぶりのコーヒーを飲めるのだ。

「このひと、むかしはこんなんじゃなかったんだけどなあ……」

また同じことをぶつぶつ言っている。ママはお酒が飲めないから、いつもコーヒ

ーで酔っぱらっている。熊倉田のおじちゃんとおばちゃんはそんなママを見て、

「えみちゃんも、むかしはこんなんじゃなかったんだけどねえ」と、同じようにぶつぶつ言いはじめる。

「フロッピーのお散歩、行ってこようか？」

隣のマーロウにささやくと、マーロウは首をすくめて「それがいいかも」と苦笑いした。

毛糸の帽子をかぶってマフラーをぐるぐる巻いて、パジャマのうえからぶあついダッフルコートをはおって長靴を履く。コートのトグルを全部留めて、手袋をはめて、靴箱のうえのティッシュを一枚とってちーんと思いっきり鼻をかんでから、わたしたちはいっせーの、でいっしょに外に駆けだした。

「明けましておめでとう！　おめでとう！　おめでとう！」

そう叫びまくりながら、マーロウとわたしは高い梢《こずえ》の先でまだ白い雪をかぶっている松林や、半分凍りながらちょろちょろ流れている裏の小川、ハワイに出かけている向かいの登谷《のぼりや》さんのおうちのまわりを駆けまわった。一年でいちばん最初のまっさらな朝日が、雪のうえできらきら光ってすごくきれいだった。小屋の横でぴんと前脚を伸ばしているフロッピーは、あごを高く上げて、はふはふ息をはずませていた。

「フロッピー、わたしたちは昨日の夜から大人になったんだよ。いいでしょ？」

お散歩用のリードを首輪につけてあげるあいだも、フロッピーは落ちつかなげにマーロウとわたしのどっちに抱きつこうか迷っている。わざと迷わせておいて一歩歩きだした瞬間、フロッピーはちょっとだけ近いところにいたマーロウにぐわーっと抱きついて、それからすぐわたしにも抱きついた。

「フロッピー、わたしたちは大人なんだから、これからは大人のあそびかたをするの！」

「抱きつくときはこうやって、やさしく、ジェントルマンみたいにするんだよ」

ふたりいっしょにフロッピーに抱きつきかえすと、フロッピーはまた調子に乗ってじゃれついてくるから、結局いつもみたいな取っくみあいになって、みんなで雪のうえに転がった。

からだがあったかくなったところで起きあがって、さっきおじちゃんたちが手を振った窓から、家のなかのようすをそっとのぞき見てみる。

窓の向こうでママは相変わらずどんぶりコーヒーをしていて、おじちゃんおばちゃんはテレビを見ながら大笑いしている。なんだかがっかり。だってこれじゃあ、いつもとほとんど変わらない……新しい年になって、わたしたちも大人になったっていうのに！

でもガラス一枚をはさんでいるだけで、向こうがわの世界はこっちとはちがうなあ、という感じは確かにしたんだ、それぞれわたしになっちゃったわたしとマーロウはこっちにいるけど、昨日までのハッチとマーロウはまだあっちにいて、こっちがわのわたしたちのことなんか、まるで気づいていないっていうふうな感じ。するとちょっとさびしいような、うれしいような、なんとも言えない気持ちになってからだのなかを小さなつむじ風がヒューっと通りぬけていった。

でも太もものところにはフロッピーのあったかいしめった鼻の感触があって、隣にはちゃんとマーロウがいるから、わたしはやっぱりわくわくしてきて、

「はやくあそぼうよ！」

ベルを鳴らすみたいに三つ編みをひっぱると、マーロウは手袋の指で鼻水をぬぐって、

「なにしてあそぶ？」

とニッコリ笑った。

二月　やみくもさんとれいこちゃんとチョコレートについての日のこと（マーロウ）

大みそかに大人になってからというもの、ハッチとわたしは家のことで毎日大忙しだ。

夕飯のための買いだしとかラジオ英会話とか料理とかお風呂掃除とか、家ではいっぱいやることがあって、おちおち宿題なんかやっていられない。だから宿題は帰りの会が終わったあとに、ハッチと学校の図書室にこもって三十分で済ませることにした。その気になれば三十分で終わるものなんだなあ、宿題なんて！　いままでだらだら、なにやってたんだろ。

ときどき国語の教科書の朗読の宿題なんていうのがあるけど、図書室じゃ大きい声は出せないし、それはしかたないから、通学路で歩きながら読む。でも連絡帳には朗読を聞きましたのサインを書いてもらわなきゃいけないから、家に帰って、ソファのうえでだらだらしているママに頼む。

「ずるしてないよ、ほんとうに読んだんだから、さっき、歩きながら」

わたしたちのことばを聞きおえないうちに、ママは鉛筆をとりあげてほとんど読めないミミズみたいな字でサインを書いて、無言で連絡帳を突きかえす。じっさいに朗読していようがしていまいが、どっちでもいいみたいだ。

だめ人間になって以来、ママは日がな一日軟体動物みたいにソファにはいつくばって、ぶらぶら足を揺らしながら、いままでずっと録《と》りためてたケーブルテレビの映画を見たり、若いころに旅行した外国のガイドブックを床じゅうに広げて眺めていたりする。それでいきなり、うーっと低いうめき声をあげたりもする。ご飯ができるとテーブルまで食べにくるけど、食べたらあとは、お風呂にも入らず朝まで自分の部屋に閉じこもりっきり。なにしてるんだろとハッチとドアに耳をくっつけてみたこともあるけれど、ぐうぐういびきをかいて寝ているだけだった。

それで朝はというと、ハッチとわたしが学校に行くための準備をばたばたしているあいだは起きてこないで、ぜんぶのしたくが終わって玄関で靴を履いているときになってようやく顔を出す。わたしたちにかけることばは、「いってらっしゃい」

じゃなくて、「う〜お〜」っていう、ゾウのあくびみたいなヘンな声だけ。

そんなふうに、とにかくママにはもうなにも期待できないみたいになっちゃったから、ハッチとわたしは、お休みの日もシャンシャン働いているのだ。

お布団を干したり、家じゅう掃除機をかけて、トイレとかお風呂の掃除も念入りにするけど、ストーブの灯油だけは自分たちじゃどうにもできないから、熊倉田のおじちゃんおばちゃんの家までフロッピーのお散歩がてら一時間近くふたりでトコトコ歩いていって、車でガソリンスタンドに連れていってもらう。

おじちゃんおばちゃんには、ママはちょっと風邪ぎみだからってごまかしてるけど、ふたりともママの性格はよく知ってるし、ママの娘のわたしたちが年のわりにはけっこうなんでもできちゃうかしこい子どもたちだって勝手に信じてくれてるみたいだから、家のことはとやかく言わない。

ハッチもわたしも、おじちゃんおばちゃんのそういう、やさしいけれどもクールな感じのところをかっこいい、ありがたいと思ってて、自分たちもあんまりメソメソしたりウンザリしてるところは見せないようにしようねって決めてて、だから頼みごとをするときはかならずふたりと同じくらいクールな感じでいくんだ、町に出かけていくのがうれしくて鼻息を荒くしてるフロッピーを用心棒みたいに従えて、空のポリタンクをひょいっと肩に載せてみたりして、「おじちゃんおばちゃん、ちょっと車出してくんない?」って。

そういえば、わたしの名前の由来になってるらしい、外国の小説に出てくる探偵さんも、超クールなひとだって、まえにママが言ってた。なんて言ったっけ、ハードボイルドとか、ハードバルボアとか、そんな感じのひと。ちなみにハッチっていうのは、むかしのアニメに出てきた、お母さんを探して旅するミツバチの王子さまにちなんでるらしいんだけど、いくら王子さまでもハチと探偵さんじゃあ探偵さんのほうがずっといいよね、しかもその探偵さんが超クールなハードバルボアだったら、そっちのほうがだんぜんいいに決まってる!

とまあ、とにかく休みの日はいろんな家事で忙しくって、一日おわるともうぐったり、はやく学校に行きたいと思っちゃうくらい、くたびれきっちゃうんだ。

ハッチもわたしも、学校が大好き、はやく行きたい、なんて声に出して言ったことはないし、子どもは学校に行くことになってるんだから、行きたいとか行きたくないとか、そういう自分の気持ちとは無関係に行ってるんだと思ってたけど、こういう状況になってみると、学校っていうのはけっこういいものかもな、と思う。ほかのめんどくさいことはなんにも考えずに、校庭で走ったり、ピアニカを吹いたり、数字をかけたり割ったりしてれば、一日があっというまに過ぎちゃうんだから。

あたりまえすぎて気づかなかったけど、学校の授業で習うことは、毎日ぜんぶちがう。手洗いうがいを忘れるなとか、廊下は走るなとか、そういうことを先生から言われるのは毎日同じなんだけど、今日習った漢字は今日はじめて習う漢字だし、今日覚えた蘇我入鹿《そがのいるか》の名前ははじめて覚える名前だし、今日音楽室で先生がかけたモーツァルトの曲だって、今日はじめて聴く曲だ。それにひきかえ、家ですることはほとんど毎日いっしょ。週末に磨いたトイレは先週末も磨いたトイレだし、洗濯機に入れたタオルもパンツも、やっぱり先週末には同じ洗濯機に投げこんだのと同じタオルとパンツだし……。

でもこの、同じ、っていうことには、ぜったいにイヤだとはぜったいに言えない、なんともいえない魅力があるんだなあ。でも、ずーっと同じタオルとパンツを洗う人生って、どうなんだろ。大人にとってはふつうのこと？　それだったらわたしはやっぱり、学校で毎日ちがうことを習ってるほうが楽しい気がする。だからじつは、わたしはけっこう、学校が好きなのかも。学校に行くのを、楽しんでいるのかも。こんなこと思っちゃうの、われながら、優等生みたいでイヤなんだけどな。

「好きとかきらいとか、関係ないでしょ、学校には行くことになってるから、行くんだよ」

ハッチはやっぱりそう言うけれど、白い息をはずませながら通学路の森の道を歩くハッチは、家にいるときと比べて、あきらかに顔つきがちがう。家のなかではいつもちゃきちゃきなにかしてるのに、森のなかだと、目がちょっととろーっとして、そのまま森の落ち葉のなかにころころ転がっていっちゃいそうな感じ……ハッチもちょっと、くたびれてるのかな。

「ママだって、好きとかきらいとか関係ない、ママは仕事をすることになってるから仕事をするんだって言ってたじゃん」

ハッチははーっとためいきをついてから、「……むかしね」とつけたした。

大人になったハッチとわたしの生活は、けっこうハードめだけど、ふたりともくたびれながら、いまのところはけっこうよくやっている。

「ハッチ、わたしたちはさ、ほかの子よりひとあしはやく大人にしてもらったんだから、こういうのはしょうがないよね」

「うん」

「わたしは、納得してるよ」

「わたしも」

「だからがんばろう」

「人生より重いパンチはないんだもんね」

そう、だからいいんだべつに、ママはいままでなんでもひとりでやってたいへんそうだったし、わたしもハッチもたいへんそうなママを見ながら、なんにもしないでぐうたらあそんでいただけだしね。

金曜日の帰り道、ハッチのクラスには朗読の宿題が出ていて、わたしはその朗読を聞きながら、途中で拾った枝きれをぶらぶら揺らして歩いていた。学校の門を出てすぐに拾った、うすいベージュ色ですべすべした、たぶんスズカケの枝だ。

うしろでハッチはテンもマルも無視して、「ごんぎつね」を棒読みしている。一方わたしは、家に帰ったらやんなくちゃいけないことを、順ぐりに考えている。アスファルトの道が終わって森の道に入ったくらいから、ハッチの声にだんだん気持ちが入ってきて、わたしの頭のなかではきつねのごんが、うちの流しでお皿を洗ったりお風呂場の水滴をモップで吸いとったりしはじめた。「猫の手も借りたい」っていう言いかたはこのあいだ国語の授業で習ったけど、もし借りられるとしたら、わたしは猫よりきつねの手がいいな。きつねのほうがきびきび動いてくれそうだし、フワフワのしっぽはモップみたいになりそうだし……そんなことを考えながらふと顔を上げると、木立の向こうに見えてきた車停めに、ママのミニクーパーだけじゃなく、シルバーのプリウスが停まっている。

「ハッチ、やみくもさんが来てるよ！」

わたしの叫び声に、ハッチも本から顔を上げた。

「うわ、ほんとだ！」

「れいこちゃんも来てるかな？」

ハッチもわたしも玄関まで一直線に駆けだして、飛びつくみたいにドアを開けた。

思ったとおり、靴脱ぎにはつまさきの革がはげて白っぽくなってるぼろぼろの大きな革靴と、紺色のハイヒールがお行儀よく並んでいる。

家のなかからは久々にコーヒーの匂いと、温めたクッキーのこうばしい匂いがフンワリただよってきた。ハッチもわたしも思わずにんまりして、顔を見あわせてしまう。

「ふたごちゃん、おかえり」

リビングのドアを開けて出てきたれいこちゃんは、白いふわふわのタートルネックのセーターを着ていて、お風呂上がりみたいにお肌がつるつるだ。

「わーれいこちゃんだ！」

ばたばた駆けつけて抱きつこうとするハッチとわたしに、れいこちゃんはふざけて身をそらしてから、両手を挙げてハグしてくれた。れいこちゃんにも、れいこちゃんのからだがかきまわした空気にも、ほんのり香水のいい匂いがくっついている。

「おー、久しぶり、ハッチとマーロウ。相変わらずそっくりだなあ」

リビングのテーブルに座っていたやみくもさんは、手を挙げてわたしたちに挨拶した。しばらく見ないうちに、またちょっと太ったみたいだ。夏に会ったときはメロンくらいだったお腹が、いまはぶあついセーター越しにでも、小ぶりのスイカくらいにふくらんでいるのがわかる。

「やみくもさん、久しぶり」

「えーっと、ほくろが鼻の横にあるこっちがハッチで、あごにあるこっちが……」

「ちがうよお、鼻の横がマーロウで、あごがハッチだよ！」

「ああそうかあ、ごめんごめん」

やみくもさんとしゃべりながら横目でちらっと見ると、久々のお客さんなのに、ママはやっぱりいつもの軟体動物スタイルでソファにはいつくばっていて、朝にハッチとわたしが見たのとまるきりおんなじ、ヨレヨレの赤いチェックのパジャマすがただった。

ママがこんなんでごめんなさい、思わず謝ってしまいそうになったけど、やみくもさんもれいこちゃんも、いつもとちがうことにとまどってる感じはぜんぜんしない。それどころか、いつもこんなふうだったでしょ？と言わんばかりに、ママの代わりにココアを作ってくれたり、おみやげのクッキーを温めなおしてくれたりする。

こういう態度って、いかにも大人だな、というよりも、熊倉田のおじちゃんおばちゃんみたいに、やさしくてクールだな、と思った。逆にクールじゃないのは、頑固にいつものだらだらを貫きとおしているママ、ふてくされてだだをこねてる赤ちゃんみたいなママだ。

「お仕事の話、終わった？」

　ハッチがママじゃなくて、やみくもさんに聞く。

「終わったよ、万事ぬかりなく」

「異議あり、ぬかりあり！」

　言うなり、ママはソファからぬっと立ちあがって、やみくもさんとれいこちゃんのあいだの空いている椅子にどさっと座った。

「やみくも、あたしのココアは？」

「ハイっ、ただいま」

　立ちあがったのは、やみくもさんじゃなくてれいこちゃんだった。そこをやみくもさんが「いやいやいや」と引きとめて、また「いやいやいや」としきりに頭を下げながら、ものすごい速さの後ずさりでキッチンに消えていく。

「埜々下《ののした》先生、さっきのお話でなにか足りないところがありましたか？」

　逃げていったやみくもさんの代わりに、れいこちゃんがにこにこしながら聞いた。

するとママはフン！　と大きく鼻を鳴らして、ふんぞりかえって、もうほんと、我がママながら、すごーく偉そうでいやーな感じなんだ！

わたしは態度のわるいママに代わって、れいこちゃんをそれ以上困らせない返事をしたかったけど、三人がどういうお仕事の話をしていたかはわからないし、そもそもママは、ハッチとわたしのまえではぜんぜんお仕事の話をしない。

ハッチとわたしが知ってるのは、ママのお仕事は小説を書くことで、その小説ではひとがたくさん死んで、しかも自然の災害とか事故じゃなくて、ひとがひとを殺す、いわゆるミステリー小説というやつで、警察とか私立探偵とか少年探偵とかサイキックとかがたくさん出てくるんだけど、そういうひとたちがどんなにキリキリ頑張っても、けっきょく殺人犯が誰だかよくわからないまま終わってしまう……っていうようなことだけだ。そんなすっきりしないお話、だれがお金を出して読みたがるのか、すごくふしぎ。じょうそう教育にわるいから、という理由で、ママは自分の書いた小説をわたしたちには読ませてくれないんだけど、最後までなんにも解決しないお話なんて、読んでももやもやするだけで、きっとすごく時間を損した気持ちになるんじゃないかな……。

でもこうやって、東京の出版社のひとたちがわざわざ高速に乗って長野の山奥にひきこもってるママと話をしにきたり、ここでハッチとわたしがとくになんの不自由も感じることなくご飯が食べられたり学校に行けたりしているのは、きっとそのすっきりしない小説をおもしろいと思ってくれるひとがいて、そのひとたちがお金を出して、ママの小説を買ってくれるからなんだろう。

家を訪ねてくるひとたちのなかでも、やみくもさんはハッチとわたしが生まれるずっとまえ、二十代の若いころからママと仕事をしてきたひとで、仲がいいぶん、ときどきすっごく激しいけんかもするらしい。さっきみたいに、けんかを売られたやみくもさんがひっこめばそれでいいんだけど、ひっこまなかったときのために、ママに会うときにはいつもれいこちゃんがいっしょだ。ママはときどき、「れいこちゃんはかしこいしやさしいし美人だし字もきれいだし気が利いて仕事もできるから、もうこんりんざいやみくもはいりません」なんていじわるなことも言うけれど、言われたやみくもさんは逆にうれしそうにニヤニヤしている。

「話に足りないところがあるかって？　そりゃあ足りないわけじゃないけどお、ほんとにあたしの気持ち、わかってくれたのかなと思って」

やみくもさんが作って持ってきたココア（そのうえには、わたしたちのには載せてくれなかったマシュマロが浮かんでる！）を一口すすって、ママはのベーっとしゃべりだした。

「わかってますよ。埜々下さんのためならば、ぼくはいつでもどこにでも、スゲガサかぶって頭を下げにいく覚悟ですよ」

Hard
Boiled
SETSUKO

やみくもさんが言うと、ママは「なによ、恩着せがましい」とはきすてて、熱いココアを一気にすする。どすんとテーブルに置かれたマグカップの底には、とけかけたマシュマロが貼りついている。立ちあがったれいこちゃんがキッチンからティースプーンを持ってきて、ママのマグカップのなかにそっと差しいれた。

「わるいと思ってるよ」そのスプーンでマシュマロをつつきながら、ママはまたひとりでしゃべりだす。

「そう、わるいと思ってるんだよ、あたしだって。あんな小説書いてたって、ちゃんと人情とか、仁義とか、そういうの、心のなかではわきまえてるんだから。迷惑かけてるよね。でもできないものはできないし、ただできないってことがわかってるだけの状態ならいいんだけど、まずいのは、できないってことに罪悪感を持っちゃうことなんだ。それがすごくまずい、あたしにとっては。だからね、ふたりにはちゃんと、オフィシャルに、休業、っていうと深刻すぎて聞こえが悪いから、なんだろう……軽い病気で療養とか、軽い、軽いってところが肝心だからね、あと、精神的な病気じゃなくて、命に別状のない、マイナーな内臓の病気、っていうのがいちばんいいんだけど、とにかくあたしの代わりに世間さまにね、そういう噂《うわさ》を流しておいてほしいんだ。そこまで詳しくは知らないけどでもそうみたいです、くらいのスタンスで、あんまりドサドサ心配のメールとか電話とか、来ないくらいの微妙なさじ加減で」

話の内容はよくわからないけど、とりあえずママがけっこう勝手なことを言っている感じは、やみくもさんとれいこちゃんの顔を見ていれば伝わってくる。ふたりとも、口のまわりを白い粉で汚しながら、ぜったい自分は食べてないと言いはる大福泥棒をまえにしているような顔をしてる。これがだいじなお客さんのために焼いたステーキとか、結婚式のケーキとかだったら大問題だけど、大福だから、怒るに怒れないっていう感じ……。

「わかってますよ、埜々下さんの気持ちは」

やみくもさんのことばに、ウンウンうなずくれいこちゃん。

「そういうのも、必要ですよね、長い道のりのなかでは」

「なによその、とってつけたようなやつは」

「埜々下さんがそうおっしゃるなら、ぼくはよろいでもなんでもとってつけて、ひたすら耐えしのびますよ」

「ほんとに恩着せがましいやつね」

「先生、でも、ご心配なさらないでください」と、れいこちゃんがあいだに入る。

「まえもってちょうだいしていた原稿はありますし、それが終わったら、いったん休載の告知を入れて、あとはずっと、わたしどもは待ってますから」

「でもね、待たれてると思うと、またつらいの」

「あ、じゃあ、気が向いたときに、またなにか書いていただければ……」

「……気が向くときか……そういうの、これからさき、来るかな」

「来ますよ」

「来るかな」

「来ますよ」

「来るかな」

「来ま……」言いかけて、ふとれいこちゃんが黙った。

それからだーれもしゃべらなくなって、しーんとした空気のなかで、みんなでふーふーココアを飲んだ。ママだけはしつこくマグの底にとけのこったマシュマロをスプーンでつっつっついていた。

「……さ、というわけでじゃあそろそろ、ぼくたちはおいとましようかな」

時間をかけてカップをすっかり空にしたところで、やみくもさんがホオーっと大きな伸びをする。するとれいこちゃんも「あらこんな時間」と腕時計に目をやって、そそくさと立ちあがる。

「帰るまえに、ふたごちゃんにおみやげをあげようねえ」

言いながら、やみくもさんは重そうな革のかばんをがさごそまさぐって、水玉模様の赤いリボンがかかった小さい包みを二つ、わたしたちに差しだしてくれた。

「もうすぐバレンタインデーだから、これはぼくから、ハッチとマーロウへの逆チョコだ」

やみくもさんはグルメだから、きっとおいしいチョコにちがいない！　ハッチとお礼を言うと、「ホワイトデーは期待してるよ」やみくもさんはハハハと笑って、お手洗いに行ってしまった。

「あいつ、ふたごを懐柔しにかかってるのか」

つぶやくママに、れいこちゃんは小ぶりのハンドバッグから水色の包みを出して、「わたしは先生に」と両手で差しだした。

シルバーのプリウスはやみくもさんの車だけれど、帰りはいつも、れいこちゃんが運転する。

やみくもさんが助手席でからだをひねってシートベルトを締めると、れいこちゃんはエンジンをかけて、運転席の窓を開けて、おじゃましましたと頭を下げた。でもママは、れいこちゃんのチョコを握ったまま寒そうにからだを縮めて黙っているだけなので、「気をつけてね」はわたしが、「また来てね」はハッチが言った。

車が小道を曲がるまで、助手席の窓から突きでたやみくもさんの手はずっとひらひら揺れていた。

家のなかに入ったとき、いつもの三人に戻っただけなのに、わたしたちはなぜだかものすごく、気まずかった。

お客さんがいたあいだ、三人がそれぞれちょっとずつ自分の背中に隠していた緊張が、いまになってみんなのお腹のまえに出てきちゃったみたいだ。

「帰っちゃって、さびしいね」

隣でハッチが言ったけど、ママはなにも言わずにはおっていたはんてんをソファのうえに投げだして、そのうえに自分のからだも投げだした。

ママがあんなにだれかと長くしゃべるのを、けっこう久々に聞いたかもしれないな。ママはちょっと、つかれてるのかもしれない。それにさっきの話の感じだと、たぶんお仕事はとうぶんお休みするってことになったんだろう。

ハッチとふたりで黙ってママを見ていると、

「世間さまは、もうすぐバレンタインね」

急にママが言って、がばっとソファからからだを起こした。それからまたはんてんをはおって、キッチンに行って、ティファールに水道水を注ぎはじめた。軟体動物じゃなくて、二足歩行をしてきびきび働くせきつい動物らしいママの姿も、ずいぶん久々に見た。

布巾のうえで逆さになっているマグカップを三つテーブルに持ってくると、ママは沸かしたお湯でコーヒーをいれて、三つのマグに均等に注ぐ。

「このコーヒーで、やみくもとれいこちゃんのチョコを食べよう」

開けてみると、やみくもさんがハッチとわたしにくれたのは、濃い茶色と薄い茶色とピンクの小さなハート形のチョコで、れいこちゃんがママにあげたのは、細長いオレンジピールのチョコレートだった。

「さすがれいこ、わかってる」

ぱきっとチョコレートをかじると、その甘い味のおかげで、さっきまでの緊張がすこしずつ消えていくのがわかった。その代わり、今度はお客さんが帰ってしまったあとのさびしさだけが浮きあがってきて、なんだかふたりが帰ったすぐあとよりもずっとずっとさびしくなってくる。

「あんたたち、好きな男の子はいないの！」

しんみりしているところに、いきなりママがどなるみたいに聞いた。

「ど、どうしたの、ママ、急に？」

オレンジピールを口に放りこんで、元気よくムシャムシャしながら、ママはわたしたちに顔を近づける。

「ママがあんたたちくらいのころには、もう男の子とつきあってた」

「そうなんだ……」

「そうなんだ、じゃない。いま思い出したけど、ママは、バレンタインにチョコをとかしてハート形にかためたのを、その男の子にあげたんだった」

「……そうなんだ」

「そうなんだ、じゃない！　ママはあんたたちくらいのころには、もうはっきり、自分の男の子の好みをわかってた。あんたたちも好きな子がいるならバレンタインに告白しなさい。自分の気持ちを正直に告白することに、いまから慣れておきなさい。そういうことに慣れないと、これからさきとても不幸な一生を送ることになる」

ハッチとわたしは困って顔を見あわせた。でもこうなってしまうと、ママのおしゃべりは止まらない。

「あんたたちはふたごだから、好みがかぶったら、将来、ややこしいことになっちゃうね。……でも顔が同じで性格もだいたい似てるのに、男の子はどうやってふたごのどっちかを選ぶんだろう？　決め手はやっぱり性格なの？　性格が似ているふたごの、どっちが好きなほうで、どっちがそんなに好きじゃないほうなのか、いつ、どのタイミングで決めたらいいの？……」

わたしは聞こえていないふりをして、テレビの電源を入れた。するとタイミングわるくチョコレートのコマーシャルが流れていて、それをママが食いいるようにジッと見るので、消すに消せない。

「そうよ、世間さまはバレンタインなのよ」

「でもママ、今年のバレンタインは日曜日なんだよ。学校はお休みだよ」と、ハッチ。

「だからなんなの？　学校で会えないなら家に行けばいいだけの話じゃない」

コマーシャルが終わったところで、ママはまたわたしたちを問いつめにかかる。

「ほら、あんたたち、バレンタインにチョコレートを渡したいと思う男の子はいないの？　たとえばハッチはだれが好きなの？」

「うーん……」

ハッチは目でわたしに助けを求めた。ハッチが好きなのは、同じクラスでいっしょに飼育係をやっている今井くんだ。それでわたしが好きなのは、やっぱり同じクラスで、すごく足が速くてやさしい小泉くん。

でもハッチもわたしも、ふたりにあさってチョコレートを渡すことなんて、考えてもいない。だってわたしたちにはやることがたんまりあるんだから……いまわたしたちのまえで目をきらきらさせている、新米だめ人間のママのせいで。

「マーロウは？　マーロウはだれが好きなの？」

黙ってると、ママは「じゃあ好きな女の子はいる？」と質問を変えた。

「それ、どういう意味で？　好きな男の子と同じ意味で好きってこと？」

「そうよ、そういう女の子はいないの？」

「ということは、好きな男の子っていう意味で、好きな男の子はいるのね？」

「よくわかんないけど、まあ……」

ハッチとわたしはことばをにごしたけど、そのモゴモゴした感じが、またママの神経を刺激してしまったみたいだ。

「じゃあふたりは、その子が男の子だから好きなの？　たとえばマーロウ、あんたはそうなの？」

「え？　ちがうよ、それは小泉くんが男の子だからじゃなくて……」

思わず名前を出してしまって、うわ、まちがった、とあせったけど、どうせママは小泉くんを知らないしもういいやと思って、

「小泉くんが男の子だからじゃなくて、小泉くんがだれにでもやさしくて、足が速いから好きなんだよ」

と、正直に言った。

「ふーん、じゃあ、だれにでもやさしくて足の速い女の子のお友だちはいないの？」

「うーん。やさしくて足が速いのは、小林由那ちゃんかな」

「じゃあなんで、小林由那ちゃんじゃためなの」

「だって由那ちゃんは女の子だもん」

「じゃあやっぱり、小泉くんが男の子だから、マーロウは小泉くんが好きなんじゃないの」

「ちがうってば、小泉くんが小泉くんだから好きなの」

「そうだよ、そうだよ」横からハッチが加勢してくれる。「それにだいたい、ママが、好きな男の子はだれ？　って聞いたんじゃない。だからマーロウは、好きな男の子の名前を言ったのに」

「そのひとが男とか女とか、そういうことは関係なく、ひとはひとを好きになっていいのよ。ママの知りあいには、そういうひとがたくさんいるわよ、あんたたちも会ったことある、麻人くんとか、弓ちゃんだってそうよ」

「じゃあママは、わたしたちのパパが男のひとだったからじゃなくて、パパがパパだから好きになったの？」

　ハッチの質問に、ママははっと息をのんだ。

　それからゆっくり、ママの顔は、フロッピーがお気に入りのすみれの花壇のなかでおっきいうんちをしちゃったときみたいな、ぬおーんとした、ものすごく、いやーな予感にみちみちた、こわーい顔に変わっていった。その顔で「いや……」小さくつぶやいてからママはすぐにカッと目を見開いて、

「ママは、パパが男のひとだから好きになっちゃったんだった！」

言うなり、髪をぐしゃぐしゃにしながら、ううーっと地響きみたいなうなり声をあげた。

「ママ、この話もうヤダ。やーめたっ。ママ、いちぬけたーっと！」

はんてんを頭からかぶってリビングを出ていくママを見送って、ハッチとわたしは顔を見あわせた。さっきまですごくおいしかった口のなかのチョコの味が、なんだかもうよくわからなくなっている。

「チョコなんて、渡さないよね？」

ハッチが言った。

「うん、たぶん」

「ママは、告白しなさいって言ってたけど」

「うん」

「告白、する？」

「うーん」

「わたしは、好きなひとには、好きだって言ってみてもいい気がするな」

「わたしも、言ってみたい」

「でも、恥ずかしいよね」

「うん、恥ずかしい。好きだって言って、小泉くんにきらわれたら、死んじゃうかも」

「わたしも」

「だからなにも急いで、あさって、言わなくていいよね」

「でもママは、告白しなさいって言ったよ」

「ママのことはいいから、わたしたちだけで決めようよ」

「うん」

「言う？」

「うーん」

「あさってじゃなくても、いつかでいいんだけど、好きなひとには、好きだって言ってみたいな」

こういうやりとりを十回くらい繰りかえしていたら、いつのまにかハッチもわたしもなんとなく、バレンタインのついでにはじめての告白をしてみてもいいような気になってきた。

「ねえ、じゃあこうしない？　わたしはマーロウのふりをして小泉くんに告白するから、マーロウはわたしのふりをして今井くんに告白するの。そしたら緊張しないでしょ、言うことは同じなんだし。わたしはマーロウの伝言をしてると思うし、マーロウはわたしの伝言をしてると思えば、ほら、自分で言うより緊張しないでしょ？」

それはさすがに、今井くんと小泉くんにたいして失礼じゃないかと思ったけど、やっぱり自分が小泉くんに好きだと言うと思うと、恥ずかしくてしかたなくて、そんなことはぜったいにできないっていう気がする。となるとハッチの提案は、そんなに突拍子もないことじゃあないのかもしれない。

というわけで、次の日ハッチとわたしはママに告白用特別予算の申請をして、町のスーパーまで自転車を飛ばして製菓用チョコレートを買いにいった。買ってきたチョコを湯煎でとかして、ハートの型に入れて、乾いたらピンクと黄色のデコペンで星やハートを描いて、完成したのを透明の袋に入れて、やみくもさんがくれた包みのリボンを仕上げに結んだころには、もう夕方になっていた。あまったチョコレートと冷蔵庫のなかの食パンと段ボールのりんごで、わたしたちはお腹をいっぱいにした。それからお風呂のときもベッドに入ってからも作戦会議に熱中して、はじめての告白に備えてやるきまんまんの状態で、夜遅くにやっと眠った。

それで、次の日どうなったかっていったら、なんだかもう、いちいち思い出すのも恥ずかしくて、思い出すとほんとに顔から煙がもくもくたっちゃいそうなんだ……後学のためには良かったと思うけど！（「後学のためには良かった」、これは熊倉田のおじちゃんが、なにかポカをしたときによく言うことば。）

　作戦通り、わたしはハッチのふりをして、今井くんの家のピンポンを押して、出てきた今井くんにチョコレートを渡した。わたしはべつに、今井くんのことをなんとも思っていないんだけど、やっぱりひとになにかだいじな伝言を伝えるときって、すごく緊張するものなんだなあ。ちょっと顔を赤くして立ってる今井くんに、どうにかチョコレートは渡せたけど、「好きです」とは、やっぱり言えなかった。ただの伝言だと思っても、自分の口から出てしまったら、それは自分のほんとうの気持ちになってしまいそうで、やっぱり、言えなかった。

　向かいあってふたりでもじもじしていると、やっぱり恥ずかしくてどうしようもなくなってきて、このまま逃げだせたらどんなにいいかと思ったけど、ハッチのためにに、それはできなかった。

　そしたら今井くんのほうが急にふっと鼻で笑って、

「きみ、ハッチじゃなくて、マーロウでしょ」

「きみたち、ちがう人間なんだから、そりゃわかるよ」

と言ってきた。

ね、これでおしまい！

わたしは正体を白状して、ごめんなさいと謝って、チョコレートを返してもらって、来たときの百倍くらい恥ずかしい気持ちでその場から走って退却した。

今井くんと小泉くんの家のちょうどまんなかあたり、待ちあわせの郵便局のまえまで行くと、ハッチが赤いポストによりかかってわたしを待っている。コートのポケットからチョコレートの包みをちらっと見せると、やっぱりハッチのコートからも、おんなじ包みがちらっとのぞいた。

ハッチは反対側のポケットからハンカチを出して、あごと鼻の横をごしごし拭いた。ママのまゆずみで描いた鼻のほくろはきれいに消えて、あごにはママのコンシーラーで消したほくろが現れた。わたしもハンカチで同じことをすると、鼻には隠したほくろが現れて、あごのほくろは消えた。

「ハッチ、バレンタインて、ヘンじゃない？」

もとの顔に戻ったわたしたちは、できるだけクールに見えるよう、ポケットに手を突っこんで、背中をそらしてずんずん歩きはじめる。

「うん、ヘンだと思う」

言いながら、途中でそれぞれのポケットからチョコレートを取りだして、お行儀わるくバキバキかじりながら、いっしょにいっそう、ふんぞりかえる。

「やみくもさんがくれたやつのほうがおいしいね」

「うん」

「バレンタインはこどもの日といっしょだね」

「そうだね、食べるものがちがうのと、国民の祝日じゃないっていうのがちがうだけで、その日じゃなくてもいいのはいっしょだね」

「ていうか、バレンタインはこどもの日だよ。大人同士なら、こんなヘンなことしないよ」

「わたしたちは大人だから、もう関係ないね」

空になった袋はポケットにつめて、その口を縛っていた赤いリボンを、わたしはわたしのふりをしたハッチの三つ編みの結び目に結んであげた。ハッチもわたしのポニーテールに同じことをした。

「リボン、かわいいね」

頭をぶんぶん揺らしてみると、リボンの端がちらちら目のまえに現れる。そういうかわいいものがいま自分の頭についてるんだと思うと、さっきまでの恥ずかしさなんかぜんぶどこかに行っちゃって、心がぱーっと光って、いっきにうれしくなる。

思わず走りだしちゃいたいところだったけど、むだに走るとつかれるから、わたしたちはスキップしながら家に帰った。ていうのも、つかれることなら家にたくさんあるからね、つかれないですむときにはなるべくつかれないようにすることが大人のコツだって、ハッチもわたしもちょっとはわかってきたんだ……いきなり大人になってあたふたしていたこの一ヶ月半くらいのあいだに。だれにも教わらないでそういうことがわかっちゃうなんて、ハッチもわたしも、けっこう大人の才能があるのかも！

あっ、でも、磨かれない才能はタワシになってたましいをごしごし削るっていつかママが言ってたからなあ……そんなの最初からないほうが、たましいのためにはいいのかもね。

三月　個性をつくってみた日のこと（ハッチ）

今日はなんだか、朝からずうっともやもやしていることがあって、なにをしてもあんまりおもしろくない。

体育の時間にはバスケットで三回シュートを決めたし、給食には大好きなシチューが出たし、昼休みにはサッカーをしたし、音楽の時間にはリコーダーで「エーデルワイス」がかなり上手に吹けたけど、なにをやってもやっぱりぜんぜん、おもしろくない！

「ハッチ、わたしはもやもやしているよ」

放課後、待ちあわせをしている図書室でわたしの顔を見るなり、マーロウもそう言った。わたしだけじゃなかった、マーロウも一日おんなじ気持ちだったのだ。ということはやっぱりあれは、かんたんに忘れちゃっていいことじゃない、ちょっと腰を落ちつけて、ふたりでじっくり考えてみるべきことなのだ。

わたしは一歩引いて、マーロウのつまさきから頭のてっぺんまでをしげしげと眺めた。マーロウも一歩引いて、わたしの全身をまじまじと見た。白いブラウスのうえに着た、アーガイル模様のセーター。緑と赤のチェックのスカート。紺色のぶあついタイツ。茶色の細いサテンのリボンを、わたしはポニーテールの根元に、マーロウは三つ編みの結び目に結んでいる。

「おんなじだ……」

ふたり同時につぶやくと、また昇降口でのできごとが、煙みたいにもくもく頭のなかによみがえってきた。

今朝、マーロウと走りながら校門をくぐって（ママがだめ人間になって以来、わたしたちは朝の準備のせいでいつも遅刻ぎりぎりなのだ）、大急ぎで昇降口で靴を脱いでいたとき、岩倉みほちゃんに会った。

みほちゃんはマーロウのクラスメイトだけど、去年はわたしと同じクラスだったから、学校のなかで会えば手を振ったり、にこっとしたりする。今朝も「あっ、みほちゃん、おはよう」とわたしたちが挨拶すると、下駄箱のまえにいたみほちゃんも「おはよう」と返してくれた。でもみほちゃんは、それからすぐに廊下に歩いていかないで、黙ってじーっとわたしたちのことを見ていたのだ。

あれ、なんだろう？　ふしぎに思っているとみほちゃんが言った、

「ふたりとも、いつも同じ服ばっかり着て、イヤにならないの？」

って。

マーロウもわたしもぽかんとして、みほちゃんのまえでかたまってしまった。

「わたしのイトコもふたごだけど、わたしのイトコは、おそろいの服なんて、もう着ないよ。そのふたりには、個性があるから」

みほちゃんはほっぺたに落ちてきたさらさらの髪の毛を手で払って、ほんのり微笑《ほほえ》みながら続けた。

「ふたりとも、毎日そうやって同じ服ばっかり着てたら、どっちがどっちか、そのうち自分でもわかんなくなっちゃうよ」

それからふふふと笑うと、みほちゃんはそのまま廊下に歩いていってしまった。教室のほうはざわざわしていたけど、まわりには誰もいなかった。残されたわたしたちは顔を見あわせて、それぞれ頭のなかで、みほちゃんに言われたことを繰りかえした。

「いまの、なんだった？」

マーロウに聞こうとしたところで始業のチャイムが鳴ったから、わたしたちはハッとして教室まで猛ダッシュした。みほちゃんがなにを言ったのかちゃんとふたりで話しあいたかったんだけど、三学期が始まってから何度も遅刻しちゃってるから、これ以上先生に怒られるのはもうゴメンなのだ。

先生が出席をとって一時間目の国語が始まってからは、黒板の新しい漢字をノートに書きうつすのに忙しくて、みほちゃんのことは忘れていた。

でも、もやもやはずっと消えなかった。なにをしていても心に雲がかかったようなすっきりしない感じで、なんでかな？　と考えだせばかならず、今朝のみほちゃんの、あのふふふっていう笑い声がよみがえってくるのだ。

「あれからみほちゃんに、なにか言われた？」

図書室の椅子に座って、わたしはマーロウにささやく。

みほちゃんは、同級生のなかでも一目おかれている、大人っぽくてきれいな女の子だ。去年からすごく背が伸びて、五年生なのにもう中学生にも見えるし、胸もちょっと、というか、わたしたちにくらべるとかなり、ふくらんでいる。合同体育の時間、みほちゃんの近くに整列したりするとき、わたしはどきどき、じゃなくて、クラクラする。体操着越しの背中に、スポーツブラじゃない、大人の女のひとがする細いブラジャーの線が透けているからだ。でもそんなことにクラクラしている自分が、わたしはけっこう恥ずかしいのだ。

「ううん、なにも」

マーロウはそう首を振るけれど、一日同じ教室のなかにいたら、きっと気になってしかたなかっただろう。今日はなにかとみほちゃんのようすをチラチラ目で追っていたんじゃないのかな。

「わたし、一日気になってたんだけど……みほちゃん、べつにいじわるであんなこと言ったわけじゃないよね」

「たぶんね」

「みほちゃんは大人っぽいから、きっとわたしたちに、アドバイスをくれたんだよね」

「そうだね」

「みほちゃん、高校生のお姉ちゃんがいるんだよね。わたし去年同じクラスだったから、知ってるよ。だから落ちついてるの。今朝だって、遅刻ぎりぎりだったけど、余裕だったもん。わたしたちみたいに、いつもバタバタしてないもん」

「うん、うん」

「そういうみほちゃんが言うんだから……あ〜、でもやっぱり……」

「もやもやする！」

マーロウが叫ぶと、貸し出しカウンターの司書の先生が咳払《せきばら》いをしてこっちをにらんだ。

わたしたちは出しかけていた宿題のノートをしまって、今日は早々に図書室を後にすることにした。

「みほちゃん、わたしたちが同じ服ばっかり着てたら、どっちがどっちか自分でもわかんなくなっちゃうって言ってたね」

まだ雪がとけきっていない畑のなかの通学路をぶらぶら歩きながら、マーロウが言う。もう三月だけど、目のまえに広がるほうれんそう畑と穂高の山の景色は寒さのなかで時間を止めているみたいで、さわるとパリパリひびわれていきそうで、春なんか、ずっと遠いさきの話のことみたいに感じる。

「マーロウ、そういえばわたしたち、自分のことわたししって呼びはじめたとき、おんなじようなこと言ってたね。ほら、ふたりして自分のことわたしして呼んだら、どっちがどっちかわかんなくなっちゃうかもって心配して、『わたしボタン』を作ろうとしてたでしょ？」

「でもそんなボタンなくても、いま、どっちがハッチでどっちがわたしか、みんなちゃんとわかってくれてるよね。だれも混乱してないよね」

「うん」

「だから同じ服を着てても、わたしはわたしで、ハッチはハッチだよ」

「そのとおり！」

「でもなあ、みほちゃんがなあ……」言いながら、マーロウはちょっとうなだれた。

「みほちゃんに言われると、わたし、たしかにそうかもなあって、ちょっと、思っちゃうんだ」

「わかるよ。だってみほちゃん、大人っぽいんだもん。わたしたちよりかしこそうだし、わたしたちの知らないこと、たくさん知ってそうなんだもん」

「そう、みほちゃんの言うことには、説得力というものがあるんだよ！」

元気よく言ってから、マーロウはまた深刻そうに顔をしかめる。

「でもさ、ハッチ……みほちゃんの言ったことを、よく考えてみるとさ、ハッチとわたしが、毎日同じ服を着て学校に行く必要って、あんまりないってことだよね？」

「たしかにね。ずっとそうしてたから、それがふつうになっちゃったけど、べつに、それぞれがその日に着たい服を着てもいいんだよね」

「でも……ハッチとわたしが、ちがう服で学校に行くの……？」

マーロウはちょっと薄目になって、顔を空に向けて、ちがう服を着て登校するふたりを想像しているらしかった。わたしも想像してみようとした。……でもそれってすごくむずかしい、空を飛んでるふたりを想像するよりむずかしい！

「やっぱりそんなのヘンだよ」マーロウが目を開けて言う。「ふたりがちがう格好して出かけるなんて、ぜんぜん想像できない。そんなのきっと、心細いよ」

「でも、みんなはそれがふつうなんだよね。自分ひとりしか着てない服を着て、毎日学校に行ってるんだよ。世のなかのひとは、きっとそれがふつうなの」

「そうか……。だとしたら、みんな、なんかすごいね」

「みんな、勇気あるよね」

うんうん、うなずきあっていたら、うしろから「ハッチ！　マーロウ！」と呼ぶ声がした。振りむくと、シューマンの未央ちゃんが自転車をこぎながら手を振っている。

「未央ちゃん！　久しぶり！」

マーロウと手を振りかえすと、近づいてきた未央ちゃんはひょいっと軽やかに自転車から地面に降りた。

未央ちゃんのおうちはこのあたりでは有名なお菓子屋さん兼パン屋さんの「シューマン」で、わたしたちが暮らす森の家からちょっと山の斜面を上がったところ、レストランやギャラリーがぽつぽつ並ぶ、山のなかの国道沿いにある。

「ふたりとも、相変わらずおそろいでかわいいね」

未央ちゃんはおそろいのダッフルコートにおそろいの靴を履いているわたしたちを見て、ニコニコしながら言った。

「あっ、未央ちゃんも、わたしたちがおそろいで、ヘンだって思う？」

「えっ、なんでヘンなの？」

「あのー、それは……うーん、だってみんな、自分ひとりしか着てない服で、学校に行ったり、働いたり、してるわけでしょ？」

「なに言ってるの、わたしなんかこの制服、同じ高校に通ってる何百人ってひととおそろいなんだよ」

「あっ、そうか。中学生とか高校生になったら、みんなとおそろいの服を着るんだよね。マーロウとわたしどころじゃなくて、何百人とおそろいになるんだよね」

「だから私服で友だちと会うときは、ちょっと緊張するよ。自分だけヘンな格好してたらどうしようって。でもハッチとマーロウはヘンじゃない、かわいいよ」

「そうかな？」

　マーロウとわたしは顔を見あわせてニンマリした。でもやっぱり、みほちゃんの言ったことと、未央ちゃんの話はどこかでつながっている気がする。制服、おそろいの服、それから「個性」……あ、マーロウとわたしはひょっとして、日替わりの「ふたご学校」の制服を着ているみたいなものなのかな？　この制服になじみきっちゃっているかぎり、もっと大きくなって友だちとあそんだり恋人とデートするときにも個性がなくて制服が脱げないままで、いつまでたっても一人前のおしゃれな大人にはなれないのかな……？

だとしたら、それってすっごく、大問題だ！

「わたし、来月からは東京の大学に行くんだよ。みんなおしゃれなんだろうなあ。大学にも制服があったら楽なのに」

未央ちゃんはそう言って、ふーっとためいきをついた。

「未央ちゃん、それはダメだよ！ 制服を脱いで、おしゃれしなくちゃ！」

「うーん、ハッチとマーロウは東京から来たおしゃれさんだからいいけどさ、わたしはちょっと、めんどうくさいなあ……」

「未央ちゃん、東京の大学でなにを勉強するの？」

「文化人類学っていうのを勉強するんだよ。世界のいろんなところに住んでるひとが、なにを考えて、どういうふうに暮らしてるのか、知りたいでしょ？」

「うん、知りたい」

「でも私立の大学だから、お金がかかってたいへんなの。きっとおしゃれなんかしてる場合じゃないよ、おこづかい稼ぎに、アルバイトしなくっちゃなあ」

言いながら、未央ちゃんは手のひらでスカート越しの太ももを打って、リズムをとりはじめた。未央ちゃんは高校の軽音楽部でロックバンドを組んでいて、毎日ドラムを叩《たた》いているのだ。

「忙しくなったら、未央ちゃん、ドラムはやめちゃうの？」

「うーん、大学のサークルに入って続けてみようかな……でもまだ、わかんない。あっ、そうだ、ふたりにライブのチケットあげるね。ライブっていうか、今度の日曜に公民館でやる文化交流会のチケットなんだけど。合同発表会だから、ほかのひとたちもたくさん演奏したり歌ったりするよ。日曜ひま？」

うん、ひまだよ、マーロウとうなずくと、未央ちゃんはコートのポケットから水色のチケットを二枚取りだして、わたしたちにくれた。

「これ、わたしの卒業ライブみたいなものだからさ、きっと来てね。あ、ママさんのぶんもあげるね」

ポケットからもう一枚チケットを出すと、未央ちゃんは「じゃあね！」と言っておかっぱの髪を揺らしながら、自転車ですいすい遠ざかっていった。

未央ちゃんは五年まえにわたしたち一家がここに引っ越してきてからなにかと親切にしてくれる、やさしいお姉ちゃんみたいなひとだ。ママもわたしたちも、未央ちゃんのパパさんとママさんが作るケーキの大ファンで、毎年の誕生日とクリスマスには、必ずシューマンでホールケーキを予約している。ケーキ屋さんのひとり娘なんてすっごくうらやましいけど、東京でお菓子のことじゃなくて、世界のひとびとが考えていることについて勉強するなんて、初耳だ……。

「未央ちゃん、もしかして、シューマンには戻ってこないつもりなのかな」

隣でマーロウがつぶやいた。

「それはわかんないけど、未央ちゃんが東京に行っちゃうのは、さびしいね」

「うん。でもきっと夏休みには、帰ってきてくれるよね」

うんうん、うなずきあいながら森の道に入って、ずんずん固い土を踏んで進んでいくと、家のまえに大きな車が停《と》まっているのが見えた。あれは熊倉田のおじちゃんの車でもやみくもさんの車でもなくて、宅配便のトラックだ。

「マーロウ、見て、トラック来てるよ」

「ほんとだ。ママのお仕事のなにかじゃない？」

「いや、ちがうよ、だってママはだめ人間だから、もうお仕事してないんだもん」

「だとしたら……」

マーロウもわたしも同時にピンときて、先月やみくもさんの車を見つけたときよりもすごい勢いで、玄関まで一直線に走っていった。ドアのまえまで来ると、ちょうど宅配便のお兄さんが出てくるところで、あいたドアのすきまから四箱の段ボール箱が靴脱ぎに積んであるのが見える。

「やっぱり！」

段ボールの隣には、まだパジャマ姿のママがにやにやしながら立っていた。

「ママ、またいっぱい買ったんでしょ！」

「あったりー！」

ママは言ってニカーっと笑うと、積まれた段ボールをまるごとずるずるリビングのほうに押していった。

「ねえママ、なに買ったの？　はやく開けてみせてよ！」

「はいはい、あわてないあわてない」

「わたしたちのぶんもある？」

「あるよー、ママ、またバカみたいに買っちゃったんだから。だからもううちは、破産だーっ！　でもどれもすっごく、気絶するほどかわいいんだから！」

それで朝からのもやもやは、一気に吹きとんだ。ママはストレスがたまってくると、インターネットで自分とわたしたちふたごの洋服をびっくりするくらい大量に買いこんで、派手にむだづかいをするのが大好きなのだ！

はやく段ボールの中身が見たくてしょうがないマーロウとわたしは、段ボールを押すママのお尻を力まかせにぐいぐい押していく。

「さあ、開けるぞー！」

ママの号令で、わたしたちはひとり一個、いっせいに段ボールを開けた。すると出てくる出てくる、レースのブラウス、たくさん風をはらみそうなふんわりしたスカート、シャーペンみたいなヒールつきの銀色のサンダル、まったく同じブルージーンズ二本、麻のカーディガン、ストラップつきのエナメルの靴、くじゃくの模様のビーズのバッグ、竹の柄がついたレモン色の傘、ヤシの木柄のサンドレス……。

「ママ、自分のばっかり！　わたしたちのは？」

「はいはい、あんたたちのはこれ」

最後に残った段ボールにカッターを入れるなり、マーロウとわたしはキャーキャー歓声をあげながら、夢中でそこに入っている品物をお互いのからだにあてていった。

首元にフリルがついたTシャツ、ギンガムチェックの半そでブラウス、お花の刺《し》繡《しゅう》つきのデニムのスカート、色ちがいのリボンが巻いてある麦わら帽子、貝殻の飾りがついたヘアゴム、パイナップル形のビニールバッグ、水玉のワンピース……ほんとにどれもみんな、気絶するほどかわいい！　そのうえなにがすごいかというと、ママが選ぶ洋服は色あいもサイズも気味わるいくらい、わたしたちにぴったりなのだ。

「ママ、たしかに気絶しそうだよ！」

「そうでしょう、ママも気絶しそう！」

言いながら、ママはさっそくパジャマを脱いで下着すがたになって、サンドレスをかぶりはじめている。わたしもいちばん気に入った水玉のワンピースをはやく着てみたくて、コートを脱いだところでハッとした。Tシャツ、ブラウス、スカート、ワンピース……どれもみんな、きっかり二枚ずつのおそろいなのだ。ちがうものといえば、帽子に巻いてあるリボンの色だけ！

「どうしたのハッチ、着ないの？」

ワンピースのえりぐりから頭を出したマーロウが、ふしぎそうに言う。サンドレスを着たママは、銀色のサンダルを履いて、手にはビーズのバッグを持って、姿見のまえに立ってあちこち点検している。

「マーロウ、これ、みんなおそろいだよ」

わたしが声をひそめて言うと、マーロウは「うん、まあ……」とちょっときまりわるそうに床に広がる洋服を見下ろした。

「どうしたのハッチ、気に入らないの？」

鏡のまえでレモン色の傘をクルクルまわしながら、ママが聞く。顔には茶色のサングラスまでかけている。まだ部屋のなかにはストーブががんがん効いているのに、春を飛びこして一気に夏が来たみたいだ。

「気に入らないわけじゃないんだけど……ううん、すっごく気に入ってるんだけど……」

「じゃあなによ、サイズまちがってた？」

「ううん、たぶんまちがってないと思う」

それは目のまえのマーロウを見ればあきらかだ。水玉のワンピースは、色もかたちも、とてもしっくりマーロウのからだになじんでいる。

「ハッチ、やっぱり気にしてるの？」

マーロウは心配そうにそう聞くけど、視線はちらちら麦わら帽子のほうに向いている。わたしのことより、あの帽子をはやくかぶってみたくてしかたないんだ！

「なによ、ハッチ、どうしたの？」

ママが傘を畳んでどすんとまえにすわったので、わたしはしかたなく口を開いた。

「今日友だちに言われたの。ふたりともいつもおそろいの服着て、イヤにならないの？　って。その子のイトコもふたごだけど、そのふたごの子たちは、おそろいの服なんか着ないって。その子たちには、個性があるからって」

「へーえ。で、ハッチはなんて言いかえしたの？」

「なんにも……」

「あの、その子、岩倉みほちゃんていうんだけど、背が高くて、大人っぽい子だよ。

べつに、いじめっ子とかじゃないんだよ」

隣からつけたしてくれたマーロウの頭には、いきなり麦わら帽子が載っている。思っていたとおり、水色のリボンのついているほうを選んだから、わたしの帽子のリボンは白だ。

「へーえ、個性ねえ。その子、おもしろいことを言うわねえ」

「ママ、マーロウとわたしがおそろいの服を着てたら、個性って、できてこないのかな」

「あんたたち、個性がほしいの？」

「そうだよ、ねえママ、個性って、どうやってつくるの？」

「個性はつくるものではありません！」

ぽかんとしていると、ママはコホンと咳をして続けた。

「たとえばね、ここに、アリさんのAさんとBさんがいます。ちっちゃいから、わたしたちにはどっちもおんなじに見えるよね。でも虫めがねを使えば、もっとよく見える。でもよく見えたところで、ふだんアリさんのことをよく知らないわたしたちからしたら、きっとどっちもまだ同じに見えるよね」

うんうん、わたしたちはうなずく。

「ただ、ふだんアリさんのことをよく勉強してる昆虫学の偉い先生が見たら、きっとアリAさんとアリBさんのあいだには、ぜんぜんちがう特徴が見えるんだと思う。どっちも同じとはぜったいに言えないくらいの、はっきりとしたちがいがね。ま、個性なんてそんなものよ」

ムムー、わたしたちは腕を組んでうなる。

「ママだって、いまテレビに出てる若いアイドルの顔はみんな同じに見えるけど、あんたたちからしたら、きっとぜんぜんちがうんでしょう。関心のないひとからしたら、どっちも同じに見えるけど、一度関心を持ってながめたら、個性というのは、ちゃんと見つけられるものなのよ。そうそう、だから個性というのは、自分でつくったり見つけだすものじゃなくて、よその他人から見つけだされるものだってこと！　だからそれが見つけだされるまでは、自然にふつうに、してればいいの！　そもそも、そんなの見つけだされたところで、本人にとってはあっそうですか、勝手に言ってろ、フーン、で終わりよ。だってアリが自分の個性について、うだうだ考えてたりすると思う？」

「でもママ、わたしたち、アリじゃなくて人間だもん……」

「じゃあアリを見習いなさい。アリの個性はわたしたちにはわからないけど、アリはアリで立派に生きてるじゃないの」

「うーん、でもいちおう、人間として、個性、つくらなくていいのかなあ……だってみほちゃんのイトコは……」

「つくった個性なんて、どのみちつまんない個性よ。そのみほちゃんのイトコやらだって、実際会ってみたところでその子たちのことを好きじゃなければ、たいしたちがいなんて見つからないわよ。要は、関心があるかどうか！　だから気にしない！　それよりほらほら、着てみなさいよ」

ママがせきたてるので、わたしも水玉のワンピースを着て、麦わら帽子をかぶってマーロウと鏡のまえに立った。

「うっわー、さすがわたし！　ふたりともよく似合ってる！　我ながら、なんてかわいいふたごを産んじゃったんだろう！」

ママは大きく腕を広げると、マーロウとわたしをぎゅーっと抱きしめて、それからまたサンドレスを脱いで、今度はブラウスとスカートの試着にとりかかった。

鏡のまえに取り残されたわたしたちは、ほかのひとからしてみたら、たぶん帽子のリボンの色と、顔のほくろの位置でしか、見分けられないだろう。ママはみほちゃんが言ってた個性なんて気にするなって言うけど……でもやっぱりわたしはいまどうしても、個性というものをつくってみたいのだ！

「ねえマーロウ、このワンピースはこのワンピースですてきなんだけどさ……」

「うん、なあに？」マーロウはまだ鏡の自分にうっとりみとれている。

「ちょっと、工夫をしてみない？」

「工夫って？　どんな？」

「この帽子のリボンみたいにね、わたしたちそれぞれの個性をアピールするの。マーロウとわたしはほとんど同じだけど、やっぱりちがう人間なんだから、そのちがいをもっと目立たせて、もっと見分けがつくようにしたほうがいいと思うんだ」

「えー、そうかなあ」

「そうだよ。これは、ふたごの制服を脱ぐ最初の一歩だよ」

「えーっ、中学生になったらどうせ制服着るのに？　するとじゃあハッチ、わたしたちもこれからは、ほかの子みたいに自分ひとりだけが着る服を着るってこと？」

「すぐじゃないけど、ゆくゆくはそうだよ」

「うーん、わたし、そんなのできるかなあ……だって、こういう服ってひとりよりふたりで着たほうがかわいいし……」

「だめだめ、そんなこと言ってたら、いつまでも一人前の大人になれないよ。まずは、ちょっとずつちがう、から始めるの！」

鏡のまえにマーロウを残して、わたしは物置部屋からママの裁縫セットと、ママがむかし集めてたきれいな布とか包装紙とか、とれちゃったかわいいボタンがいっしょくたにしまわれている籐《とう》の箱を抱えて戻ってきた。

「あらどうしたの、そんなの持ちだして」

新品のブラウスを着たママが、鏡のまえで口紅を引きながら横目で見る。マーロウはもうワンピースを脱いでいて、ギンガムチェックのブラウスにデニムのスカートすがたで、ママに占領されている鏡のすきまで自分の格好を眺めている。

「ママ、わたしはこれで、自分の個性を出していきます」

「ハッチってば、やあねえさっきから個性個性って。熱でもあるの？　でもいいわ、好きにやりなさい」

それきり、ママはまたひとりファッションショーに没頭しはじめた。

わたしはいそいで着ていたワンピースを脱いで、セーターとスカートのふだんの格好に戻ると、籐の箱をまえに作戦を練ることにした。

「あっ、このレースかわいい！」

隣からマーロウが腕を伸ばしてきて、レースの切れ端を手に取る。

「ほんとだ。じゃあマーロウ、そのレースをワンピースのえりのところにくっつけてみたら？」

「そうだね、じゃあこれ、半分に切るね」

「ダメダメ、切らなくていいの！　わたしのぶんはいいの、これはぜんぶマーロウが使うんだってば」

「え、そうなの？　じゃあハッチはどうするの？」

「うーん、わたしは……あ、これ、このくるみボタンを、えりにつけてみようかな」

「そっかあ、それもかわいいね」

「でしょ？　じゃあ、作業開始！」

それからわたしたちは、新しいシャツにもスカートにもバッグにも、自分の好きなものをどんどん縫いこんでいった。いろいろくっつけすぎてできあがりがいまいちなものもあったけど、縫えば縫うほど、ゴタゴタすればゴタゴタするほど、マーロウとちがえばちがうほど、これを持っているひとの趣味とか好みとかがはっきり目に見えてうきあがってくる感じがして、うん、これがたぶん、わたしの個性というやつなのだ！

夢中でお裁縫をしているうちに、気づくと部屋のなかが薄暗くなっていた。ママはいつのまにかいなくなっていて、ひっぱりだされた新品の洋服や靴が、床に脱ぎっぱなしになっている。

「ハッチ、わたし目がしょぼしょぼしてきちゃったよ」

マーロウが目をこすって言った。

「そうだね、もうこのくらいにしておこうか」

部屋の電気をつけて、わたしたちは自分の作品を見下ろした。

いちばん上出来なのは、やっぱり最初に取りかかった水玉のワンピースだ。マーロウのワンピースにはえりにレース、そではゴムを入れてふくらませてあって、腰のポケットにはMのかたちにチロリアンテープを縫いこんである。わたしのワンピースのえりにはくるみボタンが並んでいて、胸元には小鳥のワッペン、すそにはぐるっと白いチュールをくっつけてある。

「すごい、上出来だね！」

手を叩いて喜ぶマーロウを横目に、わたしは一つ、すごくいいことを思いついた。

「ねえマーロウ、日曜日の未央ちゃんの卒業ライブに、これを着ていこうよ」

「えっ、さっそく？　でもまだ、寒いんじゃないかなあ」

「公民館のなかはあったかいから大丈夫だよ」

「あっ、じゃあわたしもいいこと考えた！　このチュールの布、まだたくさんあるから、未央ちゃんにスカートを作ってあげない？　ほら、まだリボンもワッペンもいっぱいあるし、いろいろ飾りをつけて、プレゼントするの。なんていうんだっけ、そういう、遠くにいくひとにあげるもの……、えっと、おせん、おせんべい……じゃなくてそうだ、おせんべつだ！」

「おせんべつね！　賛成！」

それからまた、わたしたちはお腹がぐうぐう鳴るまでお裁縫に熱中した。

プレゼントのスカートが完成したころには、お腹がすきすぎてなんだかもう、お腹がいっぱいになっちゃった感じがした。コーンスープとパンとみかんだけの夕食を用意したとき、ママにも声をかけたけど、部屋のなかからはなんの返事もなかった。ママ、最近はパジャマばっかりで、まともな服を着るのに慣れてないから、いろいろ着すぎてくたびれちゃったのかな。

リビングの床、あっちこっちで脱ぎ捨てられているママの新しい洋服を、お風呂上がりにマーロウとふたりできれいに畳んであげた。それから段ボールのなかにしまって、その段ボールをママの部屋のまえまでえっちらおっちら運んで、わたしたちはくたくたになってから、ぐっすり眠った。


そして日曜日。

最近のぐーたらな感じからしてママは行かないかなと思ったけど、未央ちゃんの卒業ライブなんだよと話すと、「じゃあみんなで、精いっぱいおめかしして出かけよう！」と、久々のおでかけにすっかりやる気になっていた。

四時に家を出る予定なのに、準備はお昼から始まった。ママはまず、自分のお化粧と髪型をすっかりかんぺきに仕上げて、新品のコレクションのなかから、たぶん絹でできているさらさらのグレーのブラウスと、レースの細いスカートを選んだ。薄い黒のストッキングを穿《は》いて、黒いハイヒール、そしてこれまた新品の銀色のクラッチバッグを持っているママは、最高にきれいだ。こういうママを、ほんとうにひさしぶりに見た。

東京にいたとき、ママはよくこんなおしゃれをして、まだ小さかったわたしたちを隣の部屋の松井のおばちゃんに預けて、夜な夜な出かけていった。おばちゃんはやさしくてすごくいいひとだったから、わたしたちはあんまりさびしくなかったし、それよりなにより、きれいで楽しそうなママのすがたを見ると、マーロウもわたしもなんだかうれしくなったものだ。ほんとうは、そのきれいで楽しいママがわたしたちふたりを連れだして、眠くなるまであそんでくれればもっとうれしかったんだけど……。でもとにかく、こっちに引っ越してきて以来、ママがこんなおしゃれをしたことは一度もなかった気がする。

「次はあんたたちよ！」

ママはびしっと指差すなり、わたしたちを鏡台のまえに座らせて、髪を巻いたり編んだりふわふわふくらませたり、うんと時間をかけてお出かけ用のすてきな髪型を作ってくれた。しあげにはラメのパウダーをふりかけて、ピンクの色つきリップクリームを塗ってもらう。鏡をのぞきこんでみると、うーん、なんだか、七五三みたいにスペシャルでゴージャスな気分！

それからハンガーにつるしておいたワンピースを飾りがとれないようにそっと着て、マーロウとわたしのドレスアップは完成した。夏用の半そでのワンピースだから、ぶあつい ウールのコートを着ても、まだけっこう寒い。でもおしゃれはがまんだってまえにテレビに出てたモデルさんが言ってたから、おしゃれのためなら、わたしもこのくらいはへっちゃらだってことにするのだ。

ママの車に乗って公民館に着くと、入り口を入ってすぐの通路のところで、ちょうどジーンズすがたの未央ちゃんと行きあった。

「未央ちゃん！」

呼びとめると、やっほー！　と笑って手に持ったドラムスティックを振ってくれる。

「未央ちゃん、出番、これからだよね？」

「うん、あと五組先かな。いま歌ってるのはゴスペル愛好会で、次はうちのお母さんが入ってるウクレレの会で、その四つあとがわたしたち」

「そうなんだ！　未央ちゃん、これ、わたしたちからのプレゼントだよ」

マーロウとわたしがスカート入りの紙袋を渡すと、未央ちゃんはさっそく中身を取りだして、「うわー、かわいい！」と叫んだ。

「ふたりでスカート作ったの。ウエストはふといゴムだから、きっときつくないよ」

「うわー、ありがとう！　すごいね、いろいろくっついてて……ふたりとも、すっごく器用だね！」

白いチュールの生地には、マーロウとわたしが厳選したすみれのワッペンやらリボンやらビーズやらスパンコールやらが、いたるところにくっついている。あんまりつけすぎないように注意したつもりだったけど、こうして公民館の殺風景な通路で見てみると、思ってた以上に、なかなか派手だ。

「まあまあ、ふたごがはりきっちゃってごめんなさいね。このあいだから、急にお裁縫に目覚めちゃって。子どものいたずらみたいなスカートですけど……」

ママが横からよけいな口を出したけど、未央ちゃんは「いえいえ」と笑って首を振ってくれた。

「すっごくかわいいです。かわいすぎてちょっと穿けないかもしれないけど、でもわたしこれ、ふたごちゃんの思い出に、ずーっと大切にとっときます。東京にも、持っていきます」

言いながら、未央ちゃんの目にうっすら涙が浮かんできた気がしたから、わたしはあわててコートを脱いでみせた。

「ねえ見て、未央ちゃん！」

隣のマーロウも気づいて、いそいでコートを脱ぐ。

「ほら、わたしたち、もうおそろいじゃないんだよ！」

「あらー、ほんとだ」

もともとは同じだけど、わたしたちがそれぞれに工夫したワンピースを見て、未央ちゃんはまた笑った。

「ハッチもマーロウも、やっぱりおしゃれさんだね。ママさんもほんとにすてきだし、わたしも東京に行ったら、がんばっておしゃれするよ」

未央ー、集合！　通路の奥から、ギターを提《さ》げたバンドのお友だちが未央ちゃんを呼んだ。

「あ、わたしそろそろ行かなきゃ。じゃあね、客席で見ててね」

「うん、未央ちゃん、がんばってね！」

ありがとね、未央ちゃんはニコっと笑ってお友だちのところに駆けていく。

「もうママ、あのスカート、マーロウとわたしの自信作なんだよお。子どものいたずらなんかじゃないってば！」

抗議すると、ママはハハハと笑ってマーロウとわたしの手を握った。

広いロビーには普段着のひとばかりで、レッドカーペットを歩けるくらいにドレスアップしたわたしたちは、かなり浮いている。でも、今日のわたしたち三人は、きっとかなりかわいくてきれいだから、じろじろ見られるのもちょっと気分がいい。ロビーを横切ってホールの客席まで行く途中、掲示板の近くに岩倉みほちゃんのすがたが見えた。マーロウに目配せすると、みほちゃんもこっちに気づいて、目をまん丸にしていたのがおかしかった。

客席につくとウクレレの会の演奏が始まって、次は幼稚園生たちのダンスと歌、それからおじいちゃんとおばあちゃんのハンドベル、それからジャズダンス教室のグループダンスがあって、いよいよ未央ちゃんのロックバンドの出番がきた。

舞台に登場した未央ちゃんを見てマーロウもわたしもびっくりした。未央ちゃんは、さっきわたしたちがプレゼントしたばかりのチュールのスカートを、ジーンズのうえから穿いて出てきてくれたのだ！

照明を反射したビーズやスパンコールがチラチラ光って、スカートは近くで見るよりずっときれいだった。演奏中、未央ちゃんは首がとれちゃうんじゃないかと思うくらいはげしくドラムを叩いてて、すっごくかっこよかったし、そのうえ最後には、スティックのさきでわたしたちのほうを指してくれた！　未央ちゃん、東京に行ってもあのスカートを穿いて、ドラムを叩いてくれればいいのにな。

帰りぎわ、ロビーで未央ちゃんのお母さんを見つけたママが近づいていって挨拶したとき、未央ちゃんのお母さんはママがだれだかわからなかったみたいで、一瞬キョトンとしていた。それくらい、今日のママはふだんのママとおおちがいだってこと！　あれ？　でもそれっていうのは、今日のママの個性とふだんのママの個性がちがっているからなのかなあ？　同じ人間のなかでも、日によって、ちがう個性が出てくるってこと……？

なんだか頭がこんがらがってきたところで、じいっとこっちを見ているマーロウの視線に気づく。

「なあに、マーロウ？」

「ハッチのワンピース、いいなあと思って。えりのボタンとか、すそのチュールとか。わたしもそういうふうにすればよかった」

「え、そうなの？　わたしもじつは、マーロウのワンピースのほうが、自分のよりすてきだなって思ってた。わたしもえりにレースつければよかったって」

「え、そうなの？　じゃああとで交換する？」

うん！　元気よくうなずいて、また頭がこんがらがってきた……個性って、こんなにかんたんに交換できるものなのかなあ？　ママのようすからすると、自分ひとりのなかにもいろんな個性があるみたいなのに、自分のものだと思ってた個性も、べつに自分ひとりだけのものってきまったわけじゃないのかも……？　でもまあ、なんかもうどうでもいいや、わたしはマーロウのかわいいワンピースが着てみたいだけなんだから、それをじゃまする個性の問題は、またあとでじっくり考えることにする！

外に出ると、冬の終わりのつめたい風がこれが最後だぞ！　って言うみたいにビューっと吹いて、コートのなかに一気に鳥肌がたった。

マーロウとわたしはからだを縮こめて車まで早足で歩いていったけど、ママだけは背筋をまっすぐ伸ばして、ハイヒールをコッコツ鳴らして、女王さまみたいに悠々と歩いている。

車のドアにはりついてブルブルふるえてるわたしたちを横目に、ママは夜空を見あげて、「お星さまがきれいね」と言った。

見あげると、未央ちゃんのスカートにわたしたちが一生けんめい縫いつけたビーズやスパンコールみたいに、満天のお星さまがチカチカ、チカチカ輝いていた。

四月 ふうがわりな転入生のこと（マーロウ）

四月、新学期が始まって、ハッチとわたしは小学六年生になった。

小学校で過ごすのはこれが最後の一年、来年からはとうとう中学校に行く！

……だけど今年はクラス替えもなかったし、六年生になったからって教室以外のなにかが急に変わるわけでもないし、とくにしみじみするかんがいみたいなものはないんだ、ただ春休みが終わって、いまはちょっと、ほっとしてるだけ。

「今年の春休みは、ごくろうだったね」

朝、学校へ向かう森の道を歩きながら、ハッチがはーっとためいきをつく。

「うん、ほんとにごくろうだった」

わたしも同じくらい、ふーっとためいきをついて答える。

そう、今年の春休みって、すごくごくろうで、ほんとうにヘンテコだったんだ！

去年までのママ（大人の、ふつうのママ）だったら、わたしたちが長い休みに入ると午前中に小説を書くお仕事をすませて、午後はわたしたちといっしょに森を探検したり、オーブンを使って手間のかかる料理をしたり、夜は隣の町までドライブに連れていってくれたりした。でも今年のママ（大人を卒業した、だめ人間のママ）はなーんにも、いや、なにもしてなかったわけじゃないんだけど、すくなくともわたしたちには、なーんにもしてくれなかった。

この春ママがしてたことといえば、お正月休みから相変わらずのパジャマすがたで一日リビングにのさばって、ソファでテレビを見たり、通信販売で買ったウクレレを弾いたり、それから、ひとりでオセロもやってたっけ……。そのくせハッチとわたしがいっしょにだらだらするのは気に入らないみたいで、朝の家事が終わってひといきついていると、「少女たちよ、自然に学べ！」ってわたしたちふたりを外にほっぽりだして、ドアに鍵をかけちゃうのだ。

追いだされたわたしたちは一日外で過ごして、日が暮れたらすごすご家に帰る。それから夕飯を作るのは、もちろんわたしたちの仕事。で、ママは食べるだけ。ごきげんなときには、「おいしい、おいしい」と言って食べてくれるけど、ごきげんななめのときにはひとっこともしゃべらない。あーあ、ママって日がな一日ソファのうえでだらだらしているだけなのに、どうして日によって、こんなにひとがちがっちゃうのかなあ？

でもハッチもわたしもそんなママにはもうとっくに慣れちゃったから、べつにこわがってもないし、遠慮してびくびくしたりもしないんだ、わたしたち、ママはママで、好きなようにさせてあげたいから。こういう気持ちって、フロッピーにたいする気持ちとすこし似ちゃってるかなって思う。自分のお母さんと犬のフロッピーを同じようにあつかうって、ちょっとまずいかな。でもふたりのこと、わたしたちはすごくだいじで大好きだから、しかたない。だれだって自分のだいじで大好きなひとには、いつもきげんよく、のびのびしててもらいたいものでしょ？

とはいえ！　この春休みにいちばん困ったのは、今日一日なにをするか、ぜんぶ自分たちで決めなきゃいけなかったこと。

毎日が自由で、日が暮れるまでに時間がたっぷりあって、自分がやりたいことを決めるのって、最初は楽しかったけど、そればっかりだとけっこうむずかしいものなんだなあ。ハッチに「なにしてあそぶ？」って聞かれたとき、わたしはついつい、「なんでもいいよ」って答えちゃうんだけど、するとハッチは怒るのだ、「なんでもいい、がいちばん困るの！」って。

だからわたしたちは、その日一日できるだけ退屈しないで過ごせるように、できるだけ昨日と同じことはしないように、森の切り株のまわりをぐるぐるまわりながら毎日アイディアを出しあった。「フロッピーを連れて、フロッピーが人間の女の子になったときのお話を作りながら森を散歩する」とか、「町のお友だちのおうちを順番にたずねる」とか、「お腹がすいたら熊倉田のおじちゃんおばちゃんの家でお昼をごちそうになる」とか、「雨が降ったら図書館で料理の本や動物図鑑をめくったりして過ごす」とか……。でもひどいときには、その日なにをするか考えているだけで、日が傾いてきちゃうこともある。そんなふうだと、自由ってうれしいことのはずなのに、なんでもいいからとにかく文字で埋めなきゃいけないテスト用紙の空欄みたいな、苦しいものになってきちゃうんだなあ。

というわけで、そんな空欄だらけの春休みが終わって、やることがぜんぶ決まってる毎日が始まることに、ハッチもわたしもちょっぴりほっとしてるのだ。

始業式では、いつもどおり校長先生がながーい退屈なお話をして、交通安全のお話があって、最後に今年の転入生の紹介がされた。今年は二年生と五年生にひとりずつで、六年生にはだれもいないみたいだ。

途中、体育館の端に並べてある先生たちの席がなにやらざわざわ落ちつかなかったけど、そのあいだもわたしはずっと、今日の午後はなにをしようかなあって考えていた。隣の六年一組の列に立っているハッチも、手をからだのうしろで組んで、いかにもうわのそらっていう顔をしてる……今日はお天気だから、お昼を食べたらちょっと遠出して、ふたりで白鳥の池まであそびにいくのがいいかもしれないな。

それから式が終わって、わたしはクラスのみんなと担任の山田先生が教室に入ってくるのを待った。でも先生は、なかなか現れない。「時間厳守！」が口ぐせの先生が遅刻するなんてめずらしいことだ、しかも今日は、新学期の初日なのに。

クラスのみんなも最初は喜んで好き勝手にあそんでいたけれど、十分経《た》っても二十分経っても先生が現れないから、とうとう去年学級委員長をしていた白木《しらき》くんが職員室にようすを見にいくことになった。

その白木くんが教室を出ようとした瞬間、

「こら！　みんな着席！」

まえの扉ががらっとあいて、真っ赤な顔をした山田先生が、知らない女の子の腕をつかんで入ってくる。

「おはようございます！」

先生の大声に、わたしたちも声をそろえて、「おはようございます！」と大声で返した。

コホンとひとつ咳をすると、先生は女の子の腕を放して、今度はうしろからがしっと両肩をつかむ。つかまれている女の子はにやにやしながら、わたしたちを見わたしている。

女の子の背はたぶん教室のだれより小さくて、髪は綿毛みたいに毛先があちこちを向いたショートカットで、くりくりした目に大きな丸メガネをかけている。

教室はなんだかただならぬ雰囲気にしーんと静まりかえって、わたしたちは女の子に見つめられるがままになっていた。

「転入生を紹介します」

そう言うと、先生は左手で女の子の肩をつかまえたままからだをひねって、右手に持ったチョークで、

皆川英梨さん

と黒板に書いた。

「東京から来た、皆川英梨《みながわえり》さんです。皆川さん、みんなに自己紹介をお願いします」

「皆川英梨です！」間髪を入れずに、転入生は頭にキーンと響くような大声で叫んだ。それにびっくりした先生が思わず手を放したところで、皆川さんはあっという

まの早わざで、窓際にある灰色の先生用のデスクのうえにひらりと腰かけてしまった。

「ここがわたしの席ですか？」

言いながら、皆川さんはどこかのお姫さまみたいにつんとあごを上げて、優雅に脚まで組んでいる。

見ているわたしたちはみんな、ぽかーんとしてしまった。いったいなんなんだろう、この女の子！

「こらっ！　皆川さん！」

怒鳴りながら先生がデスクから下ろそうとすると、皆川さんはペロっと舌を出して、

「ごめんなさい、ふざけただけです」

と、またもとどおり教卓の横に立って、おとなしくお腹のまえで両手をそろえた。

「まったくもう……みなさん、今日から皆川さんはこのクラスに仲間入りします。一年間、仲良く協力しあって過ごしましょうね。じゃあ皆川さん、空いているあの席に座ってください」

先生が指差したのは、窓際の列の三番目に座っているわたしの真うしろの席だった。あーなんだか、いやーな予感がする……。

「ハイっ、先生、かしこまりました！」

叫ぶなり、皆川さんはまっすぐ席に向かってくる。わたしのそばを通りすぎるとき、皆川さんはまた先生につかまれていたときみたいににやーっと笑ったので、あわてて目を伏せた。あーもう、ますます、いやーな予感！

先生が一年の行事や最上級生の心がまえのことなんかを話してるあいだも、うしろからいまに背中をペンでつっつかれるんじゃないか、髪をひっぱられるんじゃないかとヒヤヒヤしていて、「ではみなさん、今日はおしまいです」ようやく先生の話が終わったとき、わたしの背中は緊張しすぎて鉄板みたいにかちかちだった。

それから日直の青木くんの号令で、「先生さようなら！　みなさんさようなら！」の唱和が終わると、みんなは一斉に立ちあがって帰りじたくを始める。わたしはうしろの転入生におかしなちょっかいを出されないように、すぐにランドセルを背負って教室を出ていこうとした――でもやっぱり、そうはいかなかった！

「ちょっと、ねえ！」

ぴーんと三つ編みをひっぱられて振りむくと、皆川さんはまた、こっちを見てにやにやしている。

「な、なあに？」

答えると、皆川さんは近よってきて、わたしの顔をじろーっと見つめた。

「あなた、人造人間？」

「えっ？」

「さっき、廊下であなたにそっくりな子を見つけたんだけど、あなた、人造人間？ それとももうひとりのほうが、人造人間？」

「人造人間……じゃないよ、それたぶん、わたしのふたごの姉の、ハッチだよ」

「へえ、ふたごなの！ じゃああなたの名前は？」

「わたしは、マーロウ……」

「ハッチとマーロウ？ あなたたち、外国人なの？」

「ううん、たぶん日本人だよ……」

「なによたぶんって。自分でわからないの？」

「ママは日本人だけど、パパはわからないから……」

「どういう意味？」

「わたし、パパに、会ったことがないから……」

するとと皆川さんは目を見開いて、すこし黙ったあとで、「そうなんだ」と肩をすくめた。

「でもそれ、本名なの？ ほんとうにハッチとマーロウっていうの？」

「ううん、ハッチは千晴《ちはる》で、わたしは鞠絵《まりえ》だけど、みんなそう呼ぶの」

「フーン、ならわたしも、そう呼んでいい？」
「う、うん……」
「じゃあわたしのことはエリーって呼んでね。いま思いついたんだけど、英梨より
エリーのほうがかわいいでしょ？」
そう言ってエリーは手を差しのべてきたから、わたしはその手を握った。エリー
はぎゅっと、握りかえしてきた。小さいけど乾いていて、熱い手だった。
「みんなわたしのこと、こわがってるみたいだね」
ちらちらこちらに目をやりながらも早足で教室を出ていくみんなを眺めて、エリ
ーはひゅーと口笛を吹く。それからすぐに、口笛は「グリーングリーン」のメロデ
ィーに変わった。その口笛があんまり上手だったのと、さっきの握手の手の感触で、
わたしは早くもエリーを好きになっちゃいそうだった。こわい子どころか、すっご
くおもしろそうな子だ！
「ねえエリー、なんでさっきは先生の机に座ったりしたの？　あんなことして、先
生に怒られるの、こわくないの？」
「ぜーんぜん、こわくない。だって先生も人間だもん。わたしとおんなじ骨と肉と
脳みそでできてるんだよ、ちょっとさきに生まれたからって、なんで先生先生って
尊敬して、言うとおりにしなきゃいけないの？」

「まあ、そうだけど……でも先生は先生だし……」

「わたし、始業式でもみんなのまえで挨拶させられるはずだったんだけど、そんなのイヤですって断ったんだ。そうしたらいきなり怒られたからね、ドロン！　脱走してやったの。あのひとたち、真っ青になってわたしのこと捜してたでしょ？　気づいた？」

たしかに始業式の途中、先生たちは椅子から立ったり座ったり、落ちつかなかった。あれはもしかして、脱走したエリーを捜してたってこと……？

わたしはちょっと信じられない思いで、目のまえで得意そうに腕を組んでいるエリーを見つめた。

「それじゃあ、エリー……始業式のとき、どこにいたの？」

「木のうえ」

「ええっ、木のうえ？」

「そうだよ、体育館のとなりのケヤキの木に登って、みんなを見てたのよ。空が近くて、気持ちよかった！」

それですっかり、かんぺきに、わたしはこのエリーのことを好きになってしまった！　会ってからまだすこししか経っていないのに、いい友だちになれるっていう予感がすごくした。わたしがそう思うってことは、きっとハッチもそう思うにちがいない。

「ねえエリー、エリーはどこに住んでるの？　わたし、これからハッチといっしょに帰るの。エリーも途中までいっしょに帰らない？」

「いいよ。あなたたちはどこに住んでるの？」

「わたしたち、山のふもとの森のなかに住んでるんだよ」

「へーえ、森のなか！　うらやましいな。わたしは駅の近くに住んでるの。近くっていっても、歩いて二十分くらいはかかるかな。あんなちっちゃい駅、生まれてはじめて見たよ」

それからエリーは、「森のなかって、タヌキが出るの？」とか「夜中の森に探検に行ったことある？」とか「テレビはうつるの？」とか、わたしを質問攻めにした。

校門のところで待ちあわせていたハッチは、わたしの隣でぴょんぴょん飛びはねるみたいに歩くエリーを見て、目を丸くしている。

「ハッチ、この子、エリーだよ。今日からうちのクラスに転入してきたの」

「よろしく！」

そう言って、エリーはにゅっとハッチに手を差しだした。ハッチは見るからにこわごわその手を握って、「よろしく……」と挨拶する。

「あなたたち、ほんとうにそっくりなんだね！　どうやって見分けたらいい？」

わたしはちょっと得意になって、ハッチのあごと自分の鼻の横を交互に指差した。

「ほら、よく見てね。あごにほくろがあるのがハッチで、鼻の横がマーロウだよ」

「ふんふん、あごがハッチで、鼻がマーロウね。あごハッチ、鼻マーロウ、あごハッチ、鼻マーロウ……」

言いながら、エリーはおかしな節をつけてあごハッチ鼻マーロウの歌を歌いはじめたから、ハッチもわたしも顔を見あわせて笑ってしまった。

「エリーも東京から来たんだよ」

歌っているエリーの横でハッチにこっそり耳打ちすると、ハッチはへーえ、と言って、「東京の、どこのへん?」とエリーに聞く。

「町屋っていうところ!」

歌をやめたエリーは、今度はいきなりスニーカーのつまさきを浮かせて、がにまたになって、かかとだけでよちよち歩きはじめた。

「町屋っていうのは、東京のうえのほうだよ。都電が走ってるの。駅のまえにはバラがいっぱい咲いてるよ。知らない?」

そのめずらしい歩きかたで、エリーは深緑色のほうれんそう畑に囲まれた通学路をどんどん進んでいく。町屋ではそういう歩きかたがはやってるのかな?

「わたしたちも、小学校に上がるまでは東京に住んでたんだよ」

そう言って、ハッチもエリーの歩きかたをまねしはじめた。わたしもあわててがにまたになって、ふたりのあとに続いてかかと歩きをはじめてみる。

「へー、じゃあわたしたち、ドーキョーだね！」

「ドーキョー？　ドーキョーじゃなくて、東京だってば」

言いかえすと、エリーは笑って「東京じゃなくて、同じふるさとって意味の、同郷だよ！」と言った。「それでふたりは、どこに住んでたの？」

「それは、いろいろ」と、今度はハッチが答える。

「いろいろって？」

「最後の二年くらいは、四谷ってとこに住んでたの。そのまえは、蛎殻町《かきがらちょう》っていうところ。そのまえは、三軒茶屋っていうところ。赤ちゃんのときは三鷹《みたか》で、ママのお腹のなかにいるときには中野」

「へーえ、ずいぶん転々としたんだね。それでどうして、長野に来たの？」

「ママが行こうって言ったから」

「なんで？」

「なんでって……ママが行こうって言ったからだよ。森のなかのおうちはすごくすてきで、あそぶところがいっぱいあるよって言ってたし……」

「でもなんで、ママさんは長野に行こうって思ったの？」

「それは……」

まえのハッチが急に立ちどまった。あんまり急だったから、わたしはその頭のうしろにゴチンと鼻をぶつけてしまう。「いたーい！」と叫ぶと、振りむいたエリーも立ちどまる。

わたしは鼻を、ハッチは頭のうしろをさすりながらお互いに顔を見あわせたけれど、ふたりとも、エリーの質問への答えには困ってしまった。なんでママが東京から長野に引っ越そうと思ったのか、そんなこと、考えたことなかった。ママがそう言ったから、その理由だけでじゅうぶんだと思ってたのだ。

「それは、知らない……」

小声で答えると、エリーはちょっとだけずりさがったメガネを指で押しあげて、また聞いた。

「つまりふたりとも、ちゃんとした理由を知りたいって思わないの？」

それは、そのう……わたしたちがまたもごもごもっていると、エリーはパンっと両手を叩いて言う。

「もう、ふたりとも、大人の言うことは理由も考えないで、ハイハイ従っちゃうの？　それじゃあダメだよ、そんなんじゃあロボットみたいな人間になっちゃうよ。でもわたしは人間だから、バック転ができる！」

言うなり、エリーはいきなり腕をぶんっと振りまわして、その場でくるっとバック転をしてみせた。ハッチもわたしも、エリーのやることなすこと、もうびっくりして目がまわりそうだ！

またずりさがったメガネの位置を直して、なにごともなかったかのようにすまし顔をしているエリーにわたしは聞いた。

「じ、じゃあエリーはどうして、こっちに来たの？」

「それはね、パパがこの四月からシンガポールに転勤になったから」と、エリーは胸をはる。「もともとはママと妹と、家族四人で向こうに引っ越すはずだったんだけど、わたしはきりよく、ちゃんとこっちの小学校を卒業して、中学校に上がるタイミングで向こうに行きたかったの。ほんとうはもといた町屋の小学校に残りたかったんだけど、さすがに家に子どものわたしひとりが残るわけにはいかないでしょ？　それに、一度向こうに行っちゃったらいつ日本に帰れるかわかんないから、田舎の暮らしも見ておきたいなあっていう気持ちがあって、それで長野のおばあちゃんちに一年居候して、ここの学校に通うことに決めたの。来年からはシンガポールのインターナショナルスクールに通って、合気道も習うつもり」

ハッチもわたしも、エリーの話にほうっと聞きほれてしまった。なんでそんなに、ぱきぱきパシパシ、迷いなく自分のやりたいことを決められるんだろう？　ハッチとわたしは自分のことをそこそこ大人だと思ってたのに、目のまえにいるエリーに比べたら、まだまだ赤ちゃんみたいに思えてくる……。

「エリー、すごいね、どうしてそんなにちゃんと、自分のことを決められるの？」

「小さいころから、ちゃんと自分の意見を持つように育てられたから。わたしのパパもママも、弁護士なの。でも、チビでおてんばなのは生まれつき！」

そう言うと、エリーは今度は横向きになってくるくる側転しながら道を進みはじめた。ハッチもわたしも、この新しい友だちの、ふうがわりだけど元気いっぱいなようすにすっかりわくわくさせられている！

「エリー、すごーい！」歓声をあげながらあとを追うと、エリーは「つかれた！」と言っていきなり道のまんなかにばたりと倒れこんだ。その腕をひっぱりあげながら、わたしたちは口ぐちにエリーを誘う。

「ねえエリー、もしよかったらいまからわたしたちの家にあそびにきてよ」

「わたしたち、お昼ご飯をごちそうするし、森を案内してあげるよ」

「ほんとう？　いいの？」

「うん、もちろん！　ただ、うちのママはいま、ちょっと変わってるんだけど、気にしないで」

「いまちょっと変わってるって、どういうこと？　脱皮中、みたいなこと？」

「うーん……たぶん会えばわかると思うけど……」

アスファルトの道が終わって森の道に入ると、エリーはものめずらしげにきょろきょろ頭を動かして、枝を拾ったりわざとしめった落ち葉のなかに靴をもぐらせてみたり、森を歩くのがとってもおもしろそうだった。そんなふうにわたしたちの森を気に入ってくれるひとを見ると、ハッチもわたしもすごくうれしい。

　でも、家に友だちを呼ぶのは久しぶりだ。ママがだめ人間になってから、わたしたち、家にひとりも友だちを呼んでない——べつにママが恥ずかしいわけじゃないんだけど、もしふつうのお母さんに慣れてるお友だちがママのこと見たら、ちょっとびっくりしちゃうんじゃないかと思って。

　でもこのエリーなら、ママのこともわかってくれそうな気がするんだ！

「ただいまー！」

　靴を脱いでリビングに入ると、カーペットのうえにねころがっていたパジャマすがたのママは、「おー」と言って、顔を上げた。手元にはどんぶりのコーヒーと、お気に入りのオセロの盤がある。

「ママ、またひとりオセロしてたの？」

「うん、そう。白も黒もわたしがやってるのに、どうして黒のほうが優勢になっちゃうのかな……」

ぶつぶつ言いながらまたオセロの盤に目を落としたママに、ハッチが言った。

「ママ、今日はお客さんがいるよ。マーロウと同じクラスになった、転入生の、エリーちゃんだよ」

するとすかさずうしろにいたエリーが顔を出して、「皆川英梨です、おじゃまします」とぺこっと頭を下げる。

「あー……」

まぬけな声をあげたきり、ママはわたしたち三人の顔を眺めてぼんやりしている。わたしはなんだか不安になってきて、「よ、う、こ、そ」と口のかたちだけでママに言ってほしいことばを伝えた。するとママは、あ、と気づいてようやく「ようこそ」と言ってくれた。

「散らかってるけど、好きにあそんでいってね」

ママはそう言って、最後にちょっとだけ、エリーにニコッと笑いかけた。でもそれからはお客さんをもてなす気配もなく、またオセロ盤に向きなおって次の手を考えはじめてしまった。

そっと隣のエリーの顔をうかがってみると、さっき森のなかの大きな木や変わったかたちの石ころに向けていたのと同じような目をして、オセロに熱中するママをじいっと見つめている。わたしは気を取りなおして、「さ、焼きそば作ろう!」とハッチに声をかけた。

エリーは手伝うと言ってくれたけど、お客さんはテーブルに座っているようにとお願いして、ハッチとわたしは四人分の焼きそば作りに取りかかった。今日はお客さんがいるから、ニンジンはお花のかたちの型でくりぬいて、フライパンに入れる水も、きっちり計量カップで量って、正確だ。

焼きそばができると、テーブルの準備をしてからまだオセロであそんでいるママに声をかけた。

「ママ、お昼まだでしょ？　そっち持っていこうか？」

「ううん、わたしもテーブルで食べる」

ママはいったんカーペットのうえでよつんばいになってから、のびをする猫みたいにお尻を持ちあげて、ウンショ！　っていうかけ声と同時に立ちあがった。

テーブルで昼ご飯が始まると、ママはわたしたち三人の会話にときどき笑いながら、おとなしく焼きそばを食べていた。すくなくともごきげんななめではないみたいだから、それだけでハッチとわたしはひと安心だ。ただ、隣のエリーがいまだに、木や石を見るときと同じ目でママをちらちら見ているのがちょっとだけ気になる。

ママ、今日はこれでもけっこうふつうのお母さんっぽいと思うんだけど、エリーの目には、やっぱりおかしく見えるのかな……？

全員が焼きそばを食べおえると、お皿を片付けて、ハッチとわたしはキッチンで食後の紅茶の準備を始めた。ちょうどお菓子が切れちゃってたのが残念だけど、戸棚のなかをひっかきまわしてみたらずっとまえに買ったバタークッキーの箱が見つかったから、それをお皿に丸く並べてお茶うけにすることにした。

ティファールがバチンと鳴って、ハッチがいつもよりちょっとよそゆきの顔で、ふっとうしたお湯をポットに細く注ぐ。わたしも同じくらいのよそゆき顔でそれを見守っていると、向こうのテーブルでママが、「エリーちゃんはどうしてこっちに引っ越してきたの？」とたずねる声が聞こえてきた。

「それはこの四月から、父親がシンガポールに転勤になって……」

エリーはさっきわたしたちに話したことを、ママに向かって繰りかえした。わたしたちにはパパさんのことを「パパ」と言ったのに、ママのまえでは「父親」と言うエリーに、わたしはまたしても、ほうーっとなってしまう。

わたしたちもそろそろ、ママのことをだれかに話すときには、「母」とか、「母親」とか、言ったほうがいいのかなあ？

「でも、ハッチとマーロウのお母さんは、どうしてふたりを連れて長野に来ようと思ったんですか？」

エリーの質問に、わたしははっとした。

見るとティファールを持ったハッチも、手を止めてかたまっている。

ママはふいをつかれたみたいで、すぐにはなにも言わなかった。ママがどういう答えを返すのか、ハッチもわたしも、どきどきしながら耳をすました。しーんとした部屋のなかに、エリーのハキハキした声がよく響いた。

「さっき、ハッチとマーロウにも、どうしてお母さんは長野に来ることを決めたのって、質問したんです。でもふたりともわかんないって。ママがそう言うから、ただついてきたって言うんです。でもわたし、気になっちゃって」

ママはなんにも答えない。

「それに、生活する場所を変えるって、子どもにとってはすごく大きなことなのに、ちゃんとした理由を教えないでただ連れてくるって、なんかちょっとおかしい気がして。わたしの両親は、わたしが小さいころからそういうだいじなことはちゃんと説明してくれたし、さっきもお話ししたとおり、わたしも自分のしたいことは、ちゃんと家族に説明して、納得してもらいます」

ママはまだ、黙っている。

「子どもだからって、あたりまえに大人の都合でふりまわすの、良くないと思います。子どもだからって、わたしたちのこと、ハッチとマーロウのこと、軽く見ないでほしいんです」

ハッチとわたしはもうたまらなくなって、準備しかけのお茶をほっといて、テーブルに戻った。エリーは自信たっぷりに胸をはって座っている。大きなメガネの奥の目が、さっきまでとちがって、なんだかちょっと、いじわるそうに見える。

「エリー、わたしたちは、どこだってかまわないんだよ、三人いっしょだったら、べつにどこに行っても……」

そう言いながら、わたしはびっくりした。横でママが、無言でぽろぽろ涙を流していたからだ。

「ちょっと、ママ……」

ハッチもわたしも、泣いているママの肩を抱いて、まだなにか言いたそうに口を開けているエリーをにらんだ。

「エリー、なんでママを泣かせるの？」

「泣かせてない。わたしは自分の意見を言っただけだもん」

「でもエリー、エリーの言いかたは、ちょっといじわるだったよ」

「わたし、いじわるなことなんか言ってない。ふたりが聞いて当然のことを、代わりにお母さんに聞いてあげただけじゃない」

「そんなこと、わたしたち頼んでないもん。そんなふうにママをいじめるんなら、もう家には呼ばないよ！」

するとエリーの顔は、一瞬でトマトみたいに真っ赤っ赤になった。

「なによ、こんな家、こっちこそお断り！　よその子ども相手に泣いちゃうお母さんって、ヘンだよ！　それにあなたたちだって、顔がそっくりすぎて、ヘン！　こんなヘンな、チンプンカンプンな家、わたし、頼まれても二度と来ないから！」

椅子から飛びあがるなりエリーはいちもくさんに玄関に走っていって、バタンと大きな音を立てて、そのまま外に出ていってしまった。

ママの涙、エリーのどなり声……いろんなことが一度に起きて、なにがなにやらわからないままハッチの顔を見ると、ハッチもわたしと同じくまゆ毛を八の字にして、どうしたらいいのかわからないような顔をしている。

そのままふたりして黙ってると、ママがワーッとテーブルに突っぷして、今度はおいおい声をあげて泣きはじめた。

「ちょっと、ママ……なんでそんなに泣くの？」

ハッチとふたりでやさしくママの背中をさすってみたけれど、ママは小さい赤ちゃんみたいにイヤイヤと首を振るばかりで、なにも言わない。髪をなでてみても、お気にいりのはんてんを肩にかけてあげても、ずうっとイヤイヤをして、ひとりで泣いているだけ。

そうやって、あの手この手でママをあやしているうち、わたしはお腹の底がなんだかだんだん、むずむずしてくるのを感じた。むずむずしてるだけじゃなくて、ふつふつもしてるし、むかむかも、ちょっとする……うーん、これはたぶん、そうだ、わたしは怒ってる、わたしは怒ってるのだ！

「ハッチ、わたし、腹が立つ！」

我慢できなくなって叫ぶと、ハッチもわたしと同じくらいの大声で、おー！　とこぶしをふりあげた。

「マーロウ、わたしも怒ってるぞ！」

「わたしはエリーが、わたしたちのことをヘンだって言ったことに、この家はチンプンカンプンだって言ったことに、それになにより、泣いちゃうママがヘンだって言ったことに腹が立つ！」

「そうだそうだ！」

「それにママ、ママにも腹が立つ！　ちょっとママ、なんにも言わないでそうやって泣いてるだけじゃ、わたしたち、困るよ！」

するとママはぱっと顔を上げて、時間が止まったみたいに何秒かぴったり静止した。それから突然、手のひらで涙と鼻水でぬれた顔をごしごしこすりだして、しあげにティッシュペーパーでおもいっきり、ちーん！　と鼻をかんだ。目はまだ赤いけど、もうしゃくりあげたりはしてないみたいだ。

「ママ、大丈夫？　どうしたの？」

「ごめんね、びっくりさせて。あの子があんまり、まっすぐ聞いてくるものだから」

「エリーとは、今日友だちになったばっかりなんだ。わたしたちもまだ、あの子のことよくわからなくて……ちょっと変わってるけど、おもしろい子で、いじわるな子じゃないと思ってたんだけど……」

「そうよ、あの子はいじわるじゃないわよ。ママが泣いたのは、ママのせい」

「でも、ママ……」

「あの子は、自分のやりたいことや、自分の気持ちが、いつでもはっきり言える子なのね。ママ、聞いてたら、なんだかうらやましくなっちゃったの。ママもむかしはあんなふうに、自分の気持ちややりたいことが、みーんなわかってたはずなのに……」

「……いまは、ちがうの？」

「ママだって、元気なときには自分の気持ちをはっきり言えるの。でもね、かんじんなときに弱虫になっちゃって、ことばがすこしも出てこなくなっちゃって、いまみたいに、めそめそ泣いちゃうの……」

そう言うママの目にはまた涙が浮かんできたから、わたしは「ママ、大丈夫だよ」と言って、ママの背中を抱いて、丸い肩の骨にぎゅっと顔を押しつけた。

「ママの気持ちは、わかるところも、わからないところもあるけど、ママ、大丈夫だよ」

するとハッチも、向こう側の肩にぎゅっと顔を押しつけて、

「そうだよママ、ほかの子にはヘンなママでも、わたしたちには、世界一のママだよ」

と言った。

するとまたママがワーッ！と泣きだして、困ったわたしたちがまた、もーっ！と背中をさすっていると、外でウォンウォン！とフロッピーが吠えはじめた。

「あーあ、フロッピーまでどうしたんだろう？」

窓際からのぞいてみると、フロッピーは向こう側の茂みに向かってしっぽをピンと立てながら、ウォンウォン、ウォンウォン、一心に吠えつづけている。

フロッピーが吠えることなんてめったにないから、ハッチとわたしは心配で顔を見あわせた。それで泣いているママはいったんほったらかしにして、外に出てみることにした。

「フロッピー、どうしたの？」

犬小屋に近づくと、フロッピーはわたしたちに気づいてフサフサの黒いしっぽを

振ったけど、すぐにまた、道の向こうの林に向かってウォンウォン吠えたてた。

「あっ、マーロウ、あそこ見て！」

ハッチが大声をあげて指差したほうを見あげると……またまたびっくり、二階の屋根より高い木のてっぺんの枝に、エリーがひとりでまたがっているのだ！

「エリー、なにしてるの！」

「そんな高いところ、危ないよ！」

わたしたちが口々に叫んでも、エリーはぷいっと顔をそむけて、なにも言わない。でも、目をこらしてよーくその顔を見てみると、まだ赤いエリーのほっぺたも、涙でぬれているみたいだった。

その涙に気づいた瞬間、わたしはちょっと、胸がくるしくなった。

もしかしたら、エリーもさびしいのかな。あんなに元気で、ハキハキしてるけど、わたしたちよりずっと大人っぽくて、ひとりでなんでもできるみたいに見えるけど……やっぱりそれまでずっといっしょにいた家族とはなればなれになったら、だれだって、さびしいんじゃないのかな？

「エリー、降りてきなよ！」

隣で叫んだハッチも、たぶん同じことを考えていたと思う。両手を振りながら「はやくはやく！」と叫ぶハッチのまねをして、わたしも「はやくはやく！」と手

を振った。でもエリーは顔をそむけたまま、手を振りかえしてもくれない。すると
そこに、パジャマすがたのママが背中を丸めて家から出てきた。
「いったいなんのさわぎ？」
「ママ、見てよ、エリーがあんなところにいるの！」
「ぜんぜん降りてこないの！」
するとママは、「まあ」とぽっかり口を開けて、すぐにアハハ！　と笑いだした。
「へーえすごい度胸ねえ。あんなに高くまで登って……都会っ子なのに、あんたた
ちよりずっと野生児じゃないの！」
それからママは、「エリーちゃん、降りてきて、お茶にしましょうよ」とおいで
おいでをしたけれど、エリーはちょっとだけママのほうを見てから、またぷいっと
顔をそむけてしまう。
「ふふ、頑固な子ねえ……でもここはママにまかせて。いいこと思いついたから」
言うなり、玄関に走っていくママ。取り残されたわたしたちはエリーが落ちない
ように幹をしっかり押さえて（たぶん、そんなことしても意味がないんだけど、そ
れ以外にやることがない！）、やきもきしながらその場でママを待った。
やっと戻ってきたママの手には、ふだんは倉庫の奥にしまってあってめったに使
わない、巨大ノコギリが握られている。

「ママ、それどうするの、まさか……」

にやーっと笑うと、ママは「エリーちゃーん！」と叫びながら、そのノコギリを振りまわしてみせた。

呼び声につられてこっちを見たエリーは、ママの手のノコギリに気づいてあんぐり口を開く。するとママは、ホラー映画の犯人みたいに歯をむきだしにしてにやーっと笑って、幹のすぐ近くでノコギリをかまえてみせた。するとエリーはみるみるうちに真っ赤だった顔を真っ青にして、お猿さんみたいにするする幹を降りてきた。

幹のまえに立ったエリーの肩や背中についた葉っぱを払って落としてあげてから、わたしたちは小声で謝る。

「エリー、さっきは、わたしたちも、いじわるなこと言ってごめんね」

「ううん、わたしこそごめん。わたし、ほんとうは、ふたりのことも、お母さんのことも、ヘンだなんて思ってないから。ただうちの家族の感じとはちょっとちがってて、そのことにびっくりしちゃっただけなんだ」

「エリーちゃん、わたしからも、ごめん」

わたしたちのうしろから、ママも謝った。それから「これは、うそでした！」と笑いながらノコギリをぎざぎざ動かして、幹を切りたおすまねをしてみせた。

それからわたしたちは家に入って、お茶のやりなおしをした。まだテーブルでちょっともじもじしているエリーに、ママはにっこり笑って言う。

「エリーちゃん、さっきはおばさん、いきなり泣いてごめんね。でも大人だって、胸のなかの痛いところを真っ正面からつかれたら、痛くないふりができなくて、泣いちゃうこともあるんだよ」

「わたしそれ、わかります」

エリーは顔を上げて言った。

「大人だって、子どもだって、人間は骨と肉と脳みそでできてるんだから、大人も子どもも、それはおんなじです」

うんうん、そうだよね、胸のまえで腕組みをして、同じリズムでうなずきあってるふたり。それを見て、ハッチとわたしはテレパシーみたいにビビっと同時に気づいたんだ……わたしたちが会ってまもないエリーを好きになったのは、きっとエリーが、このママとちょっと似てるからだって！

「エリーちゃん、オセロやろうか」

さっそくカーペットにねそべってオセロを始めるママとエリーを見おろしながら、ハッチとわたしは思わずにっこり笑いあった。

そう、つまり今日から、エリーはわたしたちの友だちになっただけじゃなくて、ママの友だちにもなったのだ！

五月　家出人と山菜採りをした日のこと（ハッチ）

「うわー、あそこにおいしそうなたらの芽がいっぱい！」

大きなかごを背中にかついだマーロウは、たらの木の群生を見つけていちもくさんに走っていった。

マーロウよりちょっとだけ背の高い木の枝の先端には、黄緑色にぷっくりふくらんだ芽がまとまってくっついている。その芽を一つもいではかごに入れ、また一つもいではかごに入れ……マーロウはロボットみたいに正確な動きで裏山の木のあいだを動きまわって、次から次へと芽をかごに入れていく……でもなんでだろう、そのわりにたらの芽はぜんぜんなくならない。なくならないどころか、つめばつむほど増えていくみたいだ。

「マーロウ、たらの芽ばっかりじゃなくてこしあぶらも探そうよ」

声をかけてもマーロウはたらの芽にすっかり夢中で、こっちには見向きもしない。わたしはすこし離れたところに立って、そのようすをぼんやり眺めた。大好物が採り放題ではしゃいでいたマーロウだけど、つんでもつんでもなくならないたらの芽にそのうち泣き顔になってくる。そしてとうとう、

「あーどうしよう、たらの芽がたくさんありすぎる!」

叫ぶなり、もいだたらの芽をかごじゃなくて自分の口に投げこみはじめた。

「ちょっとマーロウ、生で食べちゃダメだってば」

マーロウは真っ赤な顔でたらの芽をほおばって、ふうふう言っている。あっこれはまずい、そう思ったときにはもうおそくて、マーロウは口じゅうたらの芽いっぱいにして、その場にばたんと倒れこんでしまった。

「おじちゃん、おばちゃん、マーロウがたいへん!」

わたしは車に向かって叫んだけど、わたしたちをここに連れてきてくれたはずの熊倉田のおじちゃんとおばちゃんのすがたはどこにもない。いつのまにか、だれの目も届かない裏山の奥のほうまで進んできてしまったのだ。

どうしよう、どうしよう、あせっているあいだにマーロウの顔はどんどんたらの芽色に変わっていく。**ピーポーピーポー**、遠くで救急車のサイレンが鳴っている。

ああ、おじちゃんかおばちゃんが救急車を呼んでくれたんだ、ほっとしてマーロウの手を握る。**ピーポーピーポー**……サイレンの音は近づくにつれて大きく、間隔が短くなっていく……**ピーポーピーポー、ピーポピーポピーポピーポ、ピポピポピポピポピポピポピポピポ**……

わたしはハッとして飛びおきた。いまのは夢だ、鳴ってるのは救急車じゃない、うちの玄関のチャイムだ！

「うーん……救急車？」

隣のベッドでマーロウが寝返りを打ちながら言う。灯《あか》りをつけて見ると、その顔はたらの芽の黄緑色じゃなくていつものピンクがかったベージュ色で、わたしは心底ほっとした。

あんなヘンな夢を見たのは、きっと今日、熊倉田のおじちゃんおばちゃんといっしょに山菜採りに行く約束をしているからだ。

「マーロウ、救急車じゃないよ、だれかがチャイムを鳴らしてるんだよ」

起きあがって肩を揺らすと、「だれかって……？」マーロウは目をこすりながら目覚まし時計に手を伸ばす。「おじちゃんたち、もう来たの？」

時計を見ると、まだ五時まえ。

そのあいだも、チャイムはピポピポ鳴りつづけている。ほんとうならピンポーン、と鳴るチャイムなのに、ドアの向こうのだれかは相当あせっているのか、ボタンを連打してるんだろう。こんな朝はやくに、まったく、大めいわくったらない！

わたしたちはネグリジェのまま部屋を出て、念のためママの部屋の気配をうかがった。あいかわらず「起こすの禁止」と書いてあるドアに耳をつけてみたけど、物音一つしない。たぶん起きてないか、起きてたとしても知らんぷりしてるんだろうな。頼りにならないママはほうっておくことにして、マーロウとわたしは階段を下りて玄関に向かった。

でもいざドアのまえに立ってみると、ドアスコープをのぞくのがちょっとこわい。ひと殺しとか、どろぼうとか、借金とりとか、そんなひとが向こうに立ってたらどうしよう？　ただ、こうやってピポピポチャイムを鳴らされつづけたら、マーロウもわたしも気になってしかたがなくて、このままずっと眠れない。

わたしはごくんとつばを飲みこむと、勇気をふるいたたせてマーロウよりさきにドアスコープの穴をのぞいてみた。

「あ、かおるちゃん！」

「えっ、かおるちゃん？」

マーロウはわたしを押しのけて、ドアスコープに目を近づける。

「わあ、ほんとだ、かおるちゃんだ！」

ドアを開けると、夜明けのうすくらがりのなかに、たしかにママの弟のゆうすけくんの奥さん、つまりはわたしたちの義理のおばさんのかおるちゃんが立っていた。うちに一歩入るなり、かおるちゃんはハアーっと大きなためいきをついて、「よかったあ」と倒れかかってくる。マーロウとわたしはあわててかおるちゃんのからだを支えて、履いていたサンダルを脱がしてリビングに連れていった。

「かおるちゃん、どうしたの？　こんなはやい時間に」

答える代わりに「うん、うん」二回うなずくと、かおるちゃんはよろよろソファに近づいていった。

「えーっ、かおるちゃん、なんで、なんで？」

かおるちゃんは無言でソファに倒れこむ。マーロウとわたしはその肩を揺すりながらまだなんで、なんで、と聞きつづけていたけれど、そのうちかおるちゃんはクッションで顔を隠してすうすう寝息をたてはじめてしまった。

「どうしたんだろうね……」首をかしげながら、マーロウは冬からずっと出しっぱなしになっているカフェオレ色のブランケットをからだのうえにかけてあげた。カーテンをめくって窓の外を見てみると、ちょうどそのブランケットと同じ色をしたマーチが、庭のケヤキの木にぶつかるぎりぎりのところに停まっている。

「どうする？　ママに言う？」マーロウは眠ったかおるちゃんの横に立って言うけ

ど、その顔もまた眠そうだ。「でもママ、起こすの禁止だから……」

「だよね。たぶんノックしても出てこない気がする」

「じゃあこのまま、ほうっておいていいかな？　わたし、まだ眠いんだ……」

わたしの答えを待たずに、マーロウは目を閉じてソファの隣のカーペットにごろんと横になってしまった。

「ちょっとマーロウ、ここじゃなくてうえで寝ようよ」

腕をひっぱってみても、よっぽど眠いのか目を開けない。わたしもなんだか二階に上がるのがめんどうになってきて、マーロウの横にねころがって目を閉じた。

遠くにチチチ、と鳥の声が聞こえて、まぶたの裏のまっくらやみがだんだんエメラルドグリーン色に近づいてくる。鳥の一日はもう始まっているけれど、寝ているマーロウやママやかおるちゃんはきっとまだ昨日の時間にいる。じゃあここで、どっちつかずにうとうとしているわたしは？　……そう思うと、なんだか自分だけが昨日と今日のあいだのすきまにひとりで置いてけぼりにされちゃったような、さびしい気持ちになってきた。目を開けたらマーロウもかおるちゃんもだあれもいなくて、なにもかもエメラルドグリーン色の世界がずっと遠くまで広がっているような気がする。そしてそのエメラルドグリーンは、たぶんさっきの夢でマーロウの顔を染めたあの黄緑色の続きなんだ……ああ、やっぱりわたし、まだ夢のなかにいるのかな？……

「ハッチ！　マーロウ！　起きなさい！」

耳元で大声がして、わたしはがばっと起きあがった。

とっさに横を見ると、目をつむるまえとそっくり同じ格好でマーロウが眠っている。その隣のソファには、顔をクッションで隠したまま、くの字になって寝ているかおるちゃん。ということは、わたしを起こしたのは……

「ふたりとも、なんでこんなところで寝てるの！」

振りかえると、ぶかぶかのTシャツ一枚を着たママが腰に手を当てて立っていた！

「ママ！　どうしたの、起きたの？」

ママに起こされるなんてずいぶん久しぶりだ。

「そりゃ起きるわよ、起きたらわるい？」

「ううん、わるくないけど……でも、いま何時？」

「十時。それよりそれ、だれなの？」

ママは鼻にシワを寄せてソファを指差す。わたしがクッションをはずしてみせると、ママはうえからまじまじとその寝顔をのぞきこんだ。

「うーん？　……これは、かおるちゃんかな？」

「そうだよ、ママ、これかおるちゃんだよ」

「なんでかおるちゃんがここにいるのよ？」

「今朝はやく、急に来たの」

「なんで？」

「さあ、理由はわかんないんだけど……ドアを開けたらかおるちゃんで、よろよろ入ってきたらすぐにこのとおり、寝ちゃったの……」

「へーえ、そう。どうしたんだろうね」

ママはそれ以上しつこく理由を聞かずにキッチンに行ってしまったから、わたしはちょっとつまんない気持ちになった。夜明けまえに手ぶらでとつぜんやってきて、いきなりぐーぐー寝入っちゃうお客さんなんて、ぜったいなにかあったに決まってるのに！

「マーロウ、起きてよ、もう十時だよ」

まだ寝息をたてているマーロウを揺すると、うーんとうめきながらうす目を開ける。「ここ、どこ？」寝ぼけているマーロウのほっぺたを、わたしはぺちぺち叩いてあげた。

「マーロウ、ここ、リビングだよ。ほら、これかおるちゃん。今朝急に来て、わたしたちもそのままここで寝ちゃったんだよ」

「えっ……？　あっ、そうか」

「どうする、かおるちゃん、起こす？」

マーロウとわたしは立ちあがって、寝ているかおるちゃんの顔を見おろした。

かおるちゃんは、モデルさんや女優さんにお化粧したり髪をセットしたりしてあげる、ヘアメイクのお仕事をしている。いつも姿勢が良くて、きれいな色の口紅を塗っていて、真っ黒な髪の毛をきりっとうしろで一つに結んでいて、わたしたちの憧れのおねえさんだ。

でもいま、朝日をあびてちょっとだけよだれを垂らしながら寝ているかおるちゃんは、髪はぼさぼさ、目と目のあいだには苦しそうなシワが寄って、なんだか一気にふけこんじゃったみたいに見える。顔だけじゃなく、よく見たら着てるものもお風呂上がりにはおるバスローブみたいなやつだし、そのなかには首元がだらっと伸びたTシャツと、すそがほつれた薄い綿のズボンを穿いている。

「ねえハッチ……かおるちゃんって、こんな感じだったっけ」

マーロウが小声でわたしに耳打ちした。

「うん……このかおるちゃん、いつもとちがう……これ、ほんとにかおるちゃんかな」

「かおるちゃんっていうより、なんか、うちのママに似てるみたいだけど……」

「大人の女のひとがすごくつかれて寝てるときって、みんな似た顔になっちゃうのかな……」

ヒソヒソ話をしていると、「なんだってえ？」ママがコーヒーポットを手にして戻ってきた。

「あ、ううん、かおるちゃん、すごくつかれてるみたいだねって話してたの」

「まあ、この顔はそうね」

ママもわたしたちの横に立って、かおるちゃんの寝顔をのぞきこむ。

「こういう顔は、相当重症だと思うな。いいのいいの、つかれた女は寝かせておこう、ゆっくり夢を見させてあげよう」

ママはそう言っておいしそうにコーヒーをするけど、かおるちゃん、こんな顔でいい夢見てるのかなあ？　どちらかというと、わるい夢にうなされて歯をくいしばってがまんしているように見えるんだけど……。

かおるちゃんを起こさないように、マーロウとわたしは静かに朝ご飯の準備をして、静かに食べた。ママはわたしが切ったりんごを一切れだけかじると、カーペットに脱ぎっぱなしになっていたよれよれのショートパンツを穿いて、ひとりでフロッピーのお散歩に出かけていった。

「ねえハッチ、わたし思うんだけどね」ママがいなくなったのをしっかり確認してから、マーロウがこっちを向いて言う。「かおるちゃん、家出してきたんじゃないかな？」

「えっ？」

「だって、靴がビーチサンダルだったもん」

わたしが目を見開くと、マーロウは得意そうにとがったあごを玄関のほうに向けた。

「今朝かおるちゃんが来たとき、わたしすぐに、あれって思ったんだ、かおるちゃんはいつもすてきな靴を履いてるのに、ビーチサンダルなんてヘンだなあって。きっといきなり家を出て、そのまま車でここに来ちゃったんだよ」

「へえ、たしかにそうかもね……マーロウすごい、名探偵ホームズみたいじゃん！」

「ちがうちがう、わたし、ホームズじゃなくてミス・マープルがいい」

「それはどっちでもいいけどさ、でもかおるちゃん、ビーチサンダルでここまで運転できるかなあ？　高速にも乗らなきゃいけないのに、ぺらぺらのサンダルじゃあ足が痛くならない？」

「うーん……車のなかに運転用の靴を置いてあるとか？　車のなか、見てくる？　ミス・マープルだったら、証拠をばっちりかためるよ」

「ミス・マープルだったらそんなまわりくどいことしないで、かおるちゃんが起きてから一言聞くだけだよ。かおるちゃん、家出してきたの？って」

「ハイ！　そのとおり」

いきなりうしろから声がして、マーロウもわたしも椅子から跳びあがりそうになった！

振りむくと、ソファにからだを起こしたかおるちゃんがニコニコ笑いながらこっちを見ている。

「か、かおるちゃん、起きてたの？」

「うん、いま起きた」

ぼさぼさの髪の毛を軽く指でといてから、かおるちゃんはうーん、と大きく伸びをした。

「コーヒー飲む？」聞くとうんとうなずくので、わたしたちはマグカップにコーヒーをついで、ソファに持っていってあげた。

ありがと、受けとったかおるちゃんはそっとマグカップに口をつける。あらためて間近でようすをうかがってみると、たしかに顔はくたびれてるけど、十本の指の爪だけはいつもと同じ、短く切って、表面をぴかぴかに磨いてある。それにお化粧をしてないからか、いつもよりお母さんの熊倉田のおばちゃんに似ている気がする。

ふたりとも、大きなたれ目でホンワリやさしい顔なのだ。

そう気づいてようやくわたしは、これはやっぱりかおるちゃんだ、と安心できた。でもでも、まだなんとなく心の底からは安心できなくて、近くにいるとソワソワしてしまう。つかれてるとか、お化粧をしてないってだけじゃなくて、なんていうか……りんごでいったら、味も匂いもたしかにりんごなんだけど、ものすごくめずらしい切りかたをしたりんごが目のまえにある……そんなふうな感じかな？

「大丈夫？」

黙っているかおるちゃんにマーロウが聞いた。うん、大丈夫だよ、かおるちゃんは答えたけれど、笑った顔はやっぱりちょっとだけ元気がないみたいだ。

「ごめんね、朝はやくに急に来て……びっくりしたでしょう。えみさんは？」

「ママはいま、フロッピーとお散歩に行ってるよ。もう少ししたら帰ってくると思う」

「わたしが来てること、怒ってた？」

「ううん、ぜんぜん」

「そう、ならよかった……」

そう言って、かおるちゃんはまた一口コーヒーをすする。

「あ、ねえ、そのコーヒー、ママが作ったやつだからちょっとすっぱくない？　わたしたちがもっとおいしくいれなおしてあげるね」

マーロウとわたしがキッチンで新しいコーヒーを準備しているあいだ、かおるちゃんはソファに体育座りをして、カーテンのすきまからぼんやり窓の外を眺めていた。

かおるちゃんがなんで家出してきたのか、マーロウもわたしもはやく知りたくてウズウズしてるんだけど、来たばっかりの夜明けごろとちがって、いまはなんとなく聞きづらい雰囲気だ。それに、かおるちゃんの無口であの元気のないようすには、「大人の事情」の気配がぷんぷんする。どんなときでもこの「大人の事情」ってやつが出てくると、たちまちわたしたちのまえには死ぬほど頑丈で死ぬほど退屈なぶあつーい壁が立ちはだかって、おもしろそうな秘密からわたしたちを追っぱらってしまうのだ！

「ねえハッチ、なんで家出してきたのかかおるちゃんに聞いてみてよ」

マーロウが隣でわたしの横腹をつっついてくる。

「ふん、あの感じだと、どうせ『大人の事情』だと思うな。聞いても教えてくれないよ」

「でもハッチ、わたしたちはママからもう大人だって認定されてるんだよ。だからもう、その手は通じないよ」

「そうかなあ……そんなに言うなら、マーロウが聞いてみてよ」

「ううん、わたしじゃなくてハッチが聞いて」

決着がつかないままできたコーヒーのカップをソファに持っていくと、かおるちゃんは空のマグカップに唇をつけてまだ外を見ていた。その横顔をひとめ見ただけで、わたしにはちゃんと、さっきよりもずーっとはっきりわかってしまった、ああこれはぜったいに「大人の事情」だな、まちがいないやって。

あきらめてマーロウとテーブルに戻ったところで、「ただいまあ！」底抜けに明るい声が玄関から響きわたって、細長いフランスパンを何本も抱えたママがリビングに入ってくる。

「あらかおるちゃん、起きたの。シューマンでフランスパン買ってきたわよ、あそこのフランスパン、好きでしょ？」

「あ、はい……ありがとうございます」

かおるちゃんはほんのすこし笑顔になって、ぺこりと頭を下げた。

「さ、食べて食べて。フランスパン、焼きたてだよ。シューマンの奥さんに無理言って、その場にあるのぜんぶ買ってきちゃったんだから」

「ママ、買いすぎだよー！」マーロウとわたしが注意すると、ママは「うるさい！」と目を見開いて、大声で宣言した。

「おいしいパンは何本あってもよろしい。すなわち、備えあればうれいなし！」

「過ぎたるは、なお及ばざるがごとし！」

わたしとマーロウが同時に言いかえすと、ママは「ほほーん」とまゆ毛をぴくぴく上下させながら、パンを抱えてキッチンに行ってしまった。

「ふたりともさすが、作家さんの娘だね。かっこいいことば知ってるね」

振りむくと、ソファでかおるちゃんが笑っている。

「あ、『過ぎたるはなお及ばざるがごとし』のこと？」

「うん」

「このあいだ学校で習ったんだよ。大きすぎたり多すぎたりなにかをやりすぎたりするのは、小さすぎたり少なすぎたりなにもしないのと同じって意味だよね？　中国の孔子ってひとが言ったことばで……」

「わたしもこのことば、好き！」横からマーロウが割りこんでくる。「とくに、たるとざるが入ってるとこと、最後のごとしってところがかっこいい。大きなたるに入ったおそばが大きなざるにざーっと流れて、ごとしごとし、って感じ」

「なにそれマーロウ、意味わかんないよ！」

とはいっても、ごとしごとしと流れていくおそばのことを想像したらやっぱりがまんできなくて、わたしはつい噴きだしてしまった。

「そうだね、ポイントはたるとざると、ごとしだね。もしかして孔子は、おそばの適量のことを言ってたのかもしれないね」

かおるちゃんも顔をくしゃっとさせて、いっしょに笑ってくれた。

「お待たせー」とキッチンからママが戻ってきて、テーブルにお皿と瓶のたくさん載ったトレイをドンと置く。お皿のうえには、ふぞろいにカットしたフランスパンがお花みたいに丸く並べてある。

「さ、バターもはちみつもジャムもなんでもあるわよ。かおるちゃん、食べて食べて」

そう言うと、ママはトレイのはちみつやジャムの瓶にまぎれこませたザーサイの瓶を手に取って、かぽっとふたを開けた。それから中身をスプーンですくってパンに載せて、二つに折って大口でかぶりつく。出た、ママの大好物、ザーサイフランスパン！　マーロウもわたしも見るたびにうえーっとなるけど、ママいわく、「ザーサイとフランスパンは、二十一世紀最高の組みあわせ」だそうだ。

「えっと、じゃあ、ちょっとだけいただこうかな……」

かおるちゃんはソファから立ちあがって、ママの隣の椅子に座った。それからパンの一切れをつまんで、バターもジャムもなにもつけないで、小さく一口かじった。マーロウとわたしはさっきご飯を食べたばっかりでお腹いっぱいだったけど、どんなにお腹いっぱいでも、シューマンの焼きたてフランスパンを無視することなんてぜったいにできない！

それからわたしは夢中でむしゃむしゃ口を動かしつづけていたけど、内心では、いつママが家出のことを聞くのか気になってしかたなかった。あ、でも家出の話をしたときママはいなかったから、かおるちゃんが家出中ってことはママは知らないはずだ……でもだとしたらよけい、なんでかおるちゃんがここにいる理由を聞かないんだろう？

「ハッチ、マーロウ、今日はなにをするつもりなの？」

またザーサイを山盛りにしてママが聞く。

「あー、えっと、今日は熊倉田のおじちゃんとおばちゃんと山菜採りに……」

「んまーっ、山菜採り？　あんたたちってしぶ好みなのねえ」

「ママだって山菜好きでしょ」

「ママがいちばん好きなのはザーサイだもん」

「ザーサイだって、きっともともとは山菜だよ」

言いかえしながらハッと気づいたけど、熊倉田のおじちゃんおばちゃんは、娘のかおるちゃんがここに来てることを知ってるのかな？　そもそもかおるちゃん、なんでお父さんお母さんの家じゃなくて、このうちに来たんだろう？　……でも考えてみれば、この家はもともと熊倉田家の別荘なんだから、娘のかおるちゃんがここに来るのはべつにおかしいことじゃないし、どっちかっていうとわたしたち（とくにママ）がこの家の主《あるじ》みたいにふんぞりかえってるほうがヘンなのかも？

ちょっと心配になったけど、かおるちゃんはニコニコしながらわたしたちのやりとりを見守っている。

「ね、かおるちゃん、かおるちゃんも山菜採り行こうよ」

マーロウが誘うと、かおるちゃんは「え？　うーん……」とどっちともつかない返事をするので、わたしは思いきって聞いてみた。

「おじちゃんとおばちゃんは、かおるちゃんがこっちに来てること知ってるの？」

「ううん、まだ言ってないんだ。あとでちょっと、顔出してみようと思ってるけど……」

「あ、じゃあちょうどいい！」マーロウが拍手する。「おじちゃんたち、お昼にはここに迎えに来てくれるよ」

「そうなの？　じゃあ、行かないわけにはいかなそうだね……」

「うん、ぜったいいっしょに行こう！　ついでにママも、いっしょに行こう！」

「えーママもー？」口いっぱいにパンをほおばりながら、もったいつけてしぶるママ。

「うん、ママもだよ！　わたしたちはたらの芽とかこしあぶらとかを探すから、ママはザーサイ探せばいいじゃん」

「うーん、そうねえ、じゃあママ、どうせひまだし、ザーサイ探してみようかなあ」

「そうだよ、じゃあ決定ね！」

わたしたちは大いそぎで歯を磨いて顔を洗って、身支度を整えた。それから四人分の手袋や高い枝を引きよせるための引っかけ棒を探しているうちに、はやくも外からおじちゃんの運転する車の音が近づいてくる。

リビングに行くと、車から降りたおじちゃんとおばちゃんが窓を叩いてなかをのぞきこんでいた。窓を開けるなり、おばちゃんは「かおるのとこの車があるけど、来てるの？」と聞く。そこにちょうどママの服を借りたかおるちゃんが洗面所から出てきて、「あ、お母さん」と手を振った。

「やだ、どうしたのかおる、いつからいるの？」

「今朝来たの」

「ゆうすけくんも？」

「ううん、ひとりで」

「なんで？」

「いや、ちょっと……」

そうしてかおるちゃんはまた答えをあいまいにして、さきに玄関に向かっていってしまった。

「あーお父さんお母さん、どうも！」

振りむくと、長そで長ズボン、大きなつばの帽子にサングラスをかけて、日焼け対策ばっちりのママが腰に手を当てて仁王立ちしている！

「あらえみちゃん、めずらしい。あなたも行くの？」

「ええ、わたしも行きます！　久々に、緑のなかでいきいきしたくなりまして」

「まあ気まぐれねえ、山のなかで飽きたなんてだだこねても、わたしたち、ほうっておくからね」

おじちゃんの車の後部座席には三人しか乗れないから、しかたなくわたしは半分ママに、マーロウは半分かおるちゃんに重なったまま、車は発進した。

山菜採りの舞台はここから二十分くらいのところにあるおばちゃんのお父さん、つまりかおるちゃんのおじいちゃんが住んでいる古い家の裏山だ。そこもおうちの土地だから、この季節はおじいちゃんのおゆるしをもらえば、いろんなおもしろいかたちをしたおいしい山菜が、好きなだけ採り放題になる。とくにたらの芽に目がないマーロウにとっては、この裏山はだれにも教えたくない「みわくの裏山」なのだった。

家に着くと、おじいちゃんはポカリスエットを飲みながら居間のテレビでお相撲の夏場所を見ていた。映っているのは、まだまげを結ってない若いお相撲さんたちばっかり。わたしたちが挨拶すると、「よく来たね、ぜんぶ採っていきなさい」とシワだらけの顔でニッコリ笑ってくれた。熊倉田のおじちゃんとおばちゃんは仏壇にお線香をあげて、お茶の準備を始める。ソワソワしているマーロウとわたしを見かねて、おばちゃんが「あなたたち、さきに行ってなさい」と言ってくれたので、わたしたちもお線香をあげてから、ぶあつい革手袋にかごと引っかけ棒、それからねんのため熊よけの小さな鈴も持って、裏山に出発した。

裏山といっても、たぶん標高十メートルもない小さな丘くらいの山だから、今朝見た夢のなかみたいに迷う心配はぜんぜんない。でもマーロウはわたしが夢で見たとおりたらの木の群生をすぐ見つけて、これも夢と同じに、「うわー、あそこにおいしそうなたらの芽がいっぱい！」と叫んで、うれしそうに駆けよっていった。

マーロウはさっそく一本の木のさきっぽを引っかけ棒で引きよせて、ふくらんだ若い芽をそっとつむ。それからその芽の匂いをくんくんかいで、レース模様みたいなこもれびにかざして、ニコーっと満面の笑み！

わたしもまねをして隣の木の芽をつみはじめたけど、うしろの大人ふたりはぜんぜんやるきのない感じで、緑のすきまをゆうれいみたいにうろうろしているだけだった。

「ちょっとママ、かおるちゃん、ちゃんと山菜採ってよ！　ほら、そこに生えてるの、たぶんこしあぶらだよ！」

言うとふたりはようやくこしあぶらの木に気づいて、引っかけ棒で枝を引きよせはじめた。こしあぶらの枝は柔らかいから、扱うのはかんたんなはずだ。でもあきれたことに、ママは二つか三つ芽をつみとると即「ママ、おーわり！」とむりやりかごをかおるちゃんに渡して、その場に座りこんでしまった。

「えーっママ、もう終わりなの？　ザーサイ探すんじゃなかったの？」

「ザーサイは冷蔵庫にあるからいいの！　ママ、ただこの緑のなかにいるのが気持ちいいから、ここにじっとしてる」

もーっ、ママ、あきっぽすぎだよ！　マーロウとわたしはぶーぶー文句を言いながら、かおるちゃんがこしあぶらをとるのを手伝ってあげた。とはいっても、ふたりとも顔がにやけてしかたない。たらの芽とちがってこしあぶらは一本の木からたくさん芽がとれるから、かごの中身のかさがみるみる増えてうれしいのだ。

マーロウと夢中で芽をつんでいると、かおるちゃんがとつぜん手を止めてぽつりとつぶやいた。

「わたし、こっちに帰ってこようかな……」

わたしたちは手を止めて、かおるちゃんの顔を見あげた。かおるちゃんは引っかけ棒でたぐりよせた手元の緑の芽を指先でなぞりながら、どこか遠い目をしている。

「かおるちゃん、それって、お盆休みみたいなこと？」

マーロウが聞くと、ううん、すこしだけ笑ってかおるちゃんは首を振る。

「東京から、こっちに引っ越すってこと」

「えーっ、だとしたらうれしいな、じゃあゆうすけくんもいっしょに？」

「ゆうすけくんは、べつかもね……」

かおるちゃんはそう言うと、指でなぞっていた若芽をぷちん、と枝からもいだ。

マーロウとわたしは顔を見あわせて、これはたぶん、離婚、ってやつだと目で合図しあった。主にママの友だち関係のひとだけど、大人たちが話す「大人の事情」の半分くらいは、この離婚がらみなんだから！

「わたし、結婚、向いてなかったのかも……」

ほらね、やっぱり！　わたしはいっきに自信まんまんになって、はっきり聞いてみた。

「かおるちゃん、ゆうすけくんと離婚するの？」

「離婚……するのかな」

「えーっ、でももしかおるちゃんとゆうすけくんが離婚したら、わたしたち、親戚じゃなくなっちゃうよ！」マーロウがなさけない声をあげる。「だって、ゆうすけくんと結婚してるからママはかおるちゃんの義理のお姉さんで、ハッチとわたしは義理の姪《めい》なんでしょ？　離婚したら、わたしたちばらばらになっちゃうよ。わたし、そんなのイヤだ」

「ううん、そんなことないよ、もし離婚しても、ハッチとマーロウとわたしたちは、ずっと親戚でいようね。心の親戚っていうやつだよ」

「でもお仕事は？　かおるちゃん、東京でいっぱいヘアメイクさんのお仕事があるんでしょ？」

「そうねえ、お仕事があるねえ。お仕事とは、お別れしたくないな……」

「じゃあやっぱり、離婚もしなくて大丈夫だよ！」

「ううん、離婚とお仕事の話は、べつなんだ」

こしあぶらの木のしたでわたしたちが話しているあいだ、ママはずっと座ってからだのうしろに手をついたまま、むっつり黙りこんでいた。大きな帽子にサングラスをかけているからどんな顔をしてるのかよくわからないけど、この話題について、ママがなんにも言わないのはちょっとヘンだと思う。だってそもそも、かおるちゃんとゆうすけくんをくっつけるキューピッド役をはたしたのは、このママなんだから。

かおるちゃんとゆうすけくんの出会いはいまからたぶん八年くらいまえ、マーロウとわたしがまだ小さくて東京に住んでいたころだ。雑誌の取材でヘアメイクを担当してくれたかおるちゃんと仲良くなったママが、思いつきで弟のゆうすけくんを紹介したのがふたりのなれそめだったらしい。それからふたりは意気投合して、すぐ結婚した。つまりその出会いがなければ、わたしたち三人が熊倉田一家と親戚になることもなくて、いまあのおうちに住むこともなかったってこと！

「ねえかおるちゃん、離婚なんてしないよね、ゆうすけくんと仲直りするよね？」

こしあぶらそっちのけでマーロウとお願いしていると、家のほうから「おーい、かおるー！」熊倉田のおじちゃんの呼ぶ声が聞こえてきた。

「なーにー、お父さん！」

「ちょっと来なさい！」

木の幹の向こうから顔を見せたおじちゃんが手招きするので、かおるちゃんはこしあぶらのかごを持ったままそっちに近づいていった。マーロウもわたしも気になって、あとを追う。

「ゆうすけくんがこっちに来てるよ」

おじちゃんの一言に、えっ、とかおるちゃんは言葉を失った。

「おまえ、どうせゆうすけくんとけんかでもして、ぷいっと家出してきたんだろう」

「……………」

「いまお母さんの携帯に電話がかかってきたよ。おまえに車を持っていかれたから、わざわざ電車で来てくれたそうだ。駅から最初にお父さんたちの家に来て、留守だったものだから、いまはえみちゃんたちの別荘のまえにいるそうだよ。ここまで歩いてこさせるのもわるいから、帰ってあげなさい」

かおるちゃんは黙ったまま、なんともいえないきまりわるそうな顔をしている。ゆうすけくんがこんなにはやく東京から迎えにきてくれたっていうのに、ちっともうれしそうじゃない。ふたりとも、いったいどんなけんかをしたんだろう？

「かおるちゃん、わたし、送ってくよ」

いつのまにかうしろに立っていた、ママが言った。なんだか、ことのなりゆきはぜんぶわかってます、っていうような、自信たっぷりの言いかただった。

それから家のなかのおばちゃんとおじいちゃんに挨拶すると、かおるちゃんは素直に車に乗った。ママはおじちゃんの車を借りてかおるちゃんを別荘に送りとどけてから、またこっちに戻ってくると言う。

「わたしたちも行っていい？」

聞くとママは「いいよ、来れば」とあっさり後部座席のドアを開けてくれた。そのときちょっとだけ、あの「大人の事情」の壁がうすくなった気がしてわたしはバンザイしそうになったけど……助手席のかおるちゃんの顔を見て、上げかけた腕をそっと下ろした。

森の家の玄関ポーチに、ゆうすけくんは座ってかおるちゃんを待っていた。ゆうすけくんは水泳選手みたいにからだががっしりしていて、顔つきもきりっとしていてハンサムで、わたしたちの自慢のおじさんだ。

マーロウとふたりでエンジンが止まらないうちから車を降りようとすると、ママは「だめ、あんたたちはあと」と言って、かおるちゃんだけをさきに行かせた。ふたりが向かいあってなにか話してるのを、わたしたちは車のなかからじいっと見ていた。

かおるちゃんはこっちに背を向けているし、ゆうすけくんの顔は半分隠れて見えないから、ふたりがどんな表情で、なにを話しているのかはよくわからない。でもしばらくすると、かおるちゃんはこっちを振りむいて、わたしたちに手招きしてくれた。マーロウとわたしはすぐに車を降りて、ふたりのほうに駆けていった。

「ねえ、仲直りした？」

聞くと、かおるちゃんもゆうすけくんもふふ、と笑って首を傾げる。

「えーっ、じゃあまだけんかしてるの？　なんでなんで、はやく仲直りしてよ」

するとゆうすけくんは、「大人の仲直りは時間がかかるんだよ！」と言って、マーロウとわたしの髪の毛をわちゃーっと手のひらでかきまわした。東京で家具職人をしているゆうすけくんの手は、傷だらけでかさかさだけど、とっても大きくて丈夫だ。

ゆうすけくんの髪をぼさぼさにしてやりたくて三人で取っくみあっているうち、ママが車から降りてきて、「おう、ひさしぶり」と手を挙げる。

「お、姉貴、どうもお世話になりました」

「帰るの？」

「うん、帰る」

「ご飯食べていったら？」

「いや、かおるも俺も、あしたはやいから」

「あっそう」

ママはそれ以上引きとめず、かおるちゃんに家の鍵を渡した。かおるちゃんはなかに入って、すぐに今朝来たときと同じ、部屋着のバスローブすがたでポーチに戻ってきた。でもさっきまで下ろしていた長い髪は、いつもみたいにきっちりうしろで一つに結んである。

「えみさん、ハッチ、マーロウ、今日はいろいろ、びっくりさせてごめんね。とりあえず今日は帰るけど、またそのうち来るね」

かおるちゃんは頭を下げて、にこっと笑った。それはいつもの自然な、柔らかいかおるちゃんの笑顔だったけど、それでもやっぱり、幸せで幸せでたまらない、ってひとの笑顔とはちょっとちがう気がする。すくなくとも、さっきわたしの隣で大好きなたらの芽を夢中でつんでたときのマーロウの笑顔とは、ぜんぜんちがう笑顔なのだった。でも考えてみれば、ママだってゆうすけくんだって学校にいるどの先生だって、マーロウみたいには笑わない……ああ、大人の幸せってきっと、山菜くらいじゃあぜんぜん足りないんだ！

「ハッチ、マーロウ、夏休みになったら東京にあそびにおいで。うちに泊まっていいから」

ゆうすけくんはそう言ってわたしたちの頭を最後にひとなでしてから、マーチの運転席に乗りこんだ。かおるちゃんもからだをかがめて助手席に乗ると、窓のなかで一礼して、ひらひらと手を振る。

わたしたち三人は「またね！　またね！」と手を振りかえして、ふたりの車が小道を遠ざかっていくのを見送った。

車が見えなくなると、うしろに立っていたママがマーロウとわたしの肩に手を置いた。

その手の重みとあったかさを感じながら、わたしは朝からずっと気になっていたことを聞いた。

「ねえママ。なんでかおるちゃんになにも聞かなかったの？」

「それは、沈黙は金、だから」

「……それ、どういう意味？」

「黙っていることは、きんきらきんのゴールドのように、最高にゴージャスだってこと」

「でも、聞いたり話したりしなければわからないことって、たくさんあるでしょ？

わたしたちが車のなかにいるとき、あのふたり、なにを話していたんだろうね？」

「ことばで聞いたり話したりしてわかることは、どっちにしろ、そのひとたちがわかろうとしていることのほんの一部にしかすぎないから。そうやってふたりがわかろうとしていることは、そのふたりだけが、わかっていればいいことだから」

「ふーん……そういうものかな」

「そうよ。そしてついでにもうひとつ、いいことばを教えてあげる。時は金なり」

「それはどういう意味？」

「過ぎていく時間もまた、きんきらきんのゴールドのように最高にゴージャスだから、だいじにしなさいってことよ」

「えーっ、それじゃあ、沈黙と時間はどっちもゴールドで、まるきりおんなじってことになっちゃうよ?」わたしが抗議すると、「ちがうよハッチ」とマーロウ。

「わたし、わかる。それも、『過ぎたるはなお及ばざるがごとし』の仲間だよ。つまり、きんきらきんのゴージャスな沈黙と時間が、たるからざるへきらきら光りながら流れていって、ごとしごとし、っていうことだよ」

「マーロウ、ぜんぜん意味わかんない!」

でも……ほんとを言うとその瞬間、たしかにわたしにも見えたような気がしたんだ、いまここにある三人の沈黙と三人の時間が大きく一つに合わさって、ごとしごとし、って波打ちながらわたしたちの足元から森のほうへ流れていって、木や鳥や虫たちをまるごとさらって、きらきらきらきら、ずっと遠くにあるまぶしい金色の海に流れこんでいく、そういうゴージャスな風景が!

「さ、また山菜採りに行こっか」

ママの一声にわたしたちはまた元気を取りもどして、車に乗りこんだ。

そして森の道を三人、ごとしごとしと揺られながら、みんなで思いつく限りのかっこいい故事ことわざを叫びながら、たらの芽やこしあぶらがまだたっぷり残っているあのみわくの裏山に向かったのだった。

六月　ゆうれいたちの顔を見た日のこと（マーロウ）

ママは東京に行く。

と、いきなり始まるママの置き手紙を、学校から帰ってきたハッチとわたしは一瞬で読んでしまった。
あ、でも、手紙は文章だから、一瞬で、ていうのはありえないことなのかな……でもだれかの顔をパッと見た瞬間、なにを考えてるかわかっちゃうことってあるでしょ？　それと同じで、手紙にも顔みたいなのがあって、読まなくてもぜんたいをパッと一目見るだけで、なにが書いてあるかわかることってあると思うんだ。とくにママの書く手紙には、いつだってちゃんと顔がある。

ママは東京に行く。やみくもとれいこちゃんがきた　たぶんあしたかえる、あとででんわする。おじちゃんかおばちゃんが夜くる。るすたのむ　ママ

手紙はスーパーの安売りちらしのうらに、しばらくけずってなさそうなえんぴつで書いてあった。

文字の横線をらんぼうに長くひっぱって書くのはママのくせだけど、それにしてもテンとかマルがいきおいよく紙から飛びだしちゃいそうなほどの、ひどいなぐり書きだ。でもこの手紙の顔は、にやついている。それは一目見て、すぐにわかる。

「これっていったい……」

隣のハッチはまゆをひそめて、唇をくしゅっとすぼめて、じっと手紙の顔をにらみつけていた。わたしもおんなじ顔をして、あらためて手紙の文章を心のなかのママの声で読んでみる。

ふしぎなんだけど、手紙の顔っていうのは何度もそこに書かれてあることを読んでいるうち、波打ちぎわの砂絵みたいにすこしずつ消えていってしまう。あれ？どんな顔だったっけ？って、いまさっきのことなのに思い出そうとしても思い出せなくて、あとに残っているのは文字と意味と、その二つが作るなぞなぞだけ……。

「なんだろう、急用かな？」

ハッチはちらしを宙でひらひら揺すったり明かりにかざしてみたりするけれど、もちろんなんにも出てこない。

「きっとお仕事なんだろうね。お仕事はもうしばらくお休みって、まえに言ってたけど……」

わたしはリビングの入り口にあるレースを敷いた電話台をちらっと見た。ママは携帯電話を持ってないから、こういうときはとっても不便だ。つまりどんなに気になることがあっても、わたしたちは向こうからの連絡を待つしかないってこと。家の電話からやみくもさんの携帯電話にかけてみてもいいけど、ママがほんとうにあした帰ってくるのかどうか確かめるためだけに電話をかけるのは、なんだかちょっと気がひける。

「電話するって書いてあるし……電話、待ってようか」

それからハッチはえーい！　と声をあげて、ランドセルをソファのうえにぶん投げた。ふだんママがいるまえでは、ぜったいにそんなことしないのに！

「それより、マドレーヌの準備しなくっちゃ！」言われてわたしもはっとする。

「エリーがもうじき着いちゃうよ！」

そうそう、わたしたちは今日、ママとエリーをお客さんにして、「レディーの会」をする予定だったのだ。「レディーの会」っていうのは、みんなでマドレーヌを焼いて、むかしママがだれかの結婚式でもらってきたいちご柄のティーセットを使ってお茶を飲んで、小指を立てながらレディーっぽい会話をする会のこと。ずっと楽しみにしてたから、ママには昨口、「ちゃんとレディーの格好をしておいてね」って、あれだけ念を押しておいたのになあ……。

「あ、ママ、いちごのセット出してくれてない！」キッチンからハッチが叫ぶ。

「もーっ、わたしたちが帰るまでに出しといてねって言ったのにい！」

「ママ、きっとあわててたんだよ」

わたしはキッチンに椅子を持っていって、そのうえに立って背伸びをして、キャビネットの奥からいちごのティーセットを取りだした。

「それからえーと、マドレーヌのレシピはどこだろう……ここかな？」

ハッチはキャビネットのしたの段からメモとか雑誌のきりぬきがごちゃごちゃクリップ留めされている束をつかんで、テーブルに広げる。そのなかからまえにママがよく作ってくれたマドレーヌのレシピを探そうとしたけど、その束は「ねぎの牛鍋」とか「洋風揚げ餅」とか「かきの柚子《ゆず》蒸し」とか、しぶい感じのレシピばっかりで、お菓子のレシピは一つも見つからない。でもそういうしぶいメニューもそれはそれでおいしそうなものだから、ハッチもわたしも、一枚一枚じいっと見入らずにはいられない。

そうしてふたりしてレシピを読みふけっているうち、ピンポーン、とチャイムが鳴った。

「しまった、エリーが来ちゃった！」

玄関のドアを開けると、靴が見えないほど長いスカートにレースがいっぱいついたぶかぶかのブラウスを着たエリーが、胸をはって立っている。

「うわーっ、すごいねエリー、その格好！　着替えてきたの？」

「そうですわよ」エリーはエヘンと喉を鳴らして、首からかけている真珠のネックレスをひっぱってみせた。「このお衣装はうちのおばあさまにお借りしてきました。だって今日はレディーの会なんでございますでしょ？　わたくし、お呼ばれされたお客さまでございますのよ」

ハッチとわたしは思わず顔を見あわせて苦笑いした。しぶい料理の作りかたを眺めてるうち、レディーな気持ちなんかすっかりどこかに飛んでいってしまったのだ！　わたしたちにいまできそうな会といったら……「むかしのお母さんの気持ちになる会」とか、「お母さんがいないので、自分たちでご飯を作らなきゃいけない子どもたちの会」とかかなあ？

「あのね、エリー……」

ハッチと事情を説明して、ついでにママの置き手紙も見せると、エリーは「そっか」とあっさり納得してくれた。

「うーんと、じゃあ今日は、『しぶいレシピを研究する会』にしない？」

ほかにやることもないから、エリーの提案どおりわたしたちはほかにもあったレシピの束を一つ一つ解体して、それぞれ自分たちが思う「いちばんしぶいレシピ」を発表しあった。わたしは「たら昆布椀《わん》」でハッチは「塩きのこ」でエリーは「いくら南天」。でも冷蔵庫を開けてみても、そんなしぶいメニューを作れるような材料はなにも入っていない。かといって、いまから町まで買い物に出かけるのもおっくうだ。

「じゃあ、ママの『ロッキー』でも見る？」

ハッチの提案を、わたしはすぐに「ダメっ！」と却下した。

「『ロッキー』なんて、もう見飽きたもん。せっかく今日はママがいないんだから、ママと関係のないことしようよ」

言ってしまってから、ドキッとした。「せっかくママがいないんだから」なんて、それじゃあまるで、ママがいなくなることを待ちのぞんでいたみたい！　顔を赤くしたわたしを見て、ハッチもエリーもぽかんとしている。

「あーっ、あの、いまのはべつに、ママがいなくてうれしい、ってことじゃなくて、

『ロッキー』ならママがいるときにいつも見てるから、ママがいるときにはできないいことをしようって意味だよ。えーっと、その、つまり、たとえばランドセルをソファに投げたりだとか……」

「あはは、マーロウ、ランドセル投げをしたいの？　いまなら投げ放題だよ」

エリーが笑いながらソファを指差すと、ハッチも笑う。

「そうだよマーロウ、投げちゃえ投げちゃえ。でもほんとはママがいなくて、ちょっとうれしいんじゃないの？」

「えーっ、そんなことないよう、ママがいなくて、うれしくなんかないよ。ハッチだってそうでしょ？　それともうれしいの？」

「わたしだってうれしくはないけど、でもべつに、さびしくもないよ」

「わたしだって、さびしくないもん！」

「まあまあまあ」と、エリーはわたしたちの肩を叩く。「ふたりともちょっと強がってるみたいだけど、親とはなればなれになるのもたまにはいいものだよ」

海外にいるお父さんお母さんと離れて、いまはおばあちゃんと暮らしているエリーにそう言われると、ハッチもわたしもなにも言いかえせない。うーん、「親とはなればなれ」かあ……わたしたちもいつか、そうなるときが来るのかな……。

ふたりで顔を見あわせて黙ってると、エリーはじゃらじゃら音が鳴る真珠のネッ

SYLVESTER STALLONE
SETSUKO

クレスをはずして、うしろに大きくのけぞった。

「あーっ、大人なしでこんな大きな家で一晩過ごせるなんて、わたしだったらわくわくするなあ！　いつまで起きててもだれにも怒られないし、夜中にお腹がすいたら好きなだけあるものを食べられるし！」

「エリー、夜はわたしたちだけじゃないよ、熊倉田のおじちゃんかおばちゃんが一緒に泊まってくれるんだよ」

「え、なんだ、そうなの？　もうふたりだけでも大丈夫なのにね」

大丈夫……なのかな？　なんとも言えずにハッチを見ると、思ったとおり、まゆ毛を八の字にして心細そうな顔をしている。

こっちに来てからも、東京に住んでいたときも、ママが夜お仕事で家を空けるときには必ず近所のひとや熊倉田のおじちゃんおばちゃんがめんどうを見てくれた。わたしたちはもう赤ちゃんじゃないし、とくにママが大人を卒業してからは、家のことはほとんどひととおり自分たちでできる。でも、一晩ふたりだけで夜を過ごすとなると……。

「エリー、たぶんわたしたちにはまだむり！」

ハッチがぶるるっとからだをふるわせた。わたしも同じようにぶるるっとして言った。

「だってこの家、夜になるとまっくらになるし、窓の外なんかもう、世界にだーれもいなくなっちゃったみたいに静かだし、ひとりでトイレに行くのだってこわいくらいなんだから！」

「へーっ、ふたりとも意外とこわがりなんだねえ。こんな家、わたしはちっともこわくないよ！　ということで、いまからこのおうちを探検してみない？」

　エリーは立ちあがって、わたしたちふたりの腕をがしっとつかむ。

「ね、じつはママさんがいるときにはちょっと遠慮してたんだ。わたしこんな広い家に住んだことないからさ、家のなかがどうなってるか、一部屋ずつぜんぶよく見てみたかったの。ほらほら、ふたりとも案内してよ」

「べつにいいけどさ、エリー」ハッチがしぶしぶ立ちあがる。「でもこの家って、このキッチンと、リビングと、お風呂とトイレと、あとはわたしたちの部屋とママの部屋とお客さん用の部屋と、小さな物置部屋があるだけだよ。べつに探検するようなところなんてないけど……」

「そのなかで二つ、わたしがまだ見たことのない部屋がある」

「それってまさか……」

　うっすらいやな予感がして、わたしはエリーの顔を見た。

「ピンポーン！　ママさんの部屋と物置部屋です！」

「えーっ、物置はいいとして、ママの部屋はダメだよう！　わたしたちだって、めったに入れてもらったことないんだから」

「そうだよエリー、ダメダメ！」

止めるのも聞かず、エリーはママの部屋に向かってだーっと階段を上っていく。

「わたしずっと見てみたかったんだあ、小説を書くひとの部屋ってどんなふうなんだろうって！」

「ダメダメ、エリー、ダメだってばあ！」

追いかけていったわたしたちに背中をつかまれながらも、エリーは強引にママの部屋のドアノブを回した。でもガタンとにぶい音が鳴っただけで、ドアは開かない。

ハッチもわたしも、これにはちょっと拍子抜けした。

「なんだ、鍵かかってるじゃない」

エリーは何度かノブを回してみたけど、やっぱり鍵がかかっている。

「ママ、鍵かけて出かけたんだね……」

わたしがつぶやくと、ハッチもぼんやりノブを見つめて言った。

「ていうか、このドア、鍵かかるんだね……知らなかった」

わたしたちが黙っているので、エリーはなにか察したのかもしれない。「じゃあお次は、物置部屋！」元気よく叫ぶと、また先頭に立ってだーっと階段を降りていく。

物置部屋は、玄関のすぐ隣にあるベッド一台分くらいの細長い部屋だ。ママがむかし乗ってたお気に入りの自転車とか、ママがむかしもらったトロフィーとか、ママがむかし読んだ本とか、ありとあらゆるママの「むかしグッズ」が床から天井までぎゅうぎゅうにしまってある。どれもほこりをかぶっててちょっとかびくさくて、部屋の空気を吸うだけで咳が出るから、ママでさえふだんはめったにこのドアを開けない。

もしかしたら、知らないうちにここにも鍵がかかってるかも……と思ったけど、エリーがドアノブを回すとなんの抵抗もなくすっとドアは開いた。

「うわーっ、なにここ、ものばっかり！　もののものの、もの天国だあ！」

一歩なかに入った瞬間したからほこりがぶわっと舞って、「クシュン！」エリーは大きなくしゃみをした。

「エリー、やめとこうよ、そこ、ほこりっぽいし、きっとヘンな虫も出てくるよ」

「えーっ、でもいろんなものがあっておもしろそうだよ！　電気のスイッチはどこだろう？　あっ、あった！」

エリーがパチンとスイッチを押す。するとそれまでなんとなくひとかたまりに見えていたごちゃごちゃが明かりのしたで一つ一つのちがったかたちを持ちはじめて、いっそうごちゃごちゃがひどくなった。

三面にある棚には大小いろいろのゆがんだ段ボール箱がつめこまれていて、そのすきまにビニールに入った人形とか、枯れたサボテンとか、なぜだか太鼓みたいなものまで縦になってはさまっている。左側の棚には古い自転車が立てかけてあって、そして床は一面、本、本、本の山……。

「いざ、探検！」

いさましい声をあげて、エリーはずるずるのスカートをひきずりながら積まれた本のすきまに一歩ずつ足を踏みいれていった。両手を広げてバランスを取りながら、ようやく奥の棚のところまで行きつくと、振りかえって「おーい！」と手を振る。そこからドアまでたぶん三メートルも離れてないはずなんだけど、がらくたのなかのエリーはなんだかずいぶん遠くにいるように見える。

「ちょっとマーロウ、手を伸ばして電気消してみて！　スイッチそこにあるから！　はやくはやく！」

わたしはしかたなく手を伸ばして部屋の電気を切った。リビングの光は物置部屋の半分までしか届かないから、エリーのすがたはもうほとんど見えない。

「うわあ、すてき！　ふたりとも、こっち来てみなよ！　なんだか沈んだ船の底にいるみたいだよ！」

「うーん、なんだか気が進まないなあ……」

ドアのてまえでハッチは腕組みしていたけど、エリーがいっこうにあきらめないので、とうとうすくらがりのなかに最初の一歩を踏みいれた。わたしもそれに続いて、おっかなびっくり一歩ずつ、エリーの声をたよりに奥を目指す。

途中で何度か本の山が崩れる音がしたけれど、どうにか奥までたどりついてうしろを振りかえってみると、ドアは思っていたよりずっと遠くに見えた。これはたしかに、船の底にいるみたいかも。

「わたしたち、お魚みたいだね」声をひそめてエリーが言う。「もしくは、船といっしょに沈んじゃったひとのゆうれいとか……」

沈没船のゆうれい……わたしはぞうっとして、すぐ近くにいるハッチの腕を両手でつかんだ。

「ねえ、もしあのドアがバタンとしまっちゃったらどうする？　ほかのゆうれいたちのしわざで！」

「やだエリー、こわいこと言わないでよ！」

ハッチは笑って言いかえしたけど、わたしはぜんぜん笑えない。それどころか、ほんとうにこの部屋にいるむかしのものたちのゆうれいがくらやみのなかでじいっと自分たちを見ているような気がして、足がガクガクふるえてきた。

「ねえねえ、もうわかったから、はやく出ようよう。それでまたキッチンで、しぶいレシピ研究会の続きをやろうよ」

わたしが小声でそう言うと、

「マーロウ、しぶいレシピはもう決まったでしょ？」と、つめたいエリー。「あのね、いまからやるのは海賊コンテストだから」

「なにそれ、海賊コンテスト？」

「そう、いまからせーの、で、三人それぞれこの沈没船からお宝を盗むの。だれがいちばんおもしろいお宝を盗んだか、向こうの部屋で決めるんだよ」

「えーっ……」

わたしはぜったい反対だけど、ハッチは「いいねそれ、おもしろそう！」とはしゃいでいる。

なんでふたりとも、こんなこわいところでへっちゃらな顔をしていられるんだろう？　わたしはこの部屋のなかではできるだけからだをちぢこませて声を低くして、むかしのゆうれいたちから気づかれないようにしていたいのに……そのゆうれいを盗んで明るいところに連れていくなんて、そんなことしたらきっとあとからあとからゆうれいが追いかけてきて、この家がゆうれい屋敷になっちゃうよ！

「ダメだよ、そんなことしたら家じゅう……」言いかけたところで、「じゃあいち、に、さん、でお宝をつかんでね」大声のエリーにさえぎられてしまった。

「つかんだら、出口まで競走だからね！　じゃあ、いち、に、さーん！」

抗議するまもなく、ぐしっ、とか、じゃっ、とかいう音がして、なにかをつかんだらしいふたりは、わたしのからだを押しのけてドアのほうに向かいはじめた。それからまたあちこちで、本の山が崩れる音！　崩れた本のうち何冊かが、まだガクガクふるえているわたしの足元に落ちてくる。

「ちょっと待ってよう！　置いてかないで！」

こわくなって叫んでも、はやくもドアのところにたどりついたふたりはきゃはは！　マーロウの負け！　と笑ってるだけで、助けにきてくれない。わたしは手探りで足元のじゃまな本を拾って、ゆうれいがついてこないようにぶんぶん腕をふりまわしながら、息つぎなしで泳ぐみたいに夢中でドアを目指した。

「はいマーロウ、おかえりー！」

涙ぐみながらやっと部屋を脱出すると、ふたりは笑って背中を叩いてくれた。まったく、なんていうはくじょうものたち！　わたしが海賊船の船長だったら、ふたりには罰として一週間くらい魚の骨とり係をさせているところだ。

振りむくとまだ物置部屋のドアが開きっぱなしだったから、わたしはあわててばたんとドアを閉めた。いま、このドアが開いてた何分かのあいだに、いったい何人のゆうれいが家のなかに出ていっちゃったんだろう……考えはじめるとまた足がふるえそうになるけど、ハッチとエリーは平気な顔でまだげらげら笑っている。

「じゃ、お宝の品評会をしよっか」

エリーはブラウスのほこりを払うとその場にしゃがみこんで、手に持っていた黄色いビニール袋の中身を床に空けた。

「じゃじゃーん！」

出てきたのは、緑のとんがり帽子をかぶった雪だるまのおもちゃだった。うしろから伸びているコンセントプラグのひもがぐちゃぐちゃにからまって、雪だるまのしたの段と同じくらいのかたまりになっている。

「なんだあ、雪だるまかあ」

エリーはあきらかにガッカリしていたけれど、プラグのひもをほぐしてコンセントに差すと、雪だるまは内側からチカチカ七色に光りだした。「ふうん、なかなかきれいじゃん」と、まんざらでもない顔のエリー。

「じゃあ次はわたし！」

ハッチが盗んできたのは、筆箱よりちょっと大きいくらいの黒い革の箱だった。持ってみると、思いのほかずっしり重い。

「ね、なんだかいかにもお宝が入ってそうでしょ？　もしかして、ダイヤモンドとかルビーかも？」

ふーっと表面のほこりを吹きとばしてから、ハッチはもったいぶって箱を開けた。するとなかには、一つだけ穴が開いた黒い筒と銀色のボタンがたくさんついた筒が、赤紫色のふわふわの土台にぴったり収まっている。

「わたし、これ知ってる。たぶんピッコロっていう楽器だよ」

エリーは手を伸ばして、二つの筒をちょっと強引にくっつけた。それから一本になった筒をフルートみたいに横向きにかまえて息を吹きかけてみたけど、どうがんばってもはじっこからひゅーひゅー音がするだけで、それ以外にはなんの音も鳴らない。

「ママさん、むかしオーケストラとかに入ってたんじゃない？　ピッコロ奏者って、オーケストラにひとりかふたりしかいないから、すごく目立つんだよ」

「えーっ、ママはたしかに目立ちたがりだけど、音楽の才能はないと思うよ。ウクレレだって、すぐ飽きちゃったし……」

言いながら、ハッチはソファの足元に転がっているウクレレを横目で見やる。春休みのときはあんなに熱中して弾いていたのに、最近はママの視界にも入ってないかわいそうなウクレレ。リビングとキッチンを行き来するたび、ママはいちいち柄のところにつまずいて、「いたーっ！」と声をあげている。

「うーん、雪だるまとピッコロだったら、まあ、ピッコロの勝ちかな」エリーはピッコロをケースのうえに置いて、負けをみとめた。「じゃあ次、マーロウのお宝は？」

わたしは黙って、持っていた本をふたりのまえに差しだした。たまたま足元に落ちてきた本を拾っただけなんだけど、表紙にはくすんだ銀色の文字で「伊鍋町立桜丘東中学校卒業アルバム」とある。

「うわーっ、これたぶん、ママの中学校のときの卒業アルバムだよ！」

ハッチはすぐに手を伸ばして、ぺらぺらページをめくりだした。

「埜々下えみ、埜々下えみ……あっ、これだ！」

ハッチが指差した先には、たしかに「埜々下えみ」の名前があった。そのうえにある写真の顔は、ママ……なんだろうけど、なんていうか、ママに似てるむかしの若い女の子、っていうか、前世で中学生をやっていたころのママ、っていうか……うまく言えないけど、これはあなたたちのママが中学生だったころです、って言われたらぎりぎり信じられるくらいのママだった。

前髪を目のすぐうえまでたらして、うしろの髪はお下げにしていて、鼻はツンと空を向いていて、なんで撮るのよ、あんたムカつく、って言ってるみたいな、やたら闘志まんまんのなまいきな目をしてるママ。それなのに、口元だけはちょっとだけにやっとしてる、十五歳のママ……。

「うーん、これがママかあ……」

隣のハッチも眉間にシワを寄せて、写真に顔を近づけている。

「ふたりはあんまり、ママさんには似てないね」

エリーがぼそっともらしたその一言に、わたしはドキッとした。そう、いまのママとむかしのママがぴったりひとりのひととして重ならない、っていうのと同時に、女の子時代のママは、いまのハッチにもわたしにも、ぜんぜん似ていないのだ！

「最初の女の子は、だいたいお父さんに似るんだって。わたしもお父さんに似てるってよく言われるよ。ふたりもきっと、パパさん似なんじゃない？」

エリーに言われて、ハッチとわたしは顔を見あわせた。わたしたちがパパ似？そんなこと、いままでだれにも言われたことがない。でも、もしそれがほんとなら……わたしたちはいつもこうして、お互いの顔のなかに一度も会ったことのないパパの顔を見てたってこと？

「ふたりもかわいいけど、ママさんもかわいいね。美少女だから、きっともてたんじゃない？」

「そんな話、ぜんぜん聞いたことないよ」

ハッチもわたしも笑ったけど、なんだか急に、お互いうまく目を合わせられなくなってしまった。

また心臓がドキドキしてくるのを感じながら、わたしはもう一度ママの顔をじっくり眺める。それからまわりに並んでいるママのクラスメイトたちの顔も、同じくらいじっくり眺める。

みんなぎこちないけど、一生けんめい笑っているか、一生けんめい笑おうとがんばっている顔……同じページのしたにある集合写真ではもうすこしリラックスしてやわらかい表情だったけれど、ママだけは個人写真とまったく同じ顔をしている。なんで撮るのよ、あんたムカつく、っていう、あの顔。このころのママ、写真を撮るときにはぜったいにこの顔をするって決めてたのかな？　するとなんとなく、鏡のまえでひたすらこの顔の練習をしているママのすがたが思いうかんだ。そういうのって、なんだかすごくママらしい。見ているとだんだんたしかにこの女の子は、むかしのママだっていう気がしてくる。

集合写真のまんなかに写っている担任の先生は、「河野益男《こうのますお》」っていう大きな丸メガネをかけた白髪のおじいさんだった。大人の先生から見て、当時のママって、どんな女の子だったのかな。やっぱりなまいきで、飽きっぽくて、このころからお話を書くのが好きな女の子だったのかな……。

「わたし、この先生にむかしのママはどんな子でしたか、って聞いてみたいな」

ハッチがぽつりとつぶやいた。同じことを考えていたのがわかって、わたしはうれしくなった。

「うん、この時代のママより、このやさしそうなおじいちゃん先生としゃべってみたいよね」

「うん。中学生のママとは、友だちになれるかちょっと自信ない」

「えーっ、わたしはぜったい、ママさんと友だちになれる！」エリーだけが自信まんまんだ。

それからわたしたちは次々にページをめくって、林間学校の写真や運動会の写真のなかにママを見つける競争をした。

むかしのママは、うちわを持って飯ごうのまえに立っていたり、黄色いハチマキを巻いてクラウチングスタートの体勢を取ったりしていたけれど、カメラ目線で写っている写真は必ず同じ顔をしてるから、わたしたちは見つけるたびに大笑いした。

でも一枚だけ、カメラのほうを向いてない写真があって、それは校内美術展かなにかの写真だった。廊下に展示されている絵を見ているママの横顔は、すごく真剣だった。まわりにいるほかの子は振りかえって笑っていたり、カメラを向いてVサインをしているのに、ママだけは唇をきゅっと結んで、一秒たりともそこから目を離したくない、っていうようなまっすぐな表情で絵に見入っている。このママ、いったいだれの絵を見てたんだろう。自分の絵かな、それともただその絵がきれいだったから、そんなふうに見ていたのかな？……とママの視線のさきにある絵をぼんやり想像しているうち、いきなりすごい考えがビビビ！と頭に浮かんだ。

その絵を描いたのは、もしかして、ママの好きな男の子だったのかもしれない！

「ねえ、ママの好きな男の子って、だれだったと思う？このアルバムのなかにいるかな？」

わたしは思いきってふたりに聞いてみた。

「ええーっ、ママさんの好きな子？」ずりおちたメガネを直しながら、エリーがすっとんきょうな声をあげる。「そんなのわかるわけないじゃん！」

「でも、もしかしたら……」

そのさきを言うのが恥ずかしくて、わたしはハッチの顔を見た。そう、この顔。エリーの言うことが正しければ、わたしたちのパパは、きっとこんな顔をしてるはずなのだ。

「ふーむ、その顔はもしかして……」わたしたちの代わりに続きを言ったのは、やっぱりするどいエリーだった。「ふたりとも、このアルバムのなかにパパさんがいるかもって思ってるの？」

わたしは素直に「うん」とうなずいた。

「だってそうでしょ？　わたしたち、ママに似てないってことはパパ似なんだもん。だからもしこのなかにハッチとわたしに似てる男の子がいたら、その子がわたしたちのパパなのかもしれないでしょ？」

「うーん……そんなこと、あるかなあ？」

エリーは信じられないという顔をしてたけど、わたしたちは黙ってもう一度最初のページから、並んでいる男の子の写真を順番に眺めはじめた。

丸刈りの男の子、八重歯の男の子、まゆ毛がつながっている男の子、リスみたいに気弱そうな男の子、ゴリラみたいに強そうな男の子、お面をかぶってるみたいに無表情の男の子……もしかしたらわたしたちのパパかもしれない、ありとあらゆる男の子たち。

見ていると、みんなちっともわたしたちには似てないように思えるし、でもみんなちょっとずつ、わたしたちに似てる気がする。

「ダメだ、エリー」

しばらくすると、ハッチがばたんとアルバムを閉じて言った。

「なんか見てると、みんながみんな、わたしたちに似てるように思えてきちゃうんだ」

うんうん、わたしも強くうなずく。

「だからエリー、エリーが決めて」

「えーっ、わたしがあ？」エリーはメガネの奥の丸い目を、いっそう丸くしてみせる。

「うん、エリーに決めてもらうのが、いちばん客観的で、公平だと思うから」

「わたしがふたりのパパさんを決めるの？　そんなのヘンだよ！」

「いいから、はやく見てよ。このなかでいちばんわたしたちに似てる子を選んでよ」

ハッチがエリーのまえにむりやりアルバムを押しやると、エリーはうなりながらも一枚一枚の写真をじっくり観察しはじめた。

そのあいだ、わたしたちは七色に光る雪だるまを眺めたり、鳴らないピッコロをかまえてみたりして、ドキドキしながらエリーがパパを選んでくれるのを待った。

ひょっとしてママは、中学生のときにパパと恋に落ちて、初恋のひとと結婚（したかどうかもあいまいだけど）して、その若くていちずな恋の結果、ハッチとわたしが生まれてきたのかも……だとしたらけっこうロマンチックな話じゃないかな……想像すると、なんだかぞくぞくしてくる。おまけにそのパパはいま、娘のわたしたちがアルバムのなかでむかしの自分とご対面するところだなんて、ぜったいに知らないんだから！　それってほんと、ぞくぞくする！

しばらくして、エリーはアルバムの端っこに写っているひとりの男の子をおずおずと指差した。

「見たなかでは、この子かも……」

男の子の名前は、「笹岡祐希《ささおかゆうき》」だった。笹岡祐希。わたしたちのパパかもしれない男の子の名前。笹岡千晴、笹岡鞠絵……わたしは心のなかでつぶやいてみた。わるくない。うん、ぜんぜんわるくない！　そういう名前って、なんだかいかにもありそうだ。

「ほら、ちょっとたれ目っぽいところと、あごのかたちと、ぜんたい的にひとの良さそうなところが、ふたごに似てるって思ったんだけど……」

そう、肝心なのはその顔だった。わたしは男の子の顔をじっと見た。ただ、穴の開くほどその顔をじいっと見つめてみても、この「笹岡祐希」くんがわたしたちに似てるとはあんまり思えなかった。ハッチも横で、「むむー……」と首を傾げている。

「ねえ、自分でも似てるって思わない？　わたしから見たら、けっこう似てるよ」

「でも……」ハッチはすこし黙ってから、申し訳なさそうに言った。「ほんとうのパパを見たら、わたしたち、だれになんて言われようと、ぜったいに一目でこのひとだってわかると思うんだ。だからこの子はたぶん、ちがうと思う」

エリーはすぐに、「もーっ！」と声をあげる。

「なによう、ふたりが選べっていうから、がんばって選んだのに！」

「ごめんごめん。でもこれで、わたしたちのパパがママの中学校の同級生じゃないってことはわかったから。エリー、ありがとう」

「もう、じゃあこのアルバムであそぶのはこれでおしまい！」

プンプンしながらエリーがアルバムを持って立ちあがると、ページのすきまから薄い黄色の冊子がひらりと床に落ちた。

「あっこれ、文集じゃない？」

エリーがつまみあげてなかを開く。

「えーっ、じゃあママの作文も載ってるかな？」

ハッチは文集をエリーからうばって、ぺらぺらページをめくりだした。

「わたしの将来の夢、埜々下えみ、だって。これだこれだ！」

タイトルを読んだだけで、ハッチはもうお腹をかかえて笑っている。わたしはその手から文集を取りあげて、ちゃんと三人で読めるように床のうえに広げた。

わたしの将来の夢　埜々下えみ

わたしの将来の夢は、手に職をつけることです。世のなかはこれからどんどん不景気になっていくと聞きます。だから大きな会社に頼らず、自分ひとりの力でこつこつ商売をするのが、生きていくのに良い方法だとわたしは思います。いちばんには、パン屋を考えています。パン屋は朝はやくから働き、夜ははやく寝て、健康的な職業だし、おいしいパンは町のひとを幸せにするからです。それにわたしはパンが大好きです。とくにクリームパンが好きです。わたしがパン屋になったら、クリームパンの専門店にするつもりです。高校では、しっかり勉強しながら、パン屋でアルバイトをして、そこでもらったお金でクリームパンの食べ歩きをして、全国のおいしいクリームパンの研究をするつもりです。卒業したら、外国で修業をつむのもいいかもしれません。でもそのためにはお金が必要なので、やっぱりパン屋になるという夢を叶えるためにも、手に職をつけないといけないのです。文章に関係する職がいいかもしれません。わたしはまえから文章を書くのがうまいと言われていたので、夏休みにこっそり、弟の読書感想文をかわりに書いてあげたことがあります。ただで書くといいかげんなことを書いてしまいそうなので、真剣に書くためにも弟に三百円を要求しましたが、この要求はいろいろあって、失敗しました。とはいえ、きちんと真剣に書いたものをただで弟にわたしたら、真剣に感謝されました。なのでわたしは、文章がうまくないひとのかわりに文章を書くという新しいビジネ

スを始められるかもしれません。中学校の三年間は、わたしにたくさんのことを教えてくれました。この三年間で学んだことを生かして、将来の夢につなげていきたいと思います。

まじめなのかふざけているのかぜんぜんわからないママのヘンテコ作文に、読みおえてからもわたしたちはしばらく笑いが止まらなかった。

「ママ、パン屋になりたかったなんて！」

「いまのお仕事は、そのためにしてるってこと⁉」

「クリームパン！」

三人で笑いころげているうち、電話のベルが鳴りだした。

「うわさをすれば、ママじゃない？」

ハッチはまだ目に涙を浮かべてひいひい笑っているので、わたしが起きあがって電話をとりにいく。

「はいもしもし、埜々下です」

「あ、マーロウ？」

やっぱりママだった。ハッチとわたしの声はそっくりなのに、いつでもママだけは、電話口のわたしたちの声を聞きわけられる。

「ママ、いま東京なの？」

笑いをこらえて聞いたつもりだったけど、ママはすぐに「なんで笑ってるの？」と聞きかえしてきた。

「いま、ハッチとエリーと三人であそんでたの」

見るとふたりはまだお互いの肩を叩きながら、声をひそめて笑っている。

「なにして？　楽しそうじゃない」

「それは、ひみつ」

あらそう、答えたママの声の向こうにはなんの物音も聞こえない。

「ママ、いまホテルかどこか？」

「うん、れいこちゃんが手配してくれた。ごめんね急に。どうしても今晩、ママが出なきゃいけない打ちあわせみたいなのがあるんだって」

「打ちあわせ？」

「うん、なんだかよくわからないけど、映画かなにかの版権がどうだとか……めんどくさいけど、どうしても本人がいなきゃだめだって言うから」

久々に電話を通して聞くママの声は、家のなかにいるママの声よりすこし低くて、いつもみたいなばかな冗談を言うのけなんだか気が引けてしまうくらいの、落ちついた声だった。あのアルバムとおんなじだ。ママなんだけど、ママに似てるだれかほかの大人の女のひとの声。もしくは、生まれかわって、東京で大人をやっているママの声。

ああ、今日は前世のママと来世のママしかいないんだな。いま、ハッチとわたしのママをやってくれているママは、今日はどこにもいないんだな……。

急にそんな気がしてきて、わたしは電話口で黙ってしまった。さびしかった。でもすくなくとも、あのアルバムのなかのふきげんそうな女の子が、何十年もの長い時間をぽーんとまたいで、いまこんなふうにわたしに電話をかけてくれてるんだと思うと、胸の奥がじーんとしてくる。こんなのはヘンな気持ちだとわかっていても、その長い時間のなかでずっと受けつがれてるママのたましいみたいなものを、わたしは思いっきり抱きしめてあげたかった。

「じゃあママ、ひさびさのお仕事なんだね」涙が出そうなのをがまんして言うと、ママは「あしたには帰るから、心配しないでね」とやさしい声で応えてくれた。

「熊倉田のおばちゃんには電話したから、もうじきおじちゃんかおばちゃんが来てくれるよ」

「うん、わかった」

「レディーの会、すっぽかしちゃってゴメンね」

いろいろあってすっかり忘れてたけど、ママが「レディーの会」のことを覚えていてくれたのはうれしかった。

「ううん、いいよ、ママ」

「また今度やりなおそうね。ハッチはそこにいる？」

わたしはハッチを呼んで、受話器を渡した。するとハッチったら、受話器を握るなり「ママ、笹岡祐希って知ってる？」なんて聞くのだ！

「笹、岡、祐、希。笹岡祐希だよ」

何度その名前を繰りかえしても、ママは笹岡祐希くんのことを思い出せないようだった。もういいと言ってもママはしつこくだれかと聞くらしく、結局笹岡祐希はママが好きそうなハンサムな若い野球選手だということにして、ハッチは電話を切った。

「あんなにだれ？　って聞かれるなんて、なんだかこの笹岡祐希くんがかわいそうになってきた」

笑いながら、ハッチはまた笹岡祐希くんの写真をまじまじと見つめる。わたしも同じように、隣でまじまじ見る。わたしたちのパパになることはなかったこの男の子……この子、いまではだれのパパなんだろう。それともだれのパパでもないのかな。

笹岡祐希くん、あなたはいまどこでなにをしてるんですか？　心のなかでそう問いかけた瞬間、ハハハと笑いながらアルバムのなかから笹岡祐希くんが白いゆうれいになって飛びだしてきた。あっと声をあげる間もなく、笹岡くんのまわりにいた男の子も女の子も、次々ゆうれいになって飛びだしてくる！

ゆうれいたちは手をつないでひゅーっと楽しそうな声をあげながら、天井近くをぐるぐる輪になって回りだした。まずい、このままじゃあやっぱりおうちがゆうれい屋敷になっちゃうよ！

ばたんとアルバムを閉じると、ハッチとエリーがふしぎそうな顔でわたしをじっと見ていた。

「どうしたのマーロウ？　顔が真っ白だよ」

わたしはアルバムをぎゅっと胸に抱いて、立ちあがった。

「むかしのことは、むかしのこと。ヘンにちょっかいを出すと、ゆうれいの世界に連れてかれちゃうよ」

それからわたしは物置部屋のドアを開けて、いちばんてまえの本の山にアルバムをそっと載せた。それから雪だるまのコンセントを抜いて、ピッコロをまた二つに分解して箱に収めて、アルバムのうえにふたをするみたいに置いた。ゆうれいにはゆうれいの世界、生きているわたしたちには、わたしたちの世界があるのだ。

わたしは静かに物置部屋のドアを閉めた。リビングではさっきから、ハッチとエリーが町のパン屋さんでクリームパンを買ってこようとはしゃいでいる。

窓の外では、いつのまにかぽつぽつ雨が降りはじめていた。

東京でも、雨が降っているのかな。ママ、傘は持っていったかな。

「ほらマーロウ、はやく行こうよ！」

家を出るまえに、わたしはひとりでリビングを振りかえった。するといつもみんなでご飯を食べるテーブルのうえに、もとの世界に戻りそこねた中学生のママのゆうれいがお下げ髪を揺らして脚を組んで、ばいばい、と手を振っているのが見えた。

びっくりしたわたしがおそるおそる手を振りかえすと、ママはあのなまいきそうな目で一つウインクをして、たちまちパッと消えてしまった。

「マーロウ、はやくおいで！」

「いま行く！」

でもこのことは、ハッチにもエリーにもないしょ。わたしとママのゆうれいだけの、だれも知らないひみつにしておくんだ。

七月　東京でバカンスした日のこと、その1（ハッチ）

発車ぎりぎりに乗りこんだスーパーあずさが松本駅を出ると、ママはすぐにシートを倒してピンクのハート形のアイマスクを目にかけた。

それからぶあああーっと大きなあくびを一つして、

「ママ寝るから、着いたら起こしてね」

と、通路越しにハートの目をして言ったきり、お腹のまえで手を組んでぴくりとも動かない。

「ママとこんなに朝はやくから出かけるの、久々だね」

隣のマーロウはわたしの耳元でささやくと、つられてふあーっとあくびをした。

窓の外では、朝日をあびて見慣れたかたちの山がどんどんうしろに遠ざかっていって揺れている。

く。並んで座るわたしたちの膝のうえには、おそろいの麦わら帽子が小さな山にな

「ねえハッチ、やっぱりこのカチューシャはしなくても良くない？　どうせ帽子をかぶるんだし……」

言いながらマーロウが頭のカチューシャをはずそうとするので、わたしは「ダメダメ！」とあわててその手を押さえた。

「せっかく昨日、ふたりでがんばって考えた格好なんだから、今日はずっとこれでいくの！」

「うーん、でも、頭がぎゅうぎゅうしめつけられるみたいで……」

「じゃあそうだなあ、帽子をかぶってるときだけははずしていいことにする」

「電車のなかとか、ホテルの部屋のなかでもつけてなきゃダメ？」

「つけてなきゃダメ！」

とは言ったものの、十分も経たないうちに頭がずきずきわんわん痛くなってきて、結局さきにカチューシャをはずしたのはマーロウじゃなくてわたしのほうだった。

あーあ、てっぺんにピンクと水色の小さなリボンが並んでて、すごくかわいい、とっておきのカチューシャだったんだけどなあ。

「あしたはみんなで東京に行く」

リビングに降りてきたママがいきなり宣言したのは昨日の夜のことだ。

それからマーロウとわたしは夕ご飯の後片づけもそっちのけで、たっぷり時間をかけてお出かけ用の服を選んだ。はりきるのも当然、三人そろって東京へお出かけなんて、すごく久々なんだから！　しかもママはホテルを予約したそうだから、二日分の格好を考えなきゃいけない。クローゼットの中身をひっぱりだしてさんざん悩んだあげく、わたしたちは色ちがいの小花柄のワンピースに、歩きやすいストラップ付きのサンダル、うさぎのマスコットつきのリュックサック、春に買ってもらった麦わら帽子、それから最後の仕上げに色ちがいのカチューシャを選んだのだった。

それにひきかえ、今朝部屋から出てきたママはぜんぜん気合いが入っていなかった。だらんとした麻のワンピースに、ぺったんこのつっかけみたいなサンダル、手に持っているのは小さめのボストンバッグだけ。せっかく東京に行くっていうのに、フロッピーのお散歩に行くみたいなそんな格好で大丈夫なのかなあ？

通路の向こうですーぴーすーぴー鼻を鳴らして寝ているママを起こさないように、マーロウとわたしは小声でおしゃべりを続けた。

「やみくもさんとれいこちゃん、元気かな？　バレンタインのときにうちに来てから、ずっと会ってないよね」

「夜はいっしょにご飯を食べるって言ってたよね？　なんだろう、お寿司《すし》かなあ、中華かなあ、イタリアンかなあ」

「お寿司がいいなあ」

「わたしは中華がいい。未央ちゃんとはなに食べよっか？」

「うーん、なんでもいいけど未央ちゃん、おうちに連れてってくれるかな？」

「どんなお部屋に住んでるんだろうね」

　昨日の夜、わたしたちはママに頼みこんで、春に上京していった未央ちゃんに電話をかけてもらった。急だったけど、未央ちゃんはわたしたちが東京に来るのを喜んでくれて、あしたのお昼からいっしょにあそんでくれることになっている。東京で大学生になった未央ちゃんがどんな生活をしているのか、マーロウもわたしも興味しんしんだ。

　そうやって今晩のご飯のことや未央ちゃんのことを話しこんでいるうち、スーパーあずさはびゅんびゅん駅を通りすぎて、いつのまにか窓の外には山や畑がすっかり消えていた。いまは背の高さがでこぼこで屋根の色もまちまちの家並みが、見わたすかぎり、ずーっと遠くまでびっしり続いている。

　車両の細長い電光掲示板には、「次は　八王子」というオレンジ色の文字が流れはじめていた。

「八王子って、もう東京だよね？」

「あれ、新宿で降りるんだっけ、それとも終点の東京駅まで行くんだっけ？」

「ママ、新宿って言ってなかった？」

「ううん、東京駅って言ってたよ」

「でもホテルは新宿にあるって言ってたような……」

マーロウと小声で言いあっているうち、
いつのまにか目を覚ましていたらしいママが、ハートのしたから本物の目をのぞかせて言った。

「もう着いたの？」


ママが予約したのは新宿の高層ビル街にあるホテルだった。

ホテルまでの地下通路はすごく混んでいて、だれもかもすごく早足で、いったん立ちどまったらすぐにひとの波の外にはねとばされてしまいそうだ。それにまだ十一時まえだっていうのに、この暑さはなんだろう？ もしかして、通路ぜんたいにまちがって暖房がついてるんじゃないかな？ じっとしているだけで麦わら帽子のしたから汗がたらたら流れてくる。

「さあ、行くわよう。ふたりとも、しっかりついてくるのよ」

ママは進行方向をきっとにらむと、まえかがみになってずんずん歩きはじめた。マーロウとわたしはおそろいのキャリーケースを引きながらしっかり手をつないで、そのあとを追う。

都会のひとごみのなかで見るママの背中は、森の家のソファでベロンとうつぶせになっているママの背中より二倍も三倍も大きく、ぶあつく見えた。歩いているママのからだの両脇からはどんどんひとが流れてきて、おかげでうしろにいるわたしたちはけっこう楽をして歩ける。

こうやってりっぱに歩いているところを見ると、ママってやっぱり大人なんだなあ、って思う。ママ、なんかすごいなあ。いつもは家のなかで軟体動物みたいにずるずる、だらだらしているだめ人間のママだって、うん、やればできるのだ！　わたしもママのまねをして、まえかがみになって肩をいからせて、蒸し暑い通路をずんずん歩く。

地下だったはずの通路の出口は地上にあって、そのすぐ左にある、見あげると首がもげそうになるくらい背の高い建物が今晩わたしたちが泊まるホテルだった。

ママがチェックインの手続きをしているあいだ、マーロウとわたしはロビーのふかふかのソファに座って通りかかるひとたちを観察してみる。

灰色のスーツを着ているサラリーマン、着物すがたのおばあさん、大きな荷物を持った外国のひと、わたしたちと同じ年くらいの子どもたち……子どもたちはみんなきょろきょろせずにおとなしく、大人たちのあとをついて歩いている。座っているわたしたちはまだ汗だらだらなのに、都会の子たちはなんだか涼しげな顔をしていて、外の暑さなんてへっちゃらそうだ。なかでもとくに注意を引いたのは、長い髪をきゅっとポニーテールに結んで、シンプルな紺色のノースリーブのワンピースを着て、背筋をピンと伸ばしてお母さんらしき女のひとと歩いている女の子。あの子、なんだかバレリーナとか、小さな女優さんみたいだな……。

ロビーを悠々と横切って出口に向かうその女の子の背中を目で追っているうち、わたしは急に、昨日あれだけがんばって選んだはずの自分の格好に自信がなくなってきてしまった。見わたしてみれば、このロビーでわたしたちほどカラフルな服を着た子はだれもいない。

「ね、マーロウ、わたしたちの格好、ちょっと派手すぎたかなあ？　もっとシンプルな格好のほうがよかったかな」

「えっ、そうかな？　そんなことないと思うけど……このワンピース、かわいいもん」

「でも、東京の子って、なんていうか……」

「ハッチ、よく考えてみてよ、このホテルにいるひとはみんな東京じゃないところから来てるひとなんだよ。だって東京に住んでるひとだったら、わざわざホテルなんかに泊まりにこないで、自分の家で寝るでしょう？」

「まあ、言われてみればそうだけど……」

そうしているうち手続きを済ませたママが戻ってきて、「あんたたち、派手だからすぐ見つけられて便利ね」と言う。マーロウは「でしょ？」と満面の笑みを浮かべたけど、わたしの心はふくざつだった。

「まだお部屋には入れないそうだから、ちょっとはやいけどお昼にしよっか。お腹すいてる？」

「すいてる！」

「ぺこぺこ！」

「じゃあママ、行きたいところがあるから連れてってあげるね」

荷物を預けて連れていかれたのは、ホテルのまえの大通りを渡ったところにある飲食店街だった。うどん屋さんとか中華料理屋さんとかタイカレー屋さんとか焼き鳥屋さんとか、ありとあらゆるご飯屋さんがごちゃごちゃ並んでて、一年三百六十五日、世界じゅうの昼ご飯が日替わりで食べられそうなところ……。

あちこち目移りしているマーロウとわたしをひっぱってママが入っていったのは、細長いビルの地下にあるオムライス屋さんだった。壁際にずらっと並ぶテーブル席では、首からカードをぶらさげた会社員のひとたちや海外からのお客さんたちが静かにオムライスを食べている。奥にある厨房《ちゆうぼう》からはチキンライスのなんともいえないい匂いがただよっていた。

注文した特製オムライスを待つあいだ、ママはぐびぐび水を飲みながら、あらためて今回の「おでかけ趣旨」をわたしたちに発表した。そういえば昨日の夜は準備に夢中でなんにも考えてなかったけど、そもそもなんでわたしたち、いま東京にいるんだろう？

「その一、やみくもたちと食事。これは、ふたりとも来てよし。めったにないごちそうだから遠慮しないでたくさん食べること。その二、お仕事の話。これはママと大人たちだけ。その三、お仕事のあとしまつ。これもあした、ママと大人たちがやる。その四、ママたちがあとしまつをしているあいだ、ふたりは未央ちゃんとあそぶ。その五、都会の空気を吸う。これはずいじ、各自やる。その六、全員、ぶじ帰る。わかった？」

「うーん、やることがもりだくさんだね」

マーロウがテーブルに頬杖をつきかけると、ママは「お行儀がわるいっ」と伸ばした手で払う。家のなかではわたしたちがどこで頬杖をつこうが、なんにも言ってこないのに！

「夏休みのフランス人は田舎でバカンスするけど、わたしたちは都会でバカンスするのよ。だからめいっぱい楽しみなさい」

「えーっ、なんでいきなりフランス人が出てくるの？」

「あそこに座ってるひとはフランス人よ」ママは声をひそめて、奥に座っている漢字Tシャツを着た外国のひとたちを目で示す。

「でもフランスのひとは田舎でバカンスするって、ママ、いま言ったじゃん」

「フランスのことはさておき、正直、ママはバカンスどころじゃなくてたくさんやることがあるんだからね。でもハッチとマーロウはあそんでご飯を食べるだけなんだから、すごく楽しいバカンスでしょ。いいなあ、ママもそうしたいなあ」

「ママはだめ人間になったんじゃないの？」ためいきをつくママにわたしは聞いた。

「なんかママ、駅でスーパーあずさを降りてからずっと、ふつうの大人みたいにちゃんとしちゃってるよ。なんで急にまじめになったの？」

するとママはハッとして、両手でほっぺたをこねこねしだした。

「そうだよねえ。ママ、やっぱりいくらがんばっても完全なだめ人間にはなれないのかなあ……森の家ではできたけど、やっぱり都会に戻ってくると……場所が変わるとだめじゃなくなっちゃうなんて、まだだめの基礎ができてないね」

「じゃあママは、修業中のだめ人間だね」

「修業中のだめ人間か……だめになるのも修業がいるのね」

運ばれてきた特製オムライスはお皿からはみだしそうなくらい大きくて、ふわふわの卵のうえにケチャップでハートマークが描かれていた。そのはじっこを銀色の重たいスプーンですくって口に入れると……うわー、さっすが東京、べろがとろけちゃいそうなくらいおいしい！　こんなにおいしいオムライスのまえではもうしゃべってるばあいじゃなくて、わたしはあっというまにお皿を空にしてしまった。見ると隣のマーロウのお皿も、すっかりからっぽになっている。

「なによふたりとも、そんなにあわてて食べることないじゃない」

そう言うママのお皿には、まだ半分以上もオムライスが残っていた。

「だっておいしいんだもん！」

「おいしいならもっと味わって、ゆっくり食べなさいよ。あーそれにしても、このオムライスはほんとおいしい」と、目を細めるママ。「このオムライスを食べるだけでも、東京に来た甲斐《かい》があるわあ。むかしはアルバイトのお給料が出るたびに、ここに食べにきたのよ。このオムライスは、ママの月に一度のとっておきのごちそうだったのよ」

「ふーん、じゃあママ、なつかしいんだ」

「そうよ、おいしいだけじゃなくてなつかしいの。おいしいとなつかしいが合わさると、もう胸がいっぱいになって、ママ、なんだか泣けてきちゃう」

「そんなこと言って、ママ、べつに泣いてないでしょ」

「おいしすぎて泣くひまもない！」

「ねえそれより、ママがこのお店によく来てたのって、何歳くらいのときの話なの？」

　聞きながらマーロウがまた頬杖をつきかけたので、今度はわたしがその肘をさっと払った。

「うーん、あれは大学生のときだから、十八歳から二十二歳のときかな」

「おじいちゃんもおばあちゃんも生きてたころ？」

「そう、ふたりとも生きてたな。わたしは大学に行くのと同時にこっちに引っ越してきちゃったけど」

「えっ、でもおじいちゃんたちの家も東京にあったんでしょ？　なんでわざわざ引っ越したの？」

「東京は東京でも、おじいちゃんちは奥多摩のど田舎だったの。どっちかっていうと、東京っていうより山梨に近いくらいのとこよ。東京にもいろいろあるのよ」

　フーンとそれらしくうなずきながらも、わたしはあとでマーロウと「ママ史」の確認をしなきゃいけないな、と心のメモ帳にしっかり書きこんだ。

マーロウとわたしが生まれたころには、ママのお父さんもお母さんもすでにこの世にいなかったから、わたしたちにはおじいちゃんおばあちゃんの家の思い出がぜんぜんない。だからママがどんな家で育ったのか、どんな育ちかたをしたのか、ママの話をたよりに推測するしかない。でもママが思いつきでときどき聞かせてくれるむかし話は順番がめちゃくちゃで、同じ話でも細かいところがぜんぜんちがっていることがよくあるのだ。いまだって、おじいちゃんの家は〝おくたま〟にあったって言ったけど、まえに聞いたときには東ナントカ市っていうところだった気がする……。

「ところでこれから夜までひまだけど、ふたりとも、どうする？」

ようやくお皿をからっぽにしたママは、グラスの水を一口飲んだ。

「買い物に行く？　ホテルで休む？　それともほかに行きたいところがある？」

「えーっ、うーん……」

「とくにないなら、ママはホテルでごろごろしてようと思うけど」

「えーっ、ママ、せっかく東京に来たのに？」

「だって外は暑いじゃない。ママ、東京にいると息してるだけでくたびれちゃう」

「んー……」

思わず口ごもってしまったけれど、正直なことを言うと、わたしは久しぶりに東京に来たんだから、みんなでデパートに行ったり、おしゃれなお店でおしゃれなパフェを食べたり、コーヒーを片手にそのへんをぶらぶらしたりとか、なんかこう、都会っぽいことをしてみたいのだ。でもママは、このオムライスだけでもう満足してしまったみたいだし……。迷っていると、

「ねえママ、わたし、ママがむかし住んでたおうちを見てみたい」

マーロウがいきなり口を開いた。

「えっ、むかしの家？」ママは目をパチパチさせる。

「ママが住んでた家？　奥多摩の？」

うん、マーロウはうなずいたけど、「奥多摩は遠すぎるからダメよ」とすぐに却下された。

「じゃあ、大学生のときに住んでたおうちは？　ママ、どこに住んでたの？」

「それは……沼袋ってとこ」

「沼袋？　なにそれ、沼？」

「沼じゃないわよ、ちゃんとした地面よ」

「そこ、奥多摩よりは近い？」

「うーん……ここから電車で十分くらいかな……」

「じゃあそこにいまから行こうよ。ママ、むかしのおうちがどうなってるか気にな

らないの？」

「まあそうねえ。言われてみれば、あのおんぼろアパートがまだ残ってるかどうか、ちょっと見てみてもいい気がするなあ」

「じゃあ行こうよママ、十分ならすぐじゃない」

めずらしくマーロウが強引に押しきって、ママが降参した。

グラスの水をおかわりしてから涼しいオムライス屋さんを出ると、わたしたちはまた地下通路に降りて、一列になってとことこ駅に向かった。


沼袋はママの言うとおり、西武新宿線という黄色い電車に乗って十分ちょっとのところにある小さな駅だった。

南口の改札を出ると、踏切の向こうがわには商店街が見える。街灯のリボン飾りが光をあびて、ぬるい風にそよそよなびいている。

「うわあ、なつかしい！」

電車のなかではまただるそうにウトウトしていたのに、外に出たとたんママはがぜん元気が出てきたみたいだ。

「ここに降りたの何年ぶりだろう？　もう三十年近くになるのかな？」

踏切を背にして、ママは炎天下の道を歩いていく。

細い川にかかった小さな橋を渡ると、右手に緑が広がる公園が見えてきた。ひっきりなしにジージー鳴いているせみの声は、穂高の森の家で聞く大音量のせみの声に比べたら、お店でかかってるBGMくらいにやさしく聞こえる。

「なつかしいなあ、むかし、この公園でよくあそんだわ。ビール一口で酔っぱらって、気づいたらあのベンチに寝てたこともあったなあ。ああ、なつかしい、なつかしい」

「ママ、さっきからなつかしいなつかしいって言うけど、なつかしいの『なつか』ってなに？」

帽子のつばを押しあげて、周りをきょろきょろ見わたしながらマーロウが聞いた。

「なつか、で切れるんじゃないの、なつかしい、で一つの気持ちなの」

「でもうつくしい、の『うつく』は美っていう字でしょ？　じゃあ『なつか』はなんなの？」

「『なつか』とはなにか？　か……。ふーむ、それはなかなかいい質問ね。それはまあ、むかし自分によくなじんでたもののことを、あるいは、かつて自分の一部だったなにかのことを考えて、それからそのなにかといまの自分のへだたりのことを感じて、胸がきゅーんとなる感じよね」

「ということは」わたしは横から口を挟む。「たとえばいま、東京にいるわたししたちが、穂高の森の家のことを考えるときの気持ち？」

「ハッチ、森の家のことを考えると、どんな気持ちになるの？」

「涼しい気持ちになる」

「わたしは、フロッピーはなにしてるかな、って思うよ」とマーロウ。

「それだけ？　胸がきゅーんとしないの？」

「きゅーん……？」

「長く生きてたくさん思い出を作るとね、そういうものを思い出すときは、ただのきゅーんでは終わらないの。きゅんんんんーって、『きゅ』じゃなくて『ん』のほうがひたすら、心の奥のほうに向かっていくの。たぶんね、『なつか』のもとはこのどこまでも続いていく『ん』なのよ。それはぜったいにことばにはならないの。とらえられない、網でもコップでもすくえない、人生の秘密がたくさんつまっているなにかなの。ふたりとも、もう少し長く生きたらわかるかもね……」

それからわたしたちが考えこんでいるあいだも、ママは「うわあ、あのたばこ屋さん、なつかしい！」だとか「あの自販機、なつかしい！」だとか、「なつかしい」を百回くらい連発して、目を輝かせながらひとりで『なつか』の気分を味わっていた。

マーロウもわたしも汗だらだらで、できればジュースを飲んで涼しいところで休憩したかったんだけど、沼袋の『なつか』にすっかりつかまっているママは、ますます元気になって住宅街を進んでいく。

「たしかこのあたりだったはずなんだけどなあ……」

ようやくママが足を止めたのは、四階建ての灰色のマンションのまえだった。

「ママ、ここに住んでたの？」

「ううん、ここじゃないの、こんなに立派なマンションじゃなかったよ。外側がうすぎたないたまご色で、二階建ての木造アパートだったんだけど……」

ママがあたりをウロウロしているあいだ、マーロウとわたしは街路樹のしたの花壇に座っておたがいに手で風を送っていた。日陰なのに、お尻に当たっているれんががが湯たんぽみたいにじんわり熱い。遠くのアスファルトは水をまいたみたいに黒くぬれて見える。

しばらく経って戻ってきたママは道のどまんなかに仁王立ちになって、目のまえのマンションを見あげた。

「そりゃあそうだなあ、三十年まえにあんなにぼろかったんだから、いま残ってるわけないかあ……」

ぶつぶつ言っているママに、マーロウが「ママ、残念だったね」と呼びかける。するとママは、まるでわたしたちがここにいるのを忘れていたみたいに「うわっ」

とすっとんきょうな声をあげた。

「あんたたちがここにいるって、すごくヘンな感じ！」

「ヘンって言われても……」

顔を見あわせているわたしたちにママは近よってきて、ふたりのあいだのれんがにどっかり腰を下ろす。

「ねえ、ママのむかしの家、このマンションに生まれかわったってこと？」

「うん、そういうことよね。当然よね、これで良かったのよ」

「そう？　良かったの？」

「うん、良かったってことにする……。ママの過去は玉手箱だからさ、開けたら煙が出てきて、ママ、あっというまにおばあちゃんになっちゃうかもしれないしさ……」

タオルハンカチを差しだすとママは黙って受けとって、額や首筋の汗を拭いた。口では「良かった」なんて言うけれど、背中を丸めて、目から光は消えて、ここに来たときの元気はすっかりなくなってしまっている。

「ねえママ、ここ暑いからもう帰ろ。それで夕ご飯まで、ホテルでごろごろしてようよ」

声をかけると、ようやくママは顔を上げた。

それからまた、ちょっとくやしそうに目のまえのマンションを見あげていたけれど、両側のわたしたちが片方ずつ腕をひっぱると、どっこいしょ、とおばあちゃんみたいな声をあげて、よろよろ立ちあがった。

ママ、ちょっとだけ玉手箱開けちゃったんじゃない？　言いかけて、わたしは口をつぐんだ。だってママ、ここに来たときより十歳くらい年取っちゃったみたいなんだもん。

ロビーで待ちあわせたやみくもさんは、わたしたちを一目見るなり「お帰りなさい！」と手を振って駆けよってきた。

「なによ、お帰りなんて」

ツンとするママに、うしろのれいこちゃんが「東京で三人おそろいはめずらしいですね」と笑いかける。

やみくもさんはチェックの半そでシャツに焦げ茶色のズボン、足元にはズボンと同じ色のぴかぴかの革靴が光っている。れいこちゃんはベージュのワンピースに銀色の飾りがついた青いハイヒールを履いている。ふたりとも、やっぱり森の家を訪ねてくるときに比べたらぴしっとした格好をしているみたいだ。顔つきもなんだかちょっとりりしいし、いかにも働く都会のひとっていう感じで、地下通路のひとごみのなかですれちがっても声をかけられるかどうか自信がない。

大人たちがいつもの軽口まじりのやりとりをしているあいだ、わたしはやみくもさんのうしろに見たことのない背の高いおじさんが立っているのに気づいた。くたくたのポロシャツにジーンズを穿いていて、落ちつかなげに左右にゆらゆら揺れている。

「マーロウ、あのおじさん知ってる?」

脇をつっついて小声で聞いてみたけれど、マーロウは黙って首を横に振るだけだ。

「今日はここのうえの中華を予約しましたから、行きましょう」

やみくもさんを先頭に歩きだしたわたしたちのあとを、おじさんはすこし離れたところから追ってくる。何度も振りかえってみるけど、おじさんはジーンズのうしろポケットに手を突っこんで、なんだかふてくされてるみたいにむっつりしたを向いて歩いている。

レストランの円卓にわたしたちが座りはじめると、どういうわけだか正体不明のおじさんもいっしょに座った。なんでママもやみくもさんも、なにも言わないんだろう? おじさんはちょうどわたしの真向かいに座って、真っ白なテーブルクロスに視線を落としている。隣のママはしれっとした顔で、えんじ色の表紙に金のふちどりがしてあるメニューブックをめくりはじめた。

「さあ、ふたごちゃんたち、今日はなんでも好きなものを食べてくれよ。お腹が破裂するくらいまで食べるんだよ」

やみくもさんはそう言うけど、向かいのおじさんのことが気になってしまってなかなか料理の写真に目がいかない。隣のマーロウも、メニューのはしからちらちら向かいのようすをうかがっている。ここまで無視されてるなんて、もしかしてあのおじさん、大人たちには見えないゆうれいかなにかなのかなあ？

飲みものの注文を取りに来た黒い制服の男のひとに、やみくもさんは「生ビール三つにウーロン茶一つ」と注文した。ウーロン茶はママだから、きっと生ビールのうち一つはこのおじさんのためだ。

「ハッチとマーロウはなんにする？」

「わ、わたしはオレンジジュースをお願いします」マーロウがうわずった声で言うから、わたしもつられてうわずりながらオレンジジュースを頼んだ。

飲みものが運ばれてきたところで、「では、乾杯！」やみくもさんが元気よくジョッキをかかげる。向かいのおじさんもジョッキをちょっと持ちあげたけど、だれとも合わせはしなかった。

ピータン豆腐やバンバンジーやふかひれのスープが運ばれてきたあとも、大人三人はおじさんなんかまるでそこにいないみたいに会話を続けていた。エビチリや見たことのないキノコの炒《いた》めものが出てきてからも、おじさんは一言もしゃべらず黙々と大皿料理を小皿にとってひとりで食べている。そしてときどき円卓を回して、わたしたちのまえにある麻婆豆腐《マーボーどうふ》や魚の姿煮を自分のまえに移動させる。マーロウが鶏肉《とりにく》の炒めものを小皿によそおうとした瞬間、またおじさんが円卓を回したものだから、マーロウは空中にれんげを掲げたまましばらくポカンとしていた。

ふしぎな夕食の時間はそのまま続いて、最後にデザートのマンゴープリンとメロンが運ばれてきた。お腹はもうぱんぱんだけれど、めったに食べられないものだから、マーロウもわたしもがんばってちびちび食べる。向かいのおじさんはマンゴープリンもメロンもペロリとたいらげてしまって、びっくりしたことに、左隣のやみくもさんのマンゴープリンまで食べはじめた！

それにも気づかず、やみくもさんとママとれいこちゃんは、さっきから共通の知りあいの作家さんのうわさ話で盛りあがっている。だれとだれがケンカしたとかだれとだれがデートしてるとか、わたしたちにはちっともおもしろくない話ばっかり……。

やっとデザートを食べおわると、マーロウとわたしにはやることがなくなってしまった。それでしかたなく糊《のり》のぱりぱりにきいたナプキンで折り紙をしていると、

「あ、ところで」

Spy
SETSUKO

いきなりママがわたしたちのほうを向いた。

「おしゃべりに夢中で紹介しわすれたけど、そのひと、ママのむかしの友だちだから」

やみくもさんのプリンを食べおえて今度はメロンにフォークを入れていたおじさんは、はたと手を止めてママを見た。

「小野寺《おのでら》くん、ふたごに名刺あげて」

小野寺くん、と呼ばれたおじさんは、ちょっとお尻を浮かせてジーンズのポケットから黒いカード入れを取りだすと、なかから名刺を二枚出して円卓の端に置いた。からっぽになったお皿といっしょにくるくる回ってきた名刺を手に取って見てみると、「ライター　小野寺昌彦」と書いてある。

「覚えてる？　小さいころにも会ったことあるのよ」

「小さいころって……東京に住んでたころのこと？」

「そうよ、ふたりともまだ赤ちゃんだったけど、小野寺くんにはよくあそんでもらったのよ」

マーロウとわたしは顔を見あわせてから、小野寺さんのほうを見た。小野寺さんもちらちらわたしたちのようすをうかがっている。見ようによっては、ほんのすこしだけ、笑っているようにも見える。でもその顔つきにはぜんぜん心あたりがないし、いわゆる『なつか』の気持ちもまったく出てこない。このおじさんには『なつか』のなの字も、ぜーんぜん、なんにも感じない。

「いつどこで知りあった友だちなの？」「ライターを売ってるの？」「なんで今日ここにいるの？」聞きたいことは山ほどあったんだけど、当の小野寺さんがうつむいてまたフォークでメロンを突っつきはじめたので、マーロウもわたしも遠慮して黙りこくってしまった。

「さ、ふたりとももうお腹いっぱいになったでしょ？　これから場所を変えて大人のつまんない仕事の話をするから、ふたりは部屋に上がって休んでなさい」

そう言うと、ママはバッグからカードキーを取りだして隣に座るわたしに渡した。

「十二時までには帰るから、それまでにはお風呂に入って歯磨きをして寝てるのよ。でもママがチャイムを鳴らしたら、どっちかが起きて鍵を開けてよね」

はーい、しぶしぶマーロウと席を立つと、「わたし、お部屋までお送りしますね」と、お酒を飲んですこし顔を赤くしたれいこちゃんがいっしょに立ちあがってくれた。

ふかふかのじゅうたんを踏んで三人でエレベーターを待っているとき、わたしは思いきってれいこちゃんに聞いてみる。

「ねえ、あの小野寺さんてひと、なんでいるの？」

れいこちゃんは「うーん」とうなってから、「ごめんね、わたしにもよくわからない」と首をかしげた。

「だーれもなんにも言わないから、わたし途中まで、このひとゆうれいかなにかなのかな？　って思ってたよ」と、マーロウ。「ご飯食べてばっかりで、一言もしゃべらないし……ねえねえあのひと、やみくもさんのマンゴープリンを横取りしてたんだよ！」

「えっ、そうなの？」れいこちゃんはうふふと笑ってから、ちょっと声をひそめた。

「あのねえ、じつはわたしも今日はじめてお会いしたひとなの。やみくもさんとママさんの、まえからのお友だちみたいなんだけど……」

「名刺にライターって書いてあったけど、ライターって売れるの？」

「えっ？」

「ライターだけ売る職業ってあるの？」

「ああびっくりした、ちがうちがう」と、れいこちゃんはまた笑う。

「あのね、ライターっていうのは、火をつけるライターのことじゃなくて、書くひとって意味のライターよ。わたしみたいに会社で働かないで、ひとりで文章を書くお仕事をするひとなの」

「あ、なんだそうなの……。それってママのお仕事とはちがうの？」

「ママさんが書いてるのは小説でしょう？　ライターさんというのは、ある事件とかあるひととか世のなかで起こってるいろんなことについて、取材に行ったり、本を読んだりして、自分でじっくりよく考えたことを文章に書くひとよ。だれかにインタビューをしたり、そのインタビューの原稿をまとめたり、ほかにもいろんなお仕事があるんだけどね」

「あのおじさんが？　それってすごいの？」

「すごいわよ」

「ぜんぜんすごいひとには見えなかったけど……」

エレベーターに乗ってわたしたちを部屋まで送りとどけると、れいこちゃんは「ちゃんと歯磨きして、お風呂に入ってね」とニコニコ手を振ってしたに戻っていった。

「なんか、ヘンな感じのご飯だったね」

「ほんと、ヘンな感じ！」

マーロウはベッドに横になるとワンピースのポケットから名刺を取りだした。わたしもその隣に横になって、同じように自分のもらった名刺を眺める。

「ライター」

と言ってマーロウがにやにやするので、わたしも自分のまぬけなかんちがいがおかしくなって、しばらく笑いが止まらなかった。

「古い友だちって、どれくらい古い友だちなんだろう?」

「わたしたちが赤ちゃんのときにあそんでもらったってことは、それくらいか、それよりもまえからのお友だちってことだよね」

「ママより年上かな? 年下かな?」

「年下には見えないけど、そんなに年上でもない気がする」

「小野寺くんって呼んでたね。さん、じゃなくて、くん、だったよ」

「もしかして、大学の同級生とかかな?」

「この住所……ちょうふし、わかば、って読むのかな? 東京のどこのへんなんだろう? 奥多摩より遠いかな、近いかな?」

小野寺さんの名刺をまえに、わたしたちはあれこれ意見を言いあった。

あんまり目を合わせてくれなかったのは顔を覚えられたら困るスパイだからじゃないかとか、あんなにやせてるのにご飯をもりもり食べるのは最近までどこかに閉じこめられてたからじゃないかとか……。そうして想像をふくらませているうち、だんだん無口な小野寺さんが、なんだかものすごい秘密を抱えた重要人物みたいに思えてくる。

「あっ」マーロウがいきなり声をあげた。「ねえハッチ、わたし、一つ気づいたんだけど」

「なに？」

「小野寺さんの顔を見たとき、ママ、一回もなつかしいって言わなかったよ。古い友だちで久々に会ったなら、なつかしいって思うのがふつうじゃないの？」

「ふーむ、たしかにそうだね。ということは、ママは最近小野寺さんに会ったってこと？」

「きっとこのあいだ、東京に行ったときだよ」

「まあ、そういうことも考えられるね」

「もしかして、ママの彼氏だったりして？」

「げーっ、やめてよそんなの。ママがあんなおじさんと付きあうわけないじゃん」

「でもママだって、若くてきれいに見えるけど、じっさいにはけっこうおばさんなんだよ。おばさんがおじさんと付きあってもぜんぜんおかしくないよ」

「そのまえに、まさか、あのおじさんがわたしたちのパパ、なんてことはないよね？」

「それはぜったいにちがう！」と、マーロウは顔を真っ赤にした。「もしパパだったら、わたしたち一目見たときにパパだってはっきりわかるはずでしょ？　それにハッチ、ちゃんと顔見てたの？　あのおじさん、ちっともわたしたちに似てないじゃない！」

彼氏かどうかはさておき、マーロウの言うとおりぜったいにパパではないとすると、小野寺さんはやっぱりママの友だちなんだろう……どんな友だちなのかはわからないけど、たしかに言えるのは、すくなくとも、小野寺さんはむかしのママを知っているっていうことだ。

そうなると、わたしが考えてしまうことは一つだった。

「ねえマーロウ、小野寺さんは、わたしたちのパパのこと、知ってるかな」

「さあ、どうだろうね」

「わたしたちが赤ちゃんのときにあそんでもらったってことは、きっと知ってるんじゃないかな」

「それはやみくもさんも同じでしょ」

「だったらやみくもさんに、わたしたちのパパのこと、聞ける？」

「そんなこと聞いたらママに怒られちゃうよ。わたしたちがちょっとでもパパの話をしようとすると、すぐむっつりごきげんななめになるでしょ。それにママ、パパのことはわたしたちが大人になったら教えてあげるからそれまで待ちなさい、ってずっとまえに言ってたじゃない」

「でもマーロウ、わたしたちは去年の大みそかから大人ってことになったんだよ。

ママ、自分からそう言いだしておいて、だいじなことはそのままあいまいにしておくなんて、ずるいよ」

「だいじなことって言うけど、そんなにだいじなことかな……。わたし、家族はママとハッチとフロッピーだけでじゅうぶん楽しいよ。熊倉田のおじちゃんとおばちゃんだっているし、ゆうすけくんとかおるちゃんだっているし。家族はそれで間にあってるよ」

「でもマーロウ、パパはママとわたしたちを作ったひとなんだよ？　わたしたちの半分は、パパでできてるんだよ？　そのパパがどういうひとか、知りたくないの？」

「ううん、わたしはママとハッチとフロッピーでできてるの。パパのこと知らなくったって、なんにも困らないもん」

「もうマーロウったら、困る、困らない、の話じゃないの！　これはね、オタマジャクシのお父さんお母さんがカエルだってことを知るくらい、だいじなことなの！」

「えーっ、そんなたとえはおかしいよ！　オタマジャクシのお父さんお母さんがどんなふうだって、オタマジャクシはどうせカエルになるんだから」

「じゃあ、わかった。パパのことはわたしもいったん忘れるよ。でもママのことは忘れないでしょ？　だってママはいつもすぐ近くにいるんだから。だからね、わたしたちはママのことをもっと知ろう。今日みたいに、ママの『なつか』をもっと知ろう。そのためにね、わたし、いいこと考えたの……」

それからわたしは、いま話しながら思いついたばっかりの秘密の作戦をマーロウに打ちあけた。

最初マーロウは顔をしかめてたけど、わたしがぜったいにうまくいくし、おもしろいから、と言いつづけているうちに、ほんのすこし表情が和らいできた。そして最後のひとおしに、「わたしたちはいまバカンス中なんだから、もっと冒険しなくっちゃ！」とぎゅっと手を握ると、「たしかにそうかも」と真剣な顔でうなずいてくれた。

「よし、じゃああしたに備えて、歯を磨いてお風呂に入ろう！」

それからわたしたちは窓際に並んで、いっしょに歯を磨いた。

窓の外には新宿の夜景がずっと遠くまできらきら広がっている。ずうっとずうっと、見わたす限り、東京。東京だけでこんなにも広いなら、日本とか、地図で見ると日本よりずっと大きい中国とかロシアって、どれくらい広いんだろう？

寝るまえに、もう一度ベッドのなかでマーロウとあしたの作戦の予習をした。途中からマーロウの相槌《あいづち》が聞こえなくなって、わたしもいつのまにか目をつむっていた。

それからどれくらい時間が過ぎたのか……暗やみのなかでピンポーン、ピンポーンとチャイムが鳴っているのに気がついた。起きなきゃあ、と思っているうちに隣のマーロウが鍵を開けにいったらしく、ドアのほうにパッと灯りがつく。そこから近づいてくるママの声……。

うえからわたしをのぞきこんだママの顔からは、お酒とたばこの匂いがした。むかし東京に住んでたころには、ママ、よくこんな匂いをさせて帰ってきていた。ママはわたしに向かってなにか言っているけど、よく聞こえない。ママの顔も、よく見えない。

すぐそばにいるのに、なんだかママがすごく遠くにいるような感じがして、胸の奥のほうがきゅーんとした。あ、これが『なつか』のもとなのかもしれないな……そう思っているうち、きゅーんの「ん」がどんどん重なって、すこしずつ目のまえが暗くなっていく。

ママ、あしたも近くにいるよね、わたしたちはいっしょにあの家に帰るよね？

そう聞いたのはわたしかな、それともマーロウだったかな？………

七月　東京でバカンスした日のこと、その2（マーロウ）

「じゃあふたりとも、必ず五時四十五分にここに戻ってくるんだからね。遅刻厳禁だからね、わかった？」

「わかった！」

そう約束して、わたしたちは新宿駅の地下広場にあるゴディバのまえで別れた。

ひとごみのなかを改札口に吸いこまれていったママは一回こっちを振りかえったけど、その顔はもう半分くらいしか見えない。手を振ってみるけど、ママにはたぶん見えてない。

「さあ、じゃあなにしよっか！」

うしろに立っていた未央ちゃんは、ハッチとわたしの肩に手をまわした。

なにがどこにつながってるのかさっぱりわかんない、この大きな迷路みたいな東京でママと一日別行動なのは、やっぱりちょっとだけ心細い……でもこうして未央ちゃんの顔を見あげていると、じわじわうれしさがこみあげてくる。

「未央ちゃん、すごいね、わたしたちほんとに東京で会えたね！」

「うん、ふたりが来てくれてわたしもうれしいよ。どう、東京って暑いでしょう？」

「ものすごく暑い！」ハッチとわたしが声を合わせると、未央ちゃんは「わたしはもう慣れたよ」と言って、あははは！　と笑った。

そのからっとした明るい笑い声がいかにも未央ちゃんで、穂高にいたころの未央ちゃんとちっとも変わっていなくて、わたしはまたうれしくなった。変わったところといえば、着ている服くらいかな？　高校生のころの未央ちゃんの夏の私服はTシャツにジーンズばっかりだったけど、今日は赤いチェックのシャツワンピースを着ている。

　未央ちゃん、やっぱり東京に来てからは、おしゃれするようになったんだ！

「さあ、まだ十一時だもんね、お昼を食べるにはちょっとはやいけど、ふたりとも、どこか行きたいところある？」

　目配せするとハッチはコホンと小さく咳をして、「未央ちゃん、お願いがあります」とかしこまった。

「あらハッチさん、なんでしょう？」未央ちゃんもまねをしてコホンと咳をする。

「わたしたち、未央ちゃんのおうちにおじゃましたいです」

「えーっ、うちぃ？　うちに来たいの？」

「うん、だめ？」

「来てもいいけどさ、わたしの部屋ってものすごい狭いよ。狭すぎて、ふたりとも気絶しちゃうかも」

「いいのいいの！　未央ちゃんがどんなふうに暮らしてるのか、見てみたいだけだから」

「いいけどさ、狭いうえにすっごく散らかってるからね。そこのところ、うちのお父さんお母さんにはあんまり告げ口しないでよね。あの部屋はわたしのプ、プ、プライバシーなんだから」

「しないしない！　大丈夫だよ！」

じゃあこっち、と未央ちゃんはママが入っていったJRの改札ではなくて、地下通路のほうにある「京王線」の改札に向かっていった。

未央ちゃんが住んでいるのは、ここから電車で三十分くらいの「柴崎」という駅だそうだ。さっきみどりの窓口でママに作ってもらった、できたてほやほやでピカピカのスイカをぴっと改札にくっつけて（これ、やってみたかったんだ）、わたしたちは駅の構内に入った。

まずは、作戦成功！　ハッチとわたしは未央ちゃんの目を盗んでにやーっと笑いあう。未央ちゃんのおうちを見にいくのは、わたしたちが昨日の夜ねりにねった秘密の作戦その一なのだ。

ホームに入ってきた電車にはたくさんひとが乗っていたけれど、空っぽになった車両に乗りこむひとは少ない。

「今日は土曜日だからね、みんなお休みの日は東京の中心に遊びにいくでしょ？　この電車は新宿と郊外を結ぶ電車だから、この時間の下りの電車はすいてるの。とくにこれは各駅停車だし」

未央ちゃんの言うとおり、わたしたちと同じ車両に乗っているのはメガネをかけたおばあちゃんと、ベビーカーに赤ちゃんを乗せた若いお父さんとお母さんだけだった。

すこしするとベルが鳴って、車両のドアが閉まって、電車はゆっくり明るい地下ホームから暗いトンネルのなかにのみこまれていく。

「さあ、ふたりとも！　話を聞かせてよ。最近なにかおもしろいことあった？」

「あったよ、たくさん！」

わたしたちは夢中で、この春に未央ちゃんが上京していってから身のまわりで起きたことを話した。

学校でエリーっていうすごくおもしろい友だちができたこと、ゆうすけくんとけんかしてかおるちゃんがうちに家出してきたこと、家の物置部屋でママのむかしのアルバムを発見したこと……ハッチとわたしが思いつくまま、いっせいにしゃべるものだから、未央ちゃんは何度も聞きかえしたり話を整理したりしなきゃいけない。

「ねえ、それで未央ちゃんは？　未央ちゃんはなにしてたの？」

電車が地上に出たところでハッチがそう聞いたのをきっかけに、質問するほうと答えるほうの役が替わった。それからは「大学楽しい？」「アルバイトしてる？」「ひとり暮らしってこわくない？」「彼氏はいるの？」「ドラムは続けてる？」などなど、わたしたちの質問は止まらなくなって、

「あーっ、もう、そんなに一気に聞かないで！」

と、未央ちゃんが耳をふさぐまでずーっと続いた。

それから話してくれたことには、未央ちゃんは東京の生活にまあまあなじんできたところで、なにもかもがまあまあ順調だそうだ。大学は、まあまあ楽しい。アルバイトはまあまあしてる。ひとり暮らしはまあまあこわい。彼氏はまあまあいる。

「えっ、未央ちゃん、彼氏がいるの？」これにはハッチもわたしも思わず身をのりだしてしまう！「それ、だれ？　何年生？　東京のひと？　どうやって？」

「あーもう、またそうやってー！」

未央ちゃんはまたふざけて耳をふさいだけど、顔ぜんたいがぐにゃんとゆるんですごくうれしそうだった。

「あのね、同級生で、英語のクラスで隣に座ってた男の子なんだよ。犬が好きで背が高くて、すごく料理がうまいんだ。それにね、これもすごい偶然なんだけど、わたしたちたまたま同じアパートの一階と二階に住んでるの。わたしがアルバイトに行くときには、彼、いつもわかめのおにぎりを作ってくれるの」

「へーっ、すごーい！　未央ちゃん、すごーい！」

「でしょー！　わたしの彼氏、とーってもやさしくて、とーってもかっこいいんだから！」

「へーっ、すごーい！　よくわかんないけど、なんかいろいろすごい、すごい、すごーい！」

騒いでいるうちにふと視線を感じて目をやると、向こうのシートに座っていたおばあちゃんがこっちを見て苦笑いしている。うるさすぎたかな、と思って、ごめんなさい、と頭を下げると、おばあちゃんはいいのよ、というふうに首を振って笑ってくれた。白髪がふわふわで、花柄のワンピースを着ていて、とってもすてきなおばあちゃんだった。あーあ、わたしたちにも東京にああいうかわいいおばあちゃんがいたら、夏休みには毎年訪ねにいって、いっしょにケーキを作ったり、虫取りをしたり、いっしょに楽しくあそべたのにな……。

「あっ、それでね」未央ちゃんはまたまたうれしそうに言う。「ドラムのことだけどね、わたし、大学の軽音楽部に入ったんだよ。一つうえの先輩たちのバンドに入れてもらったの」

「へーっ、でも未央ちゃんは上手だから、先輩たちのなかに入ってもぜんぜんへっちゃらでしょ？」

「ううん、高校とはレベルがぜんぜんちがうもん。わたしへたくそだから、もっと練習しなきゃなんだ」

「えっ、ぜんぜんへたくそじゃないよう、未央ちゃんは上手だよ」

「わたしも上手だと思ってたけど、そういうの、井のなかのかわずっていうのね。ふたりもかわずになっちゃダメよ」

「かわずって……」ハッチとわたしは目を合わせた。「カエルのこと？」

「ん？　そうだよ、カエルのこと」

とたんに黙りこくってしまったわたしたちに、未央ちゃんはふしぎそうな顔をした。

ハッチもわたしも黙りながら、昨日、カエルのことであやうくケンカになりかけたことを思い出していた。ハッチは言った、わたしたちがわたしたちのパパのことを知ることは、オタマジャクシのお父さんお母さんがカエルだってことを知るくらいだいじなことだって。そしてわたしは言いかえしたのだ、オタマジャクシのお父さんお母さんがどんなふうだって、オタマジャクシはどうせカエルになるんだから、って……。

カエルになっちゃダメ、っていう未央ちゃんのアドバイスは、そのやりとりから始まった今日の作戦に照らしあわせると、ちょーっとだけ、不吉な感じがする。

「どうしたのふたりとも、いきなり黙っちゃって。なにもわたし、本物のカエルのことを言ったんじゃないよ。井のなかのかわずっていうのは、狭い世界で得意になっているひとの例えみたいなもので、えーと、たしかほんとうは井のなかのかわず大海を知らず……だったかな、とにかく……あ、もう着いちゃった！」

柴崎駅は昨日行った沼袋駅と同じくらい小さな駅だった。

とはいっても、沼袋駅よりもずっと静かでひかえめな感じで、駅じたいもなんだか、むかし間にあわせのもので造った建物をそのまんまにしてます、っていうふうだったし、これだったら大糸線の瓦屋根の穂高駅のほうがずっと立派だ。

でも柴崎駅の線路沿いにはずーっと細い道が続いていて、この細道はちょっとすてきだった。道ですれちがうひとはみんなゆるっとしたかっこうでゆっくり歩いていて、犬のお散歩をしてるひともいたし、ホースで家のまえに水をまきながらおとなりさんとおしゃべりしているひともいたし、道と線路の壁のすきまにはシュッとした元気な雑草がたくさん生えている。

もちろんわたしは東京より穂高の森のほうが好きだけど、大人になったらこういうノンビリした街から電車に乗って、でも顔だけはおおいそがしの都会人っぽくキリッとして、都会の学校や会社に通うのもなかなかいいかもしれないな、と思った。

「未央ちゃん、わたし大きくなって東京に暮らすことがあったら、ぜったいこの街に住むよ！」

そう言うと、「もう、マーロウは気がはやいなあ」とハッチがあきれ顔をする。

しばらく行くと未央ちゃんは細道を右に折れて、住宅街のなかに入っていった。

「線路のあっちがわにおいしいオムライス屋さんがあるから、お昼はそこで食べよっか」

振りかえった未央ちゃんに言われて、思わずハッチと顔を見あわせる。昨日の昼も、ママに連れられてオムライス屋さんに行ったばっかりなのだ！　長野の名物はりんごとかおやきとかいろいろあるけど、東京の名物はオムライスなのかもしれない。一瞬、どうしよう、と思ったけれど、ハッチがすぐに「オムライス、賛成！」と言って手を挙げたから、わたしも「賛成、賛成！」と手を挙げた。

それにしても、東京はやっぱり暑い。頭と背中とお腹と足の裏、ぜんぶの場所にあつあつの湯たんぽをくりつけられて歩いてるみたいだ。まだ五分も歩いてないのに麦わら帽子のおでこのところが汗でぐっしょりぬれてしまっている。それが気持ちわるくて帽子を脱ぐと、今度は太陽の光が直接頭に当たって、頭の湯たんぽが一つからいきなり三つくらいに増えた気がした……ああもう、サハラ砂漠のらくだってこんな気持ちなのかも！

そして隣のハッチはというと、フロッピーみたいに口を開けて息をして、目はなぜだか半目になってしまっている。雪山で遭難したひとが寒すぎて眠くなっちゃうのはテレビで見たことがあるけれど、暑すぎて寝ちゃうひとがいるなんて、聞いたことがない。

ようやく到着した未央ちゃんの家は、二階建てのクリーム色のアパートだった。銀色の郵便受けのところに、「シティコープまき」と書かれた看板がある。

「シティコープまき……シティコープまき……のりまき……」暑さでボンヤリしながらつぶやくと、「のりまきじゃなくて、大家さんの名字がまきさんっていうの！」と未央ちゃんが笑った。

未央ちゃんの部屋は二階のいちばんはじっこの部屋で、そこは「角部屋」だからほかの部屋より千円だけ家賃が高いのだそうだ。

未央ちゃんが言ったとおり、ほんとうにびっくりするくらい狭い部屋だったけど、壁にはたくさん外国のミュージシャンのポスターが貼ってあって、そのうえにさらに未央ちゃんのスカートとかTシャツだとかがハンガーでひっかけてあって、そのなかにはハッチとわたしが「おせんべつ」にあげたチュールのスカートもまざっていた。

薄い水色のシーツがかけてあるベッドには、ドラムスティックやヘアブラシや朝顔柄のうちわ、ついこのあいだまで未央ちゃんの穂高のうちのベッドにほっぽりだされていたものが、同じようにほっぽりだされている。ちがうのはシーツの色だけだ。

「ね、狭い部屋でしょう？　しかもお風呂とトイレが同じところにあるんだから。見てみて」

行ってのぞいてみると、そこはたしかに、お風呂つきトイレというかトイレつきお風呂というか、どっちをしたらいいのか迷っちゃいそうなヘンテコリンな空間だった。

「未央ちゃん、こうやってお風呂とトイレがいっしょになってたら、だれかがお風呂を使ってるときにはもうひとりのひとはトイレに行けなくない？　どうするの？」

隣のハッチが真剣な顔で聞く。

「そうねえ、そういうばあいは、トイレに行きたいひとががまんすることになるのかな。でもここはひとり暮らし用の部屋だから、そういうことはもともと起こらないことになってるから、大丈夫！」

それから未央ちゃんは、わたしたちをベッドに座らせて冷たい麦茶を出してくれた。

部屋が狭いからか、冷房の効きがとてもはやいみたいだ。首筋にびゅーびゅー風が当たって気持ちいい。汗がひいて涼しさでウットリしかけたころに、ハッチがぐい、と腕で脇を押してくる。

そうだ、作戦その二、未央ちゃんの部屋でパソコンを探す、だ！

「未央ちゃん、この部屋、テレビはないの？」

ないとわかっているけど、わたしはあえて聞いてみた。かんじんなことへは、ゆーっくり近づくのがコツだから。

「え？　テレビ？　うん、ないよ。置く場所もないし、ニュースはスマホで見るし」

「じゃあパソコンは？」

「あるけど、レポートを書くとき以外はあんまり使わないかな」

「パソコンはどこにあるの？」

そのした、と未央ちゃんはわたしたちの足元を指差す。からだを折って床とベッドのあいだをのぞいてみると、たしかに黒いノートパソコンがからまってぐちゃぐちゃのコードといっしょに置いてある。その隣にある四角い機械は、きっとプリンターにちがいない……よしっ、と心のなかでつぶやいて、わたしはハッチに向かってうなずいた。ここまで来たら、交渉役のハッチの出番だ！

「あのー、未央ちゃん」

「え？　なあに」

麦茶を飲みながらスマホでなにか文字を打っていた未央ちゃんが顔を上げる。

「ちょっと、お願いがあるんだけど……」

「お願い？　なに？」

「あのね、じつはママからのだいじな預かりものがあってね、今日じゅうにその預かりものを相手のひとに、あ、相手のひとって、ママのお仕事関係のラ、イ、ター、さんなんだけどね、そのライターさんちに、届けにいかなきゃいけないの」

「え？　お届けもの？　なにを預かってるの？」

「それは、原稿」

ハッチはわたしが背負っているリュックサックを指差してみせる。原稿でいっぱいにふくらんでるように見えるけど、それは昨日わたしたちが着ていたワンピース二着と、パジャマ二着、それからどこかにお泊まりするときには必ず持っていく、緊急用ミラクルハラマキ（これでお腹をあっためると、お腹のギュルギュルがぴたっとおさまるのだ！）でかさましているからなのだ。

「あ、そう……」未央ちゃんが背中のリュックをじいっと見るので、わたしはちょっと緊張するけど、がんばって涼しげな顔をキープする。この「涼しげな顔」も、昨日の夜ホテルの鏡でハッチとばっちり練習済みだ。

「うん、まあ、どうしてマーロウのリュックだけそんなにパンパンなんだろうと思ってたんだけど……小説の原稿かなにか？」

「あのね、中身は見ちゃいけないって言われてるの」

「ほー、そう言われると見たくなるよね……でもママさん、わたしにはそんなこと言わなかったけど」

「ママってうっかりだから、ゴディバのところで未央ちゃんにもそれをお願いしなきゃいけなかったのに、言いわすれてたみたい。ママ、朝から今日の打ちあわせのことで頭がいっぱいみたいだったし、そうなるといろんなことが抜けちゃって、朝もスリッパのままロビーまで下りてきちゃってたし」

　ハッチは約束どおり、練習したことばをすらすら口にする。ママの頼みごとについてはわたしたちの作ったお話だけども、スリッパのところだけはほんとうだ！

「それでね、今朝ホテルを出るときに渡されたの、ママはほかの打ちあわせでどうしてもそこに行けないから、あんたたちが代わりに行ってきてって、住所はここだから、あとで未央ちゃんに調べてもらいなさいって」

ハッチはスカートのポケットから名刺を出して、「ここなんだけど」と未央ちゃんに渡した。

「へえ、調布市か、ここだって調布だよ」

「えっ、そうなの？　じゃあすぐ近くってこと？」

「調布市、若葉か……えーと、ちょっと待ってね……」

そう言って、未央ちゃんは手に持っているスマートフォンで地図を調べはじめる。

「あ、駅でいうと『仙川《せんがわ》』だ。ここから二つ隣の駅だよ」

それを聞いて、ハッチもわたしも叫びだしたくなるところをぐっとこらえる。わたしたち、今日はすっごくついてるみたいだ！

「じゃあ未央ちゃん！」ハッチがすかさずあとを続けた。「あのね、わたしたち、ご飯食べたらそこのおうちに行きたいんだけど、地図をプリントしてもらえないかな」

「ええ？　そうなの？　でもふたりじゃ危ないでしょ？　わたしもついていくよ」

「あ、えっと、あのー、その、ついてきてくれるのは心強いんだけども、その、相手のひとがね、すっごい恥ずかしがり屋で、お部屋に行くときには、わたしたちだけじゃないといけないみたいで……」

「なにそれ？　もしかして……そのひと有名人とか？」

「まあ、ええと、まあ……」

「ははあ、きっとそうなのね。ママさんのお友だちなんだもんね、きっとあんまり素性を明かしたくないひとなんでしょ。わかったわかった、近くまで行ったらわたしはそのへんの日陰で待ってるから」

未央ちゃんは未央ちゃんなりに納得したのか、それ以上はなにも聞かずにベッドのしたのプリンターをひっぱりだしてくれた。つなげたパソコンを操作すると、ずずず、と音を立ててプリンターが地図をはきだす。これで作戦その二も成功！

「よし、じゃあお昼を食べたらそのひとのところにお使いしにいこうね」

わたしたちが狭い玄関で押しあいへしあいしてサンダルを履いているとき、未央ちゃんのスマートフォンが鳴った。その小さな液晶画面を見たとたん、未央ちゃんの顔がパッと明るくなる。

「もしもし、アキヤくん？」

あ、これはきっと未央ちゃんの彼氏だ！　ハッチとわたしは中途半端にサンダルを履いたまま、さきに玄関を出て未央ちゃんをひとりにした。わたしたち、未央ちゃんのプ、ラ、イ、バ、シ、ーに気をつかったのだ！

それから一分くらいして出てきた未央ちゃんは、にまーっとうれしそうに笑っている。

「あのね、さっき話したわたしの彼氏のアキヤくん、ふたごが来てるってさっきメールしたらね、おれもまだご飯食べてないから、いっしょに食べようかなって。いい？」

これはちょっと予想外の展開だけど、未央ちゃんのこんなうれしそうな顔をまえにしたら、ぜったいに「だめ！」とは言えない。

一階のまんなかの部屋から出てきたアキヤくんは、犬が好きで背が高くてすごく料理がうまい、それからとーってもやさしくてとーってもかっこいい、ということだったけれど、いまの時点で一つだけまちがいないのは背が高いってことだけだ。

アキヤくんはたしかに、わたしがこれまで会ったどのひとよりも背が高い。見あげると、すごく顔が遠い。でも、こんにちは、と言ってわたしたちに笑ってくれたその顔は、やっぱりやさしそうだった。「とーっても」やさしいかどうかはまだわからないけど、すくなくとも、中くらいにはやさしいんじゃないかな。

歩きだした未央ちゃんとアキヤくんは、最初はハッチとわたしがよくやるみたいにふざけて腕をつかんだりお互いの肩を押したりしているだけだったのに、わたしたちがちょっとまわりの景色に気をとられているすきに、ぱっちり手をつないでいた。

アキヤくんは半そでのブルーのチェック柄シャツを着ていて、ベージュ色のハーフパンツを穿いている。未央ちゃんが着ているシャツワンピースもチェック柄だし、足元はふたりとも白いスニーカーでおそろいだ。夏休みには穂高に帰ってくると言っていた未央ちゃんがなかなか帰ってこないのは、もしかして、この彼氏のせいなのかな……。

よく知っている未央ちゃん、高校生のときにはいっつも女の子といっしょで、バンドに夢中で、男の子になんかちっとも興味がなさそうだった未央ちゃんがそうして男の子の手を握って歩いているのを見ていると、なんだか、なんだか、なんていうんだろう、この気持ち……。おしりのあたりがムズムズするっていうか、いや、おしりじゃなくておへそかなあ、それとも耳のうらとかひざのうしろのとことか、とにかくふだんはそういうものがあるって忘れてるようなところが、ムズムズしてくる。べつに、未央ちゃんが男の子に夢中になってることがいやなわけじゃないんだけど、男の子に夢中だからって、あれだけ大好きだったドラムやシューマンのパパさんママさんやすぐうしろにいるわたしたちのことを忘れてるわけじゃないって、それはちゃんとわかるんだけど……。

横を向くと、ハッチもどこかぶすっとした顔でふたりのつないだ手を見つめていた。もしかしたらハッチもきっと、わたしとおんなじ気持ちでいるんじゃないのかな。こんなムズムズしてヘンな気持ち、今日、生まれてはじめて知ったかも。

オムライスを食べているあいだ、テーブルの向こうの未央ちゃんはしじゅうわたしたちのほうに顔を向けてしゃべっていたけど、からだはかんぜんに横のアキヤくんのほうを向いていた。

あははっと明るく笑って、相変わらず食べっぷりもいいけれど、ときどきちらっとアキヤくんを見るとき、未央ちゃんはわたしたちにはいままで一度も向けたことのない目をする。うれしそうで、不安そうで、びっくりしてて、でもこんなの当たりまえだよね、っていう目……こんなに近くであなたを見られて、幸せ、幸せすぎて死んじゃうかも、死んじゃったのかも、でもあなたに会いたいからもう一回生きかえってきたの、っていう目！

わたしはそんな未央ちゃんの目を盗み見ているのが、なんだかもう、つらくなってきちゃって……

「未央ちゃん、恋してるね」

ハッチがそうささやいてきたときは、ひたすらテーブルのオムライスだけをじーっと見つめて、それをおいしく食べることだけに集中していたのだ。

それからわたしたちはまた電車に乗って、二つ隣の仙川という駅に向かった。京王線は駅と駅の間隔がものすごく近くて、ちょうど大糸線でひと駅ぶんの距離がこの線では二駅ぶんくらいある。

あっというまに着いた仙川の駅のホームは、地下なのか地上なのかよくわからない造りで、でもちょっと近未来っぽくてかっこよかった。一つしかない出口を出ると、正面に桜の木があって、そのうしろにこぢんまりとしたロータリーが広がっている。桜の木のまわりには待ちあわせをしているひとがたくさんいて、バス乗り場には野球帽の男の子たちがにぎやかに列を作っていた。ロータリーの奥には、パン屋さんやおしゃれなカフェが並んでいて、窓辺のお客さんたちはみんな楽しそうにおしゃべりしている。

「えーっと、まずは商店街を抜けて、そのまままずっとまっすぐ行って……」

未央ちゃんはプリントした地図を見ながら、またアキヤくんと手をつないで歩いていく。わたしはがんばって、その眺めに慣れようとした。こんなことでびっくりしてるばあいじゃない、ここからがハッチとわたしの作戦の正念場なのだ、いちばん重要な作戦その三を実行するときが一歩一歩近づいているんだから！

「あれーっ、このへん、来たことあるなあ」

商店街を抜けたあたりで、アキヤくんが周りをキョロキョロ見わたしはじめた。

「えっ、どうして？　なんで来たの？」と、未央ちゃんは握った手をゆらす。

「いや、バイトでいっしょのひとの家があってさ、このあいだ酔っぱらったとき、泊まらせてもらったんだよ」

「あー、あのときね！　アキヤくん、ほんとにあのときひどかったもんね」

酔っぱらった？　わたしはハッチの腕をツンツンして、「アキヤくん、酔っぱらったって」と耳打ちする。

「アキヤくん、未央ちゃんの同級生のはずでしょ？　だったらまだお酒飲んじゃいけない年じゃないの？」

「あ、そうだね」

「アキヤくん、きっと不良なんだよ」

「そうかなあ？　でも、あんなに背が高いからお酒を飲んでも……」

ふいにアキヤくんが振りかえったので、ハッチは口をつぐんだ。

それからは黙ってふたりのあとを歩いていたけど、歩きながらわたしは、身長とお酒の関係についてボンヤリ考えはじめていた。たしかにハッチの言うとおり、ほかのひとより背が高ければ、そのぶんアルコールの毒も効き目がうすれるのかもしれない。だったらアルコールの制限は飲むひとの年齢じゃなくて身長でしたほうがいいんじゃないのかな……あ、でもなかにはすごくノッポの子どももいるし、チビっちゃい大人は一生お酒を飲めないことになっちゃうし……ママはぜんぜんお酒を飲めないけれど、ママの友だちには大酒飲みのひとがたくさんいる。でもママは女のひとにしてはわりと背が大きいほうなのに、なんでお酒を飲めないんだろう？　やっぱりお酒と身長って関係ないの？　……考えてるうち頭のなかでいろんな声が聞こえてきて、ああだめだ、暑いし未央ちゃんは恋してるしこれから重要なミッションを実行しなきゃいけないし、もういろんなことがこんがらがって、頭が爆発しちゃいそう！

「あーやっぱり！　おれここ知ってるよ、来たことあるよ。もしかしてあの水色のマンション？」

アキヤくんが指差したさきには、ちょうど未央ちゃんのシーツの色と同じような薄い水色の五階建てのマンションが建っていた。

五階建て、と気づいた瞬間、いやーな予感がした。たしか小野寺さんの名刺に書いてあった住所は、五で始まる部屋番号で終わっていたのだ。

「ハッチ、ちょっと、さっきの名刺貸して」

ハッチはおとなしくポケットから名刺を出して、未央ちゃんに渡す。

「うーんと、あっ、ほんとうだ、あのマンションだよ！　小平《こだいら》マンションの、五〇四号室」

　ほらほら、と未央ちゃんは隣のアキヤくんに名刺を差しだしたけど、それを見るなり「あっ！」アキヤくんが大きな声をあげた。

「これ、小野寺さんじゃん。このひとだよ、おれがこないだ泊めてもらったひと」

　うわー、まずいことになった！　思わずわたしはハッチの顔をのぞきこむ。ハッチも青ざめて、目をパチパチさせている。

「へえすごいじゃん、アキヤくんこのひと知ってるの？　すごい偶然。有名なひとなんでしょ？」

「小野寺さんが？　いや、べつに、ふつうの講師だと思ってたけど……」

「なんの先生なの？」

「たしか、現代文か古文じゃなかったかな。文系の先生」

「ねえ、すごいよ、ふたごちゃんたち！」そう言って、ようやく未央ちゃんはわたしたちに顔を向けた。

「この小野寺さんてひと、アキヤくんのお友だちなんだって。アキヤくんは予備校で先生のアルバイトをしてるんだけどね、このひとは国語の先生だって。ということは、先生のを、先生をやりながら、ライターのお仕事をしてるひとなの？」

「うーん……」

こんな展開はすこしも予想していなくて、ハッチもわたしもすぐにことばが出てこない。困っていると、アキヤくんがむだに元気のいい声をあげた。

「とりあえず行ってみようよ。おれ、このあいだのお礼もまだちゃんと言ってなかったしさ、ちょうどいいや。アイスでも買っていったほうがいいかな？」

アキヤくんがさっき通りすぎたばっかりのコンビニに入っていくのを、未央ちゃんは追う。そのうしろをわたしたちも追う。なかに入ったときには、アキヤくんはすでにあずきバーの箱を持ってレジに並んでいた。わたしたちがここに来たほんとうの理由を打ちあけるとしたらたぶんいまなんだろうけども、ハッチもわたしも頭はカッカしてるのに、べろだけはあずきバーとおんなじくらいつめたくカチカチになっちゃって、なんにもことばが出てこない！

部屋のチャイムを押したのはアキヤくんだった。一度鳴らしてもドアの向こうから何も物音は聞こえてこなかったけど、二度目を鳴らして、それからアキヤくんが「小野寺さーん？」とドアをノックしはじめると……カチャンとチェーンがはずれる音がして、ゆっくりドアが開いた。

「……どうしたの」

それが小野寺さんの第一声だった。

小野寺さんは、アキヤくんの顔から、その隣にいる未央ちゃん、それからその横にいるハッチとわたしの顔を順番に眺めていって、またアキヤくんの顔に戻って、それからまたわたしたちふたりの顔を、一回目よりちょっと長く眺めた。

「……どうしたの」

この「どうしたの」は、たぶんハッチとわたしに向けられた問いかけっぽかったのだけど、答えたのはアキヤくんだった。

「いやー、このあいだのお礼をしようと思いまして。ほんと、お世話になりました。おれ、つい飲みすぎちゃって……これ、つまらないものですけど、お礼です、あずきバー」

差しだされたレジ袋を、小野寺さんは黙って受けとる。よれよれのTシャツによれよれのハーフパンツを穿いて、顔には昨日よりも濃いひげが生えている。それなのになぜだか、昨日よりちょっとだけ若く見える。

「あー、うん……ありがとう」

小野寺さんがわたしたちをちらちら見ていることに気づいて、未央ちゃんが口を開いた。

「あの、アキヤくんがこのあいだはお世話になりました。わたし、アキヤくんの友だちの永瀬未央といいます。それで、じつは、今日うかがったのは、アキヤくんのことじゃなくて……えーっと、つまりアキヤくんはたまたまなんです、そうじゃなくて、わたしの友だちのこの子たちが、小野寺さんにお渡ししたいものがあるそうで、あの、この子たちのお母さん、ミステリー作家の埜々下えみさんなんです。その埜々下さんから」

ほら、と未央ちゃんはリュックサックをしょっているわたしの肩をぐっとつかんで、小野寺さんのまえに立たせた。

「ほら、マーロウ、渡さなきゃ」

そんなことを言われても、リュックのなかにはわたしたちのワンピースとパジャマと緊急用ミラクルハラマキしか入っていないのだ！

どうしよう、どうしよう、黙って顔を赤くしていると、小野寺さんはなにか気づいたらしく、

「それはあとでいいから、なかに入ってすこし休んだら？」

と言ってくれた。

「えーっ、いいんですかあ」

と、のんきな声をあげるアキヤくん。ああ、どうしてこのひと、わたしたちについてきちゃったんだろう？

小野寺さんの部屋は未央ちゃんの部屋よりずっと広かったけど、部屋の壁三面はぎっしり本のつまった本棚で覆われていた。ベッドはなくて、寝る部屋はまたべつ

にあるみたいだ。窓があるほうの本棚の一部はせりだして机のようになっていて、そこはノートパソコンとクリップで留められた紙の束でいっぱいになっている。本棚で囲まれた部屋のまんなかには、丸いちゃぶ台と薄いクッションが置かれていた。

アキヤくんは座れとも言われてないのにそのクッションのうえに腰を下ろして、「室内は涼しい－」と床に手をついた。一方小野寺さんは、さっそくあずきバーの箱を開けて一本口につっこんでいる。開いた箱はちゃぶ台に置かれていて、勧められてもいないのにアキヤくんはそこから「いただきまーす」と一本とって、小野寺さんと同じように口につっこんだ。差しだされた残りのアイスを未央ちゃんは断ったけど、ハッチとわたしは「いただきまーす」と小声で受けとって、おとなしく口に入れた。

それからまたアキヤくんが口を開いて、このあいだの飲み会は、ほんとうにおれ、調子に乗っちゃって……と話しはじめる。そこにときどき、未央ちゃんが茶々を入れる。小野寺さんは、ん、ん、と相槌を打つけれど、それ以外はほとんどしゃべらない。だれよりさきにあずきバーを食べおわって、もう二本目に突入している。この調子だと、じきに三本目までいってしまいそうだ。

やがてアキヤくんの話もつきて、未央ちゃんも口をつぐんだ。小野寺さんはやっぱり三本目に手をつけて、箱はからっぽになった。

ハッチもわたしも、アイスがなくなってしまったあとの木の棒を口に入れたまま、じーっと動かず黙っていた。

なので部屋のなかは、急にしーん、と静まりかえってしまった。

その静けさがたまらなくなってなんとなく本棚に目をやったとき、わたしは、あ、と声をあげそうになった。窓際の本棚の一角に、「埜々下えみ」の文字が見えたのだ。一冊だけじゃなくて、何冊もあった。もしかしたら、十何冊くらい、二十冊はあったかもしれない。

気づけばハッチも同じところを見ていた。そしておそるおそる小野寺さんのほうを横目で見ると、小野寺さんもやっぱり同じところを見ていた。

「さあさ、ふたりとも、アイスもごらそうになったし、渡すもの渡して帰ろっか」

未央ちゃんの声に、今度こそゼッタイゼッメイだとわたしはふるえあがった。うそついてごめんなさい、ごめんなさい、うそはわるいことだとちゃんとわかってるんだけど、わたしたちはただ……口を開いてそう謝ろうとしたところで、

「それと交換に、なにかを持って帰ってきなさいって、お母さんが言ってなかった？」

小野寺さんが聞いた。わたしたちがぽかんとしていると、

「そういうことになってたはずなんだけど……交換して持っていってもらうものは、

たしかあっちの部屋にあるはずなんだけど……ふたりとも、取引は向こうでしょう」

そう言って、小野寺さんはさっき通ってきた廊下のてまえにある部屋に入っていく。ハッチとわたしは顔を見あわせてから、未央ちゃんとアキヤくんを置いてあわててそのあとを追う。

部屋に入ると小野寺さんはドアを閉めて、奥にある大きなベッドに腰かけた。部屋にはベッドと、手のひらのかたちの葉っぱのついた背の高い観葉植物の鉢だけが置かれている。

「さあ、ええと……」小野寺さんはこまったようにあごのあたりを手でなでながら、声をひそめた。「預かりもの……があるんだとしたら、受けとるけど……」

「ごめんなさい、ないです」

ハッチに続いて、わたしも「ごめんなさい、ないです」と同じことを繰りかえす。

「うん、まあ、そうしたら……そういうことなら、どうしよう。今日は、なにか理由があって来たの？」

小野寺さんはそんなに驚いていないみたいだ。ふだんからなにがあってもあんまり驚かないひとなのか、そうじゃなかったら、わたしたちがいきなりここに来ることと、とっくに予想してたってことなのかな……。

「あの、その、わたしたち、ママのむかしのことを知りたくて、小野寺さんがママの古いお友だちなら、きっといろいろ知ってるだろうから、お話が聞きたくて、ただ、それだけで……」

しどろもどろのハッチのことばに、わたしも続く。

「そうなんです、あの、わたしたちは、自分のママの若かったころのことを、なんにも知らないものですから、そして、えーと、その、自分の、パパ……のことも、なんにも知らないものですから……」

昨日の夜、パパのことにこだわったのはわたしじゃなくてハッチのほうだったのに、気づけばわたしが「パパ」の一言をさきに言ってしまっていた。

小野寺さんは一瞬だけあごをなでる手を止めたように見えたけれど、それはほんとうに一瞬のことで、いまはあごをなでながらも、さっきよりちょっとだけ笑っているように見えた。

「今日、きみたちがここに来ていること、お母さんは知っているのかな」

いいえ、ハッチもわたしも首を横に振る。

「あっちにいる若いひとたちは、きみたちがここに来たほんとうの理由を知ってるのかな」

いいえ、わたしたちはまた首を振る。

「そうか、それでここまで連れてきてもらったのか。さすがあのお母さんの娘さんだね。お話上手だな」

ハッチとわたしは顔を見あわせた。

わたしたちはたしかにお話を作って、未央ちゃんに信じてもらった。そしてそのお話と、未央ちゃんがそのお話を信じてくれたことを、ママには隠しておくつもりだった。でもそれはつまり、うそをつくこと、そしてうそをついたことを隠すことで、またべつの透明のうそをついてしまうってことなのだ。その透明なうそっていうのは、うそでした、ってあとで白状することもできない、見えるうそよりもっとややこしいうそなのだ。

そう気づくと、わたしはなんだかとりかえしのつかないことをしちゃった気持ちになって、その場でいきなり泣きたくなった。未央ちゃんがアキヤくんと手をつないだのを見たときみたいに、おしりやおへそや耳のうらやひざのうしろがムズムズして、ううん、たぶんそれよりもっとひどかった。

「きみたちのその顔。むかしのお母さんも、しょっちゅうそんな顔をしてたなあ」

小野寺さんはあごから手を離して、今度はもっとわかりやすく、ふふっと笑う。昨日、夕ご飯のときにずっといっしょにいたけれど、小野寺さんがそうやってちゃんと笑うのを見たのはいまがはじめてだった。

「きみたちは、むかしのお母さんのことを知りたいの、それともお父さんのことを知りたいの？」

「どっちもです」とハッチが言った。「どっちかのことを知ったら、もう一方のことも、同じくらいわかると思うから」

「そう……」

小野寺さんは立ちあがって、ほんの短いあいだ、わたしたちに背中を向けた。そして振りかえって言った。

「残念ながら、ぼくは、きみたちのお父さんのことについてはよく知らないんだ。でも、むかしのお母さんのことならよく知ってるよ。それに、小さかったころのきみたちのことだって、よく知ってるんだよ。だからいま、ひさびさにきみたちに会えて、きみたちがこうして訪ねてきてくれて、うれしいよ」

「こちらこそ、」とわたしは言った。「小野寺さんがむかしのママのことを知っていてくれて、小さかったころのわたしたちのことを知っていてくれて、うれしいです」

「だから小野寺さんも、近いうちに、わたしたちの家に訪ねてきてくれますか？」

ハッチが言うと、小野寺さんはまたふふ、と笑って、いいよ、とうなずいた。

「わたしたち、そのときにたくさん話を聞きますから。今日はほんとは、未央ちゃんとあそぶ日ですから。あんまりここに長くいると、未央ちゃんが心配しますから……」

わたしたち三人が本棚の部屋に戻ると、くっつきあっていたふたりはあわててからだを離した。

まったくもう、若いカップルっていうやつは！

「どう、ちゃんと取引できた？」

髪を直しながらそう聞く未央ちゃんに、わたしはうん！　と背中を向けて、相変わらずワンピースとパジャマとハラマキでふくらんでいるリュックサックを見せてあげる。そのリュックをペンペン叩いて、ハッチが「お使いはぶじに終了しました！」と言う。

マンションを出てすこし歩いたところで振りかえると、Tシャツすがたの小野寺さんが、五階の通路の壁にもたれてわたしたちを見送っていてくれた。手を振ると、振りかえしてくれた。

小野寺さんは、きっと近いうちにわたしたちを訪ねにきてくれる。それはお話じゃなくて、ほんとうのことだ。そう思うと、新しく付けくわわったものはなんにもないのに、背中のリュックが急に重たくなったように感じた。

たぶんわたしたちは、このリュックいっぱいにつめてきたお話とドキドキを、同じくらいの重さの、ううん、それよりちょっとだけ重い、恥ずかしさと新しい約束に交換したってことなんだろうな。

それからわたしたちはまた新宿に戻って、未央ちゃんとアキヤくんとフルーツパーラーに行って、おいしいチョコバナナパフェを食べながらおしゃべりした。楽しい時間はすぐに過ぎてしまって、約束の五時四十五分に地下のゴディバのまえで待っていると、八分遅れで両手にわんさかおみやげの紙袋をかかえたママが現れる。

「きゃー、遅れてごめん！　あずさは六時発だから、はやくはやく！　ダッシュして！」

わたしたちはおおいそぎでロッカーにあずけていた荷物を取りだすと、未央ちゃんとアキヤくんにお別れを言うのもそこそこに、三人であずさのホームまでダッシュした。

シートに座ると、ママは「あー、つっかれたあ！」と言って、いちばん深くまでリクライニングを倒す。それからまたハート形のアイマスクをかけると、三秒後にはすーぴーすーぴー寝息を立てはじめていた。

「あんなにたくさん時間があったのに、どうしてこんなに、なにもかもがあっというまなんだろうね」

ママを起こさないように、小さな声でハッチが言った。

「そうだね」わたしも同じくらい小さな声で答える。「やみくもさんとれいこちゃんと未央ちゃんとアキヤくんと小野寺さん、五人にしか会ってないのに、もう百人くらいと会っちゃったような気がするね」

「二日しかいなかったのに、二年ぶんくらいの二日間だったね」

「なんだかいっきに、年とっちゃったような気分だね」

うん、うん、ハッチとわたしはおたがいにうなずきあって、窓の外に目をやった。もうすぐ夕焼けにそまる東京の空は、ビルや電柱であちこちがカクカクけずれていて、まだちょっとだけ青くて明るい。

わたしたちはその空にこの二日間で会ったひとたちの顔を重ねて、日が暮れるにつれてそれがすこしずつぼんやりうすれていくのを静かに眺めていた。その顔が一つ消えて、二つ消えて……消えていったいろんな顔のあとには、暗い窓に映るわたしたちふたりの見慣れた顔だけが残された。

その顔に向かって、ふーーーっ、ハッチとわたしは同時にためいきをついた。玉手箱を開けておじいちゃんになったうらしまたろうがさらに百歳くらいは年とっちゃいそうな、わたしたちがいままでついたなかでいちばん長くて、深くて……われながら、最高に大人っぽいためいきを。

九月　男の子の気持ちになってみた日のこと（ハッチ）

夏休みが終わると二学期が始まって、二学期が始まるとすぐに運動会の練習が始まった。

クラスのみんなはまだ夏休みちゅうの気持ちが抜けないみたいで、予行練習のあいだも「だるーい」とか「あつーい」とかぶーぶー言ってるけれど、わたしひとりだけは、ものすごーくいきいきしている。「ハッチ、まだ練習なんだよ」なんて言われても、百メートル走は全力で走るし、大玉転がしは全力で転がすし、開会式の行進は全力で腕を振って歩いちゃう！　……っていうのも、今年の運動会はいつもの運動会とはぜんぜんちがうんだから、なぜならわたしはバトントワリングチームの一員になったんだから！

毎年運動会の午後の部の初めに行なわれる応援パレードは、六年生だけが参加できる特別な種目だ。

そこでバトントワリングチームの女子たちは、金色のモールの輪飾りがついたバトンをくるくる回しながら鼓笛隊のあとをついて歩く。おそろいの青いスカートを穿いて、ポニーテールの髪を揺らして、得意そうにバトンを回すお姉さんたちはほんとうにかっこよくて、わたしは一年生のときからずっと、六年生になったらなにがなんでもぜったいにあのチームに入ると心に決めていた。

だけどもバトントワリングチームにはだれでも入れるわけじゃない。入れるのは、学年でとくべつに運動神経のいい十五人だけ。

だからわたしはライバルたちに負けないように、一年生のときから体育の授業だけはさぼらずまじめになんでもやった。みんながいやがる鉄棒もお相撲もマット体操も跳び箱も、ぜーんぶ全力投球してきたのだ。がんばったかいあって体育の成績だけはずっと5だったし、今年もクラスのリレー代表になったし、全員参加の百メートル走では練習でもぶっちぎりで先頭ゴールしちゃうくらいにはなれたけど……チームの入団テストの日には、ふーっ、死ぬほどどきんちょうしたなあ！

とはいっても、テスト種目の五十メートル走と反復横跳び（これ、バトンとなんの関係があるのかな？）は得意中の得意だったから、ちゃんと合格できた。それにこれはじっさいのチーム練習が始まってからわかったことだけど、六年間ずっと傘とか木の枝で自主練してきただけあって、わたしより上手にバトンを回せる子はほかにだれもいないのだった!

でもおかしいのは、マーロウだ。

マーロウはなぜだかバトンのお姉さんより鼓笛隊のアコーディオンのお姉さんにあこがれていて、この六年間、体育じゃなくて音楽の授業だけをがんばっていた。

アコーディオンなんて、鼓笛隊のなかではいちばん地味だし、人数も多くて目立たないし、あのグニャグニャのじゃばらってなんだかヘンな匂いがしそうなのに……。

「ハッチこそ、なんでそんなにバトンがいいの? たしかにバトンはくるくる回ってきれいだけどさ、バトンからはなんの音も出ないよ。アコーディオンの音、わたしはだーいすきだもん」

なんて言いながら、ぶじアコーディオンチームに入れたマーロウは、毎日とってもうれしそうに練習に行っている。

そしていよいよ、運動会前日の今日。

五時間目の授業は理科のはずだったんだけど、朝の会のまえに先生同士で話しあいがあったみたいで、最後に六年生全員でパレードの合同練習をすることになった。

鼓笛隊のなかでアコーディオンチームはいちばん最後に並んでいて、わたしはそのすぐあとのバトンチームの先頭だから、マーロウのうしろすがたがよく見える。

パレードが始まると、うしろから二番目の列にいるマーロウがいきなり振りかえって得意そうにじゃばらを広げてみせたから、わたしも負けじとからだのまえでバトンをぐるぐる高速で回してみせた。するとすかさず、「コラっ！　歩いてるときにうしろを振りむかない！」と朝礼台から拡声器を持った先生の注意がとんできて、マーロウもわたしもぺろっと舌を出して苦笑いする。

ふりつけをかんぺきに覚えていたわたしは、三回の通し稽古のうち一回もまちがえなかった。なんならあと百回練習したって、ぜったいにまちがえない自信がある！

鼻たかだかの気分で教室に戻って着替えに取りかかろうとすると、同じクラスのまほちゃんがわたしの腕をツンツンっつっついてきた。

「ちょっとハッチ、廊下……」

「え？　なあに、廊下？」

「廊下でイチカちゃんが……」

教室は女子の着替えに使われていて、廊下にいるのは男子だけのはずだった。教室のうしろのほうにいる子たちは、ちょっとだけ開いたドアからちらちら廊下のようすをうかがっている。

なんだかいやーな予感がして廊下に出てみると、小さなポーチを持ったイチカちゃんとクラスでいちばんからだの大きい後藤《ごとう》くんが、顔を真っ赤にしてどなりあっていた。

「うるさい！　あんたに関係ないでしょ！」

「生理だからってイライラすんなよ！」

「イライラしてない！」

「ほら、イライラしてるじゃんか！」

ふだん後藤くんとつるんでいる吉住《よしずみ》くんと喜田《きだ》くんが、そうだ、そうだ！　とふたりのまわりでうるさくはやしたてる。着替えているほかの男子は、にやにやしたり、目を伏せたり、こまり顔になったりしてけんかを遠目に見ているだけ。そのあいだも、イチカちゃんがなにか言いかえすたび、後藤くんと後藤くんの取りまきが「生理！　生理！」と、何倍もの声ではやしたてる。見ていたらさっきまでのいい気分が台なしになってきて、わたしはほんとうにムカムカして、「後藤くんたち、みっともないよ！」とどなってしまった。

するとはやしたてる声がピタリとやんで、三人の男の子たちがいっせいにわたしのほうを向いた。三人だけじゃなくて、まわりにいたほかの男の子たちもわたしを見ている。

しまった、と思ったけどおそかった。

「なんだよ埜々下、おまえも生理なの？」

汗ばんでいる後藤くんが、なんだかいきなり川から上がったばっかりのヒグマみたいに見えてきて、わたしは思わず後ずさった。

「そ、そんなの後藤くんに関係ないじゃん」

「そうだよ後藤、そんなに生理生理って、あんたこそ生理なんじゃないの？」

イチカちゃんがうしろから叫ぶと、まわりの男の子たちはさらに凍りついてしまった。

「うるせえ！」と、後藤くんは顔を真っ赤にする。

「それとも、だれがいつ生理なのかそんなに気になるの？」

後藤くんが口ごもったすきに、イチカちゃんはここぞとばかりに大声でつめよった。

「知ってどうするの？　あんたのお母さんやお姉ちゃんがいつ生理になるか、わたしが聞いてきてあげようか？」

すると突然、うおーっとうなり声をあげながら後藤くんがイチカちゃんに突進して、その肩をつきとばした。イチカちゃんは教室のドアに叩きつけられて、一瞬なにが起きてるかわからないようなポカンとした顔を見せたけど、すぐに「なによーっ！」と叫びながら後藤くんに向かっていった。

イチカちゃんすごい、つきとばされても泣かないでやりかえすんだ……！　わたしが見とれているあいだに、今度は突進しかえされた後藤くんが廊下にひっくりかえってしまった。そのまま教室に戻ろうとしたイチカちゃんの髪を、「おまえ、なまいき！」子分の吉住くんがひっぱる。わたしはカッときて、走っていって吉住くんの腕をぐいっとつかんだ。

「なんだよおまえ！」

イチカちゃんから手を放した吉住くんは、むきになってわたしのポニーテールをひっぱろうとした。だいじなポニーテールにさわらせるもんか！　吉住くんのお腹にひじてつをくらわせると、今度は喜田くんが同じことをしようとする。もう、男子ってなんてバカなんだろう！　両手のこぶしをグーにして思いっきり振りまわすと、「痛えよ！」それがどこかに当たったみたいで、喜田くんはよろめきながらわたしから離れた。

ふう、これで勝った！　そう思ってひといきついた瞬間、うしろからぐいっと強くポニーテールをひっぱられる。

「おまえ、女のくせに」

声からして、ひっぱっているのは後藤くんだ。

「放してよ！」

わたしはまた思いっきり両手を振りまわしたけど、後藤くんはますますぐいぐい根元から髪をひっぱってくる。

「女のくせに、素手で殴るなんて最低だな。おまえ、じつは女のふりして中身は男なんじゃないの？」

「うるさい！　放してよ！」

「髪が長くてスカート穿いてるけど、ほんとは男なんだろ」

「わたしは女だけど、男でも女でも後藤くんには関係ないでしょ！」

「女は殴らないし、こういうときはおとなしく泣いてやめてくださいって頼むんだよ」

「そんなことするのが女なら、わたしは女じゃないよ！」

「じゃあこの髪はなんなんだよ？」

わたしはもう、ほんとうにがまんができなくなった。さっきの何倍ものはやさで頭にかーっと血がのぼって、気づいたときには後藤くんを張りたおして、教室の自分の机に向かっていた。そして引き出しのなかから工作ばさみをつかむと、廊下で起きあがろうとしている後藤くんのまえに戻ってきた。

「な、なんだよおまえ……」

「いい？」わたしは一歩進んで、手にしたはさみを高く掲げる。

「髪のせいでおとなしくしてなきゃいけないんなら……こんな髪、わたしはもういらないんだから！」

「ハッチ！ダメだよ！」うしろからマーロウの声が聞こえたときにはもう遅くて——わたしはポニーテールの根元をつかんで、**じゃきっ！** ひといきにはさみを入れていた。


それからは、もうおおさわぎだった。

イチカちゃんは顔を真っ赤にしてわたしに謝りつづけるし、後藤くんと取りまきは学年主任の先生にどこかに連れていかれるし、わたしは担任の白根《しらね》先生と保健係の奈良《なら》くんにぴったりガードされて、気づけば保健室のベッドに寝かされていた。

ついてきたマーロウは泣きべそをかきながらベッドの横に立っている。その手にはさっきわたしが切り落としたばかりの髪の毛の束が握られている。まちがって切っちゃった指じゃあるまいし、そんなの持ってきたって、もうもとどおりにはならないのに……。

「あわわ、もう、いったいなにがあったのよう、埜々下さん、先生にわかるように

説明してよ」

今年初めて担任を持ったばかりの若い白根先生は、見るからにあわてていて、さっきからベッドのまわりを立ったり座ったり落ちつかない。わたしは一つ深呼吸をしてから、かんたんに説明してあげた。

「先生、わたし、後藤くんたちがイチカちゃんのことをからかって笑ってたから、腹が立ったんです。それで男の子たちにやりかえそうと思ったら、髪をつかまれて、女はおとなしくしてろよって言われたから、また腹が立って髪を切ったんです」

「ええ？　それで？」

「それだけです」

「でもハッチ、そんなことで髪切っちゃうなんて……」マーロウがまだ鼻をぐずぐずさせながら言う。「小さいころから、ずっと伸ばしてたのに……」

「マーロウ、これ使いなよ」

そう言って横から奈良くんが差しだしたのは、保健室の先生からもらったジップロックだ。マーロウはしゃくりあげながら、持っていた髪の束をそのなかに入れた。

「あー、どうしよう、先生、あとで埜々下さんのお母さんにお電話しなきゃ。お母さん、びっくりしちゃうだろうなあ」

「いいえ、そんなにびっくりしないと思います」

わたしはベッドから起きあがって、保健室の壁についている四角い鏡で自分の新しい髪型を眺めてみた。

肩より短い、バラバラのおかっぱ頭……。振りむくと、まだ目をうるうるさせているマーロウと目が合う。黙っていると、その目からまたぽろぽろ涙がこぼれてくる。

とそこに、「うわーっ、ハッチ、なにその髪型！」さわぎを聞きつけたらしいエリーが保健室に駆けこんできた。

保健室の先生に「静かにっ！」とひとさし指を立てられても、エリーは気にせず「いいよう、すっごく似合ってるよ！」と体当たりするみたいにぶつかってくる。

それからわたしが（というよりマーロウが）落ちつくと、エリーと奈良くんが教室から着替えと荷物をとってきてくれて、わたしたちは保健室からちょくせつ家に帰ることになった。

まえを歩くエリーと奈良くんは、後藤くんの暴れん坊ぶりにぷりぷりしている。

「ほんとにあいつ、いやなヤツ！　女の子をつきとばすなんて最低だよ。わたしがそこにいたら、コテンパンにしてやれたのに」

言いながら、エリーはぶんぶん腕を振りまわす。

「でも後藤くん、いつからあんなふうになっちゃったんだろうね」と、奈良くん。

「ぼく、去年から同じクラスだけど、去年はからだもあんなに大きくなかったし、女の子ともふつうに話してたのに……」

「後藤くん、きっとイチカちゃんが好きなんでしょ。男の子は好きな子をいじめるのが好きだから」

「そんなことないよ！　そんなの、ごく一部の男の子の話なんだから、みんないっしょにしないでよ」

「あ、そう？　それはゴメン」

「……でもぼくも謝らなくっちゃ」

そう言って、奈良くんはわたしのほうを振りむいた。

「ハッチ、ぼく、けんかのときずっと近くで見てたのに、なにもしないでゴメンね。後藤くん、とにかくずうたいがデカいからさ、ぼく、こんなチビだし、なんかこわくって……男なのに、情けないよね。ゴメン！」

奈良くんは顔を赤くして、わたしに頭を下げてくれる。

「いいよ、奈良くん。わたしだってこわかったし。こわいのは男子も女子も関係ないよ」

「うん。でもぼく思うんだけど……あのときいちばんなにかをこわがってたのは、たぶん、ハッチでもぼくでもなくて……うん、後藤くんだったんじゃないかな」

「え、後藤くんが？　後藤くんがなにをこわがるの？」

「後藤くん、やたらハッチに、女のくせに、女のくせにって言ってたでしょ？　あれ、たぶんいつも後藤くんが言われてることのうらがえしなんだと思うんだ」

「うらがえしってどういうこと？」横からマーロウが聞く。

「つまりね、後藤くんちと同じで、ぼくにもお姉ちゃんがふたりいるからわかるんだけど……ぼく、家のなかでは男の子は男の子らしくしなさいって、よく言われるんだ。つまり、いじめられても泣くなとか、みんなといっしょにサッカーのチームに入りなさい、っていうようなことをさ」

　ふむふむ、兄弟のいないマーロウとわたしは興味しんしんだ。

「でもぼく、かなしいときには涙をがまんできないし、サッカーよりも本を読んでいるほうが好きなんだよ。みんなにあきれられても、ぼく、ほんとうにそうなんだよ。それでもし、泣いたり、本を読むのが男らしくないってことだったら、ぼく、もう男じゃなくていいやって思うよ……だからさっきハッチがみんなのまえで髪を切っちゃったときの気持ち、なんとなくわかる気がするんだ」

「うん、わたしにもわかるよ！」とエリー。「わたしは親から女の子らしくしろなんて言われたことないけどさ、もしそんなこと言われたら、一生スカートなんか穿いてやるもんかって思う」

「でもエリー、女の子が女の子らしくして、なにがだめなの？　わたしは、かわいい洋服とか、リボンとか、大好きだし……」

弱々しい声で聞くマーロウに、「それはそれでいいの！」エリーはぴしっと答える。

「だってそれは単に、そういうのが好きっていうマーロウひとりの、好みの話だもん。でもさ、この世のなかの女の子のみんながみんな、そういうものを好きでいなくちゃいけないなんて、おかしくない？」

「うん、それはまあ……」

「つまり後藤くんはさ」腕組みをしながら、また奈良くんが口を開く。「男らしくしろって言われたとき、ぼくみたいに開きなおったり、エリーちゃんみたいにその逆方向の行動に走ったりするんじゃなくてさ、自分もそうするから、みんながみんな、男らしく、女らしく、自分と同じようにしてほしいって思うひとなんだよ。みんながそうしてくれないと、後藤くん、こわくなっちゃうんだよ」

うーん、たしかに……そう思いながら歩いているうちに、バイバイをする交差点のところまで来てしまった。でもまだわたしの頭はもやもやしていて、もうすこしこのことについて、四人でしゃべっていたい気がしたのだ。それでふたりを森の家に誘うと、エリーも奈良くんも「行く行く！」とすぐに賛成してくれた。

「その髪、どうにかしないとね。ぼくがもっときれいに整えてあげるよ」

そう言う奈良くんの家は、その名も「奈良サロン」という、ずっとむかしからある町の美容院だった。わたしは軽くなった頭をぶるぶるっと振ってみる。まえは頭の動きといっしょにポニーテールがちょっとおくれて揺れる感触があったけど、いまは、もうない。

切っちゃったものは切っちゃったものだし、首のあたりがさっぱりしてわりかし気持ちがいいくらいなんだけど、それでもママにこの髪型を見せるのはちょっと勇気がいった。それに……ちゃんと理由があってしたことだけど、ひとに暴力をふるっちゃったこと、ママはきっと怒るだろうな。

リビングのソファでテレビを見ながら歯磨きをしていたママは、帰ってきたわたしの顔を見るなり「ハハーン」とだけ言って、洗面所に口をゆすぎにいった。

はじめてうちに来た奈良くんは、髪はぼさぼさ、よれよれのパジャマすがたのママにショックを受けたらしく、心配そうに、「きみたちんとこのママ、病気してるの？」と小声で聞いてくる。

「病気じゃなくて、だめ人間なだけだから大丈夫だよ」

そう返すと奈良くんはますます心配そうな顔になったけど、洗面所から戻ったママに「きみ、見ない顔ね！」と声をかけられると、「奈良治久《はるひさ》です、よろしくお願いします！」と背筋をピンと伸ばして答えた。

「ふーん、ママ、白根先生から電話で聞いたわよお」ママはわたしのまえに仁王立ちをして、にやにや笑っている。「ハッチ！　男の子を殴ったうえに自分で髪を切っちゃったんだって？」

「そうだよ、ママ」

「そうなの、そうなのママ、見てよこれ！」

わたしを押しのけて、マーロウがランドセルから出した例のジップロックをママにつきつけた。

「ほほう、これが証拠品ってわけね。ずいぶんばっさりいったわねえ」

「ママ……怒ってる？」

「怒ってるとしたら、なにに怒ってると思う？」

「……ひとを殴ったこと」

「それがわかってるなら、いいのよ」

「でも、なんでそんなことになっちゃったのか、いまから言うから聞いててね。後藤くんがイチカちゃんをつきとばして、イチカちゃんが後藤くんをつきとばして、そしたらその仕返しに吉住くんがイチカちゃんの髪を引っぱったから、わたしはやめさせようと思って、吉住くんの手をつかんだの。それからお腹にひじてつを入れて、仕返ししてこようとした喜田くんにグーをつくって腕を振りまわしたら、それが当たっちゃったの」

「ふんふん、なかなか健闘したわね。それで？」

「そしたら今度は後藤くんがわたしのポニーテールをつかんで、おまえ髪が長くてスカート穿いてるけど中身は男なんだろ、女は殴らないし、こういうときはおとなしく泣いてやめてくださいって頼むもんだって言われて……でもわたし、後藤くんの言う『女』になるのなんかまっぴらだと思って、だから髪、切っちゃったの」

「んまーっ、ハッチったら、フェミニストの闘士みたいじゃないの！」

「ママ……わたし、まちがってた？」

「もしまちがってたって、髪なんかすぐ伸びるわよ」

「ママ、後藤くんちのママに謝ったりする？」

「謝るとしたらあっちでしょうよ。でもまあママは大人だからね、事を丸くおさめるためなら電話の一本くらいすぐ入れてあげるけどさ、どうせ家父長制の呪縛のなかに生きるひとたちにはなにを言ってもむだなのよ」

「え、〝かふちょうせい〟ってなんですか？」と横からエリー。

「それはねえ、男は外に出て金を稼ぎ家族を養い女は家のなかで家事育児をしながら養われるっていう、むかしながらの家族のしくみのこと」

「じゃあうちはなに制なの？」わたしも続けて聞いてみる。「男のひとはいないけどお金を稼ぐママがずっと家のなかにいて、でも家事とか育児とかしてないうちはなに制なの？」

「さあねえ、なに制かしらねえ……なに制、なに制……あ、ママ、むかしの映画の『ロミオとジュリエット』が好きだからさ、オリビアハッ制とかがいいかな。そうよ、ジュリエットだって家父長制に抵抗して……」

「その家父長制っていうのより！」と口をはさむ奈良くん。「ここの家のオリビアハッ制のほうがだんぜん楽しそうですよね！」

「そうよお、オリビアハッ制はかなり特殊だけどね、いま世界でいちばん楽しくて新しい家族のかたちよ」

そうやってみんなで議論しているあいだ、マーロウだけはずっとジップロックに密閉された髪の束とわたしを見比べてションボリしていた。

わたしは髪を切ってしまったことをぜんぜん後悔してないし、仮に後悔したところで髪がもとどおりにくっつくわけじゃないし、ていうか、ママの言うとおり髪の毛というものはほうっておけば勝手に伸びてくるわけだし！　だからとくになにかが大きく変わったわけじゃないと思うんだけど、マーロウのこの顔を見ていると、ひょっとしたらわたしもほんとうはションボリしてるのに、がんばってなんでもないふりをしているだけなのかも、って思えてくる……。

「それにしてもまあ、その切りっぱなしの髪はちょっといただけないわねえ。いまから美容院に行ってきれいにしてもらう？」

ママが言うと、「ぼくがやります！」奈良くんが手をあげてくれた。

「ぼくの家、美容院なので。ぼく、いつも姉の髪を切ってますので、慣れてます」

それからママはリビングのカーペットのうえに新聞紙を敷いて、わたしにレインコートを着せて、いつも自分で前髪を切るときに使う髪の毛用のはさみを奈良くんに差しだした。奈良くんは準備体操をするみたいに腕をぐるぐる回してからそのはさみを受けとると、ばらばらのわたしの髪の毛を器用にちょきちょき整えていく。

「まあ上手ねえ、今度わたしも切ってもらおうかしら。奈良くん、やっぱり将来は美容師さんになりたいの？」

ソファで寝そべりながら見ているママが聞くと、「はい、そうです」奈良くんは手を止めずに答える。

「高校を卒業したら、東京の美容専門学校に行こうと思ってるんです。この店は継がなくていいよって父も母も言いますけど、東京で修業をしたら、ここに帰ってくるのもいいかなって思います。まあぼくがやらなくても、姉ふたりのどっちかが継ぐでしょうけど……」

「お姉さんたちも美容師さん志望なんだ」

「はい、そうなんです。うえの姉は来年から東京に行くことになってます」

「じゃあ跡継ぎのプレッシャーはそんなにはないのね」

「はい、そういう意味ではプレッシャーはないけど、あの家でたったひとりの男の子でいるのって、けっこうたいへんです！」

「ほほう、どういうふうに？」奈良くんに聞いてすぐ、「ほら、あんたたちも後学のためによく聞いておきなさいよ」ママは残り三人に注意をうながした。

「姉たちとぼく、ちょっと年が離れてたから、ぼく、自分で言うのもなんだけど、家族のみんなからすごくかわいがられて育ったんです。ぼく、ときどき自分が人間じゃなくてクマとかタヌキとかのマスコットみたいに思われてるんじゃないかって気になります……それだけならまだいいんだけど、小学校に上がってからはとくに、姉とか母がいきなりぼくに男らしさみたいなものを求めてくるようになったんです。ちょっとしたことで泣くなとか、サッカーをしろとか……父がちょっと頼りないからなのかな……姉も母も、ぼくが家で本を読んだり、むずかしい編みこみヘアの練習をしたり、こうやって女の子と仲良くしてるよりは、外に出てサッカーをして、ひざにすりきずとかを作って、男の子とわいわい泥だらけになってるほうがうれしそうなんです……つ、つまりぼくは、あの家のなかでは、いつも男らしいマスコットでいなきゃいけないんです！」

話しているうちに奈良くんは腹が立ってきたらしく、最後にフン！　と大きく鼻を鳴らした。

「そうねえ、男の子もたいへんよねえ」

言いながら、ウンウン、神妙な顔でうなずくママ。

「でも奈良くんは、そういうきゅうくつな空気をちゃんと感じとって、その空気にたいする自分の気持ちをちゃんと分析できてるんだから、とってもすごいわよ。世のなかには、考えるのがめんどうくさいっていうだけで、きゅうくつな気持ちをもっときゅうくつなところに押しこめて、なんにもなかったことにしちゃうひとがたくさんいるんだから」

「そうですか？　でもだからかぼく、今日後藤くんがハッチに言ったことを聞いていて、内心いらいらしてたまらなかったんです……ああぼく、ほんとは、毎日こんなださいズボンを穿いて登校しなきゃいけないことにもいらいらしてるんだ！」

「えっ、そうなの？」

わたしがびっくりして振りかえると、「動いちゃだめだよ！」と奈良くんは顔の向きを直した。

「そうだよ、このさいだから言っちゃうけどね、ぼく、ずっとおかしいと思ってるんだよ。女の子はスカートもズボンも穿いていいのに、どうして男の子はズボンしか穿けないいんだろう？　でも、イギリスのうえのほうにあるスコットランドでは、男のひともスカートを穿いていいって聞いたことがあるからね、ぼく、美容師になってお金がたまったら、スコットランドに引っ越しちゃおうかって思ってるんだ」

「えーっ、奈良くん、わざわざスコットランドなんかに行かなくたっていいよ」とエリー。「そんな遠いところにスカート穿きにいかなくったって、あしたから穿けばいいじゃん。たしかにこのあたりでは男の子はスカートを穿かないけどさ、穿いちゃだめって法律で決められてるわけじゃないんだもん。なんなら、いまからわたしの服と奈良くんの服、取りかえっこする？」

すると奈良くんは手を止めて、ふーむ、と言いながらエリーの格好をうえからしたまでじいっと眺めた。

「それはいい考えだけど、どうせ取りかえるなら、エリーちゃんじゃなくてハッチとマーロウの服がいいな」

「なによそれ！　わたしの服が気に入らないの？」と着ていた半そでトレーナーをひっぱるエリー。

「いやいや、エリーちゃんの服も悪くないけどさ、ハッチとマーロウっていつもおしゃれな服着てるなあって思ってたから」

「じゃあいいよ、奈良くん」わたしはまた振りかえって言った。「髪を切りおわったらさ、切ってくれたお礼にわたしと服を取りかえっこしてみようよ。わたしも男の子の格好をして、ちょっと男の子の気持ちになってみたいから……」

「そうね、それはいい考えね！　それってかなり重要な文化交流よ！」パチパチ、ママが横から拍手する。

奈良くんが髪を切りおえると、わたしたちはキッチンと洗面所でそれぞれ服を脱いで、ママ経由で着ていた服を交換した。奈良くんはちょうどわたしと同じくらいの背丈だったから、シャツもズボンもサイズはぴったりだ。

リビングに戻って、姿見に映った自分を見てみると……なんだか、うーん……ぜんぜんわたしじゃないみたいだった。髪は短いし、フリルもリボンもついてないカーキ色のごわごわしたシャツに、だぼっとしたズボン……。なんだか、なんだか、つまんない格好！　こんなんじゃぜんぜん、ちーっとも、学校にもお買いものにも行く気がしない。

「ハッチ、けっこう似合ってるじゃん」

エリーはそう言ってくれるけど、マーロウはまだ髪の毛のジップロックを握りしめたまま、うらめしそうな目でこっちを見ている。

「じゃーん！」

振りかえると、ママにうしろから肩をつかまれた奈良くんが、わたしの服を着て立っていた。

「どう、こっちもけっこうお似合いじゃない？」

小花柄のカットソーに水色のふんわりしたスカートを穿いた奈良くんは、「これってすーすーして、すっごく楽だなあ！」としきりにスカートのすそを持ちあげている。

「いいよいいよ、奈良くん！　あしたからお姉さんのスカートを借りて、堂々と学校に行けばいいじゃん！」

そう言うエリーに、「いいや、それはできないよ」と、奈良くんは首を横に振った。

「これは、家のなかだけ。ぼくにはまだ、そんな勇気ないよ」

「でもだれかが最初は、勇気を出さなきゃ。奈良くんがスカートを穿いたら、いままでスカートにあこがれてたほかの男子も穿いて学校に行くようになるかもしれないよ？」

エリーはくいさがるけど、奈良くんはやっぱり首を振る。

「そうかもしれないけど、ぼく、だれもやってないことをやる勇気はまだないよ。

それにハッチだって、その格好であした学校に行く勇気あるの？」

「わたし？　うーん……行く勇気があるかどうかっていうより、この格好じゃあ、学校に行く気にならなくて……べつに、この格好がいやだって言ってるわけじゃないよ、でもこの服じゃあ、気持ちがぜんぜんルンルンしないんだもん……」

「ぼくだってこのスカートはすごく気に入ったけど、ルンルンはしないよ。第一、服を着てルンルンしたことなんか、ぼく、一度もないよ」

「えーっ、そうなの？　じゃあそれは、男子と女子のちがい！」

「ハッチ、それはちがうと思うよ！」とエリー。「だってわたしだって女子だけど、服を着てルンルンすることなんかないもん。服なんてメガネとか靴とかと同じで、着なきゃいけないから着てるだけだもん！　だからそれは男子と女子のちがいじゃなくて、たんじゅんに、ハッチと奈良くんのちがいだよ」

「そうね、エリーちゃん、いいところに気づいたわね」

それまで黙って聞いていたママは、そう言ってまた拍手した。そしてフラメンコを踊るみたいにくねくねからだのあちこちに拍手をまきちらしながら、「じゃああとは、みんなで楽しくやりなさいね」と自分の部屋に退場していった。

おやつのチョコチップクッキーを食べながら、それからもわたしたちのおしゃべりは長く続いた。

スカートを穿いた奈良くんはうるさいお母さんやお姉ちゃんたちのぐちを言ったり、学校のいじわるでわからずやの男の子たちのことをなげいていたけど、だれのことを言っても最後には必ず「でも、まあ、いいんだ」と言って、なにかを恥ずかしがっているみたいにふふっと笑うのだった。奈良くんて、いままではずっと目立たないおとなしい男の子だと思ってたけど……こんなにおしゃべりで楽しい子だったなんて、もっとはやく仲良くしていればよかったな。

外がうす暗くなってくると、奈良くんはわたしと服を交換して、もとどおり男の子の格好になってから、エリーといっしょに帰っていった。

静かになった家のなかで、わたしはまたひとりで姿見のまえに立ってみる。

奈良くんのおかげで、髪の毛はきちんと卵型のショートカットになっている。首からしたは、小花柄のカットソーに水色のスカート……今日学校にいくまえとおんなじ服だけど、髪が短くなっているだけで、なんだかずいぶん感じがちがった。さっき奈良くんの服を着て男の子の気分をあじわったこととは関係ないと思うけど、それでもちょっとだけ、自分の「女の子度」みたいなのがうすれてしまったような気がした。これってやっぱり、悲しいことなのかな?

「ハッチ、やっぱりわたしも髪を切るよ」

鏡のなかにぬっと現れたマーロウに、わたしはひゃっと声をあげた。

「だって、ハッチだけがそんなに短い髪の毛じゃあ、わたし、イヤだもん。ハッチがかなしんでるのに、わたしだけそのままなんてイヤだもん」

言いながら、マーロウはまたぽろぽろ涙をこぼしている。

「ちょっと待ってよマーロウ、わたし、そんなにかなしくないってば！」

「ううん、かなしいのにがまんしてるだけだよ、だって、わたしがこんなにかなしいんだもん……」

「マーロウ、そんなふうにマーロウが泣いてるのを見たらわたしもかなしくなっちゃうけどさ、でもでも、わたしほんとうに、髪の毛のことはそんなにかなしくないんだよ。いままで長い髪があたりまえだったからそうしてただけで、こうして短くしてみると、すーすーして頭が軽くて、気持ちいいくらいだよ」

「じゃあわたしも、そうする！」

叫ぶなり、マーロウがテーブルに置きっぱなしになっていたはさみを手に取ったので、わたしはあわててその手をつかんだ。

「マーロウ、落ちついてよう、わたしが髪を短くしたからって、マーロウもおんなじにする必要ないんだから。マーロウがいまの髪を気に入ってて、だいじに思ってるんだったら、なんにも変える必要なんてないんだから！」

「そう？」

わたしの目をたしかめるようにじいっと見つめてから、マーロウはちょっぴりほっとしたようすではさみをテーブルに戻した。

「そうだよ、マーロウがだいじにしてるものは、わたしにとってもだいじなものなんだから、そのままでいてよ」

「ん……そっか」

マーロウはティッシュでちーんと鼻をかむと、一つ深呼吸をして、あらためてわたしの顔にまじまじと見入った。

「ハッチ、まだ慣れないけどさ……新しい髪型、似合ってるよ。そんなに短いの、たぶん赤ちゃんのとき以来だね」

「そうかな？　ありがとう」

「別人みたいだけど、おんなじハッチだよね」

「もちろん、おんなじわたしだよ」

わたしがにこっと笑うと、鏡に映したみたいにマーロウもにこっと笑う。

「ねえ、それにしても、ハッチ、そもそもどうしてけんかになったの？　最初はイチカちゃんと後藤くんがけんかしてたんでしょ？　原因はなんだったの？」

「それは、その……イチカちゃんがその……生理でイライラしてるって後藤くんがからかってたの」

「イチカちゃん、ほんとに生理なの？」

「たぶん……小さいポーチ持ってたし」

「そうかあ……ねえハッチ、わたしたちの生理、いつ来るんだろうね」

「うん……ふたごだから、やっぱりいっしょに来るのかな？」

「でもわたし、そんなの一生来なくたっていいよ。これから何十年も毎月お腹が痛くなって血が出てくるなんて、そんなのなにかの罰みたいだもん。たまたま女の子に生まれただけで、わたしたち、なんにもわるいことしてないのに」

「でもそれって、将来赤ちゃんを産むためにとってもだいじなことなんです、って保健の先生が言ってたでしょ。だからがまんするしかないよ」

「じゃあ生理なしで赤ちゃんを産む方法ってないのかなあ？　そういう方法が見つかるまで、わたし、男の子になってたいなあ」

「奈良くんはスカートを穿いて学校に行く勇気はまだないって言ってたけど……マーロウは男の子になっても、三つ編みをしてスカートを穿いて学校に行ける？」

「うん、きっと行けると思う。だってそういう格好をしてたら、わたしがほんとは男の子だってことはだれにもわからないでしょ？」

こうやって話してると、だんだん頭がこんがらがってくる……だれかが男の子であるとか女の子であるとか、なにを理由に、どうやって決めたらいいんだろう？

それはたんにからだのちがいなのかな、着ているものとか、髪型のちがいなのかな？　それとも目に見えるものでは決められなくて、本人の心に聞いてみるしかないのかな？

「ねえマーロウ……いままでずっとそう信じてたけどさ、わたしたちって、ほんとに女の子なのかな？」

「わたしはそう思ってるよ。でもときどき、男の子ってどんな感じかな、って思ったりもするよ。ほんとうは、みんながみんなの好きなときに、男の子にも女の子にもなれたらいいのにね」

そう言うとマーロウはぶるぶるっと頭を振って、「あしたの練習しようっと！」と立ちあがった。それから見えないアコーディオンのうえで手を動かしながら、カーペットのうえをぐるぐる行進しはじめた。

そしてとうとう運動会の今日、天気は晴天、追い風も向かい風もなし！

百メートル走ではもちろん一番でゴールを切って、玉入れでも玉を入れまくって、大玉転がしではめちゃくちゃ力を入れて転がして、午前中の種目はぜんぶ順調に終わった。でも一つだけ、大問題……あれだけ遅刻しないでねって念を押したのに、ママが来ていないのだ！

校庭のぐるりを囲む保護者席では、よそのうちのお父さんお母さんがシートを敷いて、カメラを向けたり手を振ったり「がんばれー！」と叫んだりしている。去年まではうちのママもあそこにいて、こっちが恥ずかしくなっちゃうくらいのものすごい大声で「ハッチ！　マーロウ！　行けーっ‼」って、応援してくれてたのにな……でもママは今年からだめ人間になったんだから、しかたないといえばしかたないか。

教室でお昼を食べおえると、待ちに待った六年生のパレードの準備が始まる。バトンチームの女の子はみんな髪をいつもより高くポニーテールに結っているけど、わたしにはもう、結ぶ髪がない。十五人のなかで、ショートカットはわたしひとりだけだ。

昨日わたしの頭になにがあったかは、みんなうわさ話で知っているみたいだった。チームの女の子たちはくちぐちに「似合うよ」「ハッチ、かっこいい！」って言ってくれるけど、理由を聞いてくる子はひとりもいない。聞かれたらだれにだって、ちゃんと理由を説明できるんだけど……でもきっと、みんなわたしに気をつかってくれてるんだろう。

バトンを持って校庭に出てみても、ママのすがたはまだどこにも見えなかった。サルビアの花壇のところでクラスの友だちといっしょにいるマーロウも、アコーディオンをお腹に抱えながらママを探してきょろきょろしている。

「ママさん、まだ来てないの？」

うしろから肩を叩かれて振りかえると、奈良くんがにこにこ笑いながら立っていた。

「うん、うちのママはだめ人間だからさ、こんな時間には起きてないのかも……」

肩をすくめると、奈良くんは「お昼がにがてなひとだって、そりゃあいるよね！」と明るく言って、「あそこにいるうちの家族、うるさくて恥ずかしいよー」と保護者席のほうを見やった。視線のさきに見えるのは、赤毛のくるくるパーマのおばさんと、金髪に近い茶髪のお姉さんふたり、それにメガネのヒョロヒョロのおじさん。見ている奈良くんに気づくと、四人ともいっせいに「治久ー！」と手を振りだした。

「おい、おまえの家族、派手だな！」

振りむくと、後藤くんとその取りまきがにやにやしながらこっちを見ている。もう、今日は朝からずっと目を合わせないようにしていたのに……奈良くんが顔を赤くしてなにも言えずにもじもじしているので、わたしはまた頭に血がのぼっちゃって、「うるさい！」とどなりかえしてしまった。

「なんだよ、おとこおんな！」後藤くんは負けないくらいの大声ですごんでくる。

「ほんとに男になりたいんなら、そんなゴマカシ頭じゃなくて坊主になってみろよ！」

「男になるのに坊主頭になる必要はありません」

そう言って後藤くんの肩に手をおいたのは、黒いシャツに銀のネクタイ、細身のストライプのパンツスーツを着て黒いつばつき帽子をかぶった……ママ、うちのママだ！

「ママ！　なにその格好、マフィアみたいだよ！」

花壇から駆けてきたマーロウが目を丸くして言う。肩をつかまれた後藤くんも、ママの顔を見あげたままかたまっている。

「よく見ておきなさい、これが次世代オリビアハッ制のスーパージェンダーフリーマザーよ！　わたしはだれがなんと言おうと、運動会には好きな格好をして好きな時間に来ます」

言うなり「じゃあね」と身をひるがえして、ママは保護者席のほうにさっさと歩いていってしまった。

後藤くんはまだかたまったままだけど、マーロウと奈良くんとわたしはもうこらえきれなくて、顔を見あわせて大声で笑いだしてしまう。

とそのとき、朝礼台からピピーっと集合の笛が鳴りひびいて、ざわざわしていた校庭が一瞬だけ静まりかえった。わたしたちはいちもくさんに整列場所に駆けていって、決められた列を作る。パレードの始まりを告げる小太鼓が鳴りだすと、二列まえにいるマーロウはこちらを振りむいて、ぱちんとウインクを送ってくれる。

わたしはあごをツンとあげて、胸をはってバトンをかまえて、最初の一歩を踏みだした。

ステップごとに左右に揺れるポニーテールはもうないけど……わたしはだれよりも軽いからだで、踊りながら空に浮いちゃいそうなほど、すっごくすっごくいい気分で、胸のまえにある小さな太陽みたいなバトンを夢中でくるくる回しつづけた。

十月　森の家にたくさんお客さんが来た日のこと（マーロウ）

「いまからふたりに、とっても楽しいニュースを発表します！」

二階から下りてきたママがにやにやしながらそう言ったとき、ハッチとわたしはリビングで夕飯のクリームシチューを食べているところだった。

「なあに、ママ、急に……」

スプーンを持つ手を止めて、ハッチは不安そうに聞く。

それもそうだ、ママがこういうにやにや顔で発表するニュースっていうのは、歯医者に行くとか、フロッピーをお風呂に入れるとか、いっつもたいてい、わたしたちにはちっとも楽しくないニュースなんだから！

「さあ、なんでしょう、なんでしょう？」

うきうきしているママにつられないように、わたしはキッチンを指さして言った。

「ママ、お鍋にシチュー残ってるよ。食べたら？」

「シチューはあとで食べる！　さあ、ニュースはなんでしょう？」

ハッチとわたしは、顔を見あわせる。〝楽しいニュース〟だなんて……なんだろう、なんだろう、あーっ、ママの顔が不吉すぎてなんにも思いうかばない！

黙っているうちママはしびれをきらしたらしく、ドンとテーブルに手をついた。

「あした、うちにお客さんが来ます！」

「えっ、お客さん？　だれ？」

「さあ、だれでしょう？」

「やみくもさん？」「れいこちゃん？」「ゆうすけくん？」「かおるちゃん？」ハッチと順番に思いうかぶ名前をあげていくけれど、ママは首を横に振るばかり。

「あっ、わかった、もしかしてきょんちゃん？」

ハッチが言うと、「あったりー！」ママはぱちぱち手を鳴らした。

きょんちゃんというのはママの古い友だちで、東京の、二子玉川というところに住んでいる。

わたしたちが東京にいたころには、ママに連れられてしょっちゅうきょんちゃんちに遊びにいったものだけど、穂高に引っ越してきてからはほとんど会えなくなってしまった。きょんちゃんが森の家まで会いにきてくれたこともあったけど、それも引っ越した最初の年と、去年の夏休みの二回きりだけ。

　きょんちゃんいわく、なかなか遊びにこられないのはきょんちゃんが「でぶしょう」だからで、「でぶしょう」っていうのはおでぶさんのことじゃあなくて、出かけるのがめんどうくさいからあんまり出かけないひとっていう意味らしい。「でぶしょう」なのはしかたないけど、小さいころからたくさんあそんでくれて、ママがお仕事でいそがしかったときにはデパートに連れていってくれて、いまでも毎年誕生日にはプレゼントとカードを送ってくれるきょんちゃんのこと、ハッチもわたしも大好きだ。

「きょんちゃん、また来てくれるの？」

「ほーらね、楽しいニュースだったでしょ？」

「なんだあ。だったらもったいぶらないで、ふつうに言ってくれればよかったのに……」

　ハッチがぼやくと、ママはまたドンとテーブルを叩いて、「じつは、続きがあります！」と胸をはった。

「え？　なに、続き？」

「もうふたり、お客さんがいます！」

「ふたり？　えーっ、だれだれ？」

聞きながらまた頭のなかで知っているひとの顔を思いうかべようとしたけれど、きょんちゃん以外のママのお友だちはいまいちピンと来ない。お仕事関係のひとたちも、むかしなじみのやみくもさんとれいこちゃん以外にはよくわからないし……。

「もーっ、ママ、もったいぶらないではやく教えてよ！」

ハッチがドンドンテーブルを叩きかえすと、ママはまたにやーっと笑って、「ひとりは知ってるひと、もうひとりは知らないひと」とヒントをくれた。

「そんなこと言われても、どうせわかんないもん。シチュー冷めちゃうから、食べていい？」

ふんと鼻を鳴らしたハッチがスプーンでシチューをすくいはじめたので、わたしもママをちらっと見てからそれにならった。じゃがいもがまだちょっと生煮えな気もするけれど、ハッチと二時間かけてがんばって作ったシチューだから、からだがぽかぽか温まってすっごくおいしい。

「ほー、ふたりとも、お客さんにはそんなに興味ないのかな？」

「あるけど、ないよ」とにんじんをほおばるハッチ。

「マーロウは？」

「わたしは、ちょっとあるけど、ちょっとない……」

「ふーん、じゃあ来てからのお楽しみってことにしよっか？」

「いいよ、べつにそれでも」

ハッチは口をもぐもぐしながらクールな感じでそう言ったけど、ほんとうにどうでもいいのかな、それとも心のなかでは気になっているのかな……？

横目でちらちらうかがっているうち、ママは「じゃあ来てからのお楽しみ！」とひとりで決めて、また二階の部屋に上がっていってしまった。

バタンとドアを閉める音がすると、わたしはスプーンを置いてハッチに聞いた。

「ねえハッチ、ママはああ言うけどさ、お客さん、だれなんだろうね……？」

「うーん、たぶんきょんちゃんのお友だちじゃない？」

「でも、ひとりは知ってるひとだって言ってたよ」

「東京にいたころ、きょんちゃんちのホームパーティーでたくさんお友だちと会ったでしょ。たぶんあのときのうちのひとりじゃないかな？」

「そうかなあ……」

「名前は忘れちゃったけど、いっしょにジェンガであそんでくれたお姉さんがいたでしょ？　きっとあのひとだと思うな。わたし、シチューおかわりしよーっと！」

空になったお皿を持って、ハッチは話の途中でキッチンに行ってしまった。

いっしょにジェンガであそんでくれたお姉さん……言われてみればたしかに、そんなひともいた気がする。きょんちゃんの家にはママ以外にもたくさんお客さんが来ていた。まだちびっちゃかったわたしたちはたいてい大人たちとはすこし離れたところでふたりであそんでいたんだけど(でもそういえば、いつ行ってもわたしたち以外の子どもはだーれもいなかったな)、ときどきふらりと大人たちの輪からはずれたお姉さんやお兄さんが、ジェンガやトランプや人形であそんでくれたのだ。

「どっちにしろ、どうせあしたにはわかるんだからさ、マーロウ、いったん忘れていまは食べようよ。シチュー、まだいっぱい残ってるよ」

戻ってきたハッチのお皿には、湯気をたてるシチューが一杯目よりもたくさん、なみなみ入っている。

「ん、そうだね。それにきょんちゃんがまた来てくれるなんて、うれしいもんね」

それからわたしもシチューのおかわりをして、デザートに梨をむいて、ちょっとだけテレビを見てからハッチと食器洗いをした。

ハッチはスポンジで洗うひとで、わたしは水で流すひと。泡だらけの食器の受けわたしをしながら、覚えているきょんちゃんとの思い出についてふたりでしゃべっていたんだけど——わたしの心のなかではずっと、だれだかわからないお客さんのもやーっとした影が行ったり来たりしてたのだ。

そして朝。

わたしたちが起きるとママはもうリビングにいて、ソファのまわりに落ちた雑誌やウクレレやお菓子のふくろを大きなカゴバッグにぼんぼん投げこんでいるところだった。

「ママ、お片づけ？」

眠い目をこすりながら聞くと、ママは「そのとおり！」と元気よく答える。久々に東京からお客さんが来るものだから、すっかりはりきっているのだ。

「ほらほら、ふたりとも手伝ってよう。ママ、お昼になったら駅まで三人を迎えにいかなきゃなんだから」

「ママ、まだ八時まえだよ。お昼まで、まだたっぷり時間はあるよ」

「たっぷり時間があるって思ったら最後、あとで泣きをみるのよ。時間って、すごく気まぐれでうそつきなのよ」

「時間は時間だよママ、いきなりはやくなったりおそくなったりはしないよ」

「とんでもないわよ、アインシュタインだってそう言ってるのよ。太陽とか木星とか、ものすごーく重くて存在感があるものの周りでは空間が歪《ゆが》んで時間も歪むんだから。この家にはいま、三人の重たいお客さんがどんどん近づいてきてるんだからね、時間だっていつもよりはやく進むの！」

「えーっ、そうかなあ……」

「ほらあ、ふたりともボンヤリしてないで、はやくはやく！　じゃないともっと時空が歪んじゃう！」

それでハッチとわたしはしかたなく、ママといっしょに部屋にちらばっているものを片づけて、曇った窓ガラスを拭いて、洗面所のかごからあふれそうになっている洗濯物の山を洗濯機につっこんだ。そこまでやるとママは犬用ブラシを手に外に出て、飛びついてくるフロッピーのバサバサの毛をきれいにとかしつけてから朝のお散歩に連れていった。

「ふう、ママ、はりきってるね」

ようやく朝ご飯の準備をしながら、ハッチがためいきをつく。最近のわたしたちのお気に入り朝食メニューは、はちみつとバターをたっぷり塗ったトーストに、ハムエッグ、ミルクコーヒー、それから昨日の夜も食べた梨だ。

ハッチがトーストとハムエッグを準備して、わたしがコーヒーをいれて梨をむく。去年の大みそか、大人に任命されたばっかりのころはなにをするにもすごく時間がかかっていたけど、いまはもう、とりかかってから十分もしないうちにかんぺきな朝食がテーブルに並ぶ。わたしたち、大人としても子どものようにめきめき成長を続けているのだ！

ご飯を食べおえてから顔を洗って、ハッチとふたりでめったに出番のない「お客さんが来る日用」のえりつきワンピースを着たところで、ようやくママが長いお散歩から帰ってきた。それでも時間は九時半、お昼まではまだ二時間半もある。

「ママ、ちょっと休んだら？　一日は長いよ」

玄関でコートを脱いでいるママにハッチが声をかけると、ママは「いやいや！」と首を振って、「お布団を干さなきゃ！」と一階の奥にあるお客さん用の部屋に向かっていった。

「え、お布団？　お布団なら先週干したけど……」

「あんたたちのお布団じゃなくて、お客さんのお布団よ。この家にあるかぎりのお布団を干さなきゃ」

「お客さんの？　きょんちゃんたち、泊まるの？」

「そうよ、昨日言ったじゃないの」

「そんなこと聞いてないよ！　でもうれしいよ、きょんちゃん泊まってくれるんだ」

「だからこれからお客さんの部屋もお掃除しなきゃ。そこはママがやるからさ、ふたりは家じゅうに掃除機をかけて、カッコわるいものは見えないところに隠して、あとお風呂場のカビ取りをしてくれない？」

「えーっ、カビ取りい？」

「できるでしょ？　ママ、すぐ手が荒れちゃうからふたりにおまかせするね。念のためマスクもしてね、手にはちゃんと手袋すれば大丈夫だから」

「手袋？　だったらママも……」

わたしたちの文句を無視して、ママは駆け足でお客さん用の部屋に逃げていってしまった。

「もう、ママのちゃっかり屋！」

「めんどうくさいことはぜんぶわたしたちに任せるんだから！」

ぶーぶー文句を言いながら、ハッチとわたしはせっかく着たワンピースをしぶしぶ脱いで、汚しても大丈夫な古いトレーナーとキュロットスカートに着替える。それから家じゅうに掃除機をかけて、お客さんにあんまり見せたくない枯れたサボテンとかころころクリーナーは段ボールにつめて、カビ取り剤をまくまえにお風呂の浴槽をスポンジで磨いていると……

「じゃあママ、迎えにいってくるね」

いつのまにかすっかりおめかししたママがちゃっかり顔でお風呂場に現れた。

「ママ、ずるい！　わたしたちがこんなにがんばってるのに！」

ハッチの言うとおり、わたしたちがお掃除で汗まみれになっているっていうのに、ママはきれいに薄くお化粧して、ベージュ色のツインニットにふんわりしたウールのフレアスカートを穿いていて、すっかりよそゆきスタイルだ！

「ママ、これから車で駅まで迎えに行って、お客さんとお昼を食べて帰ってくるからね、それまでにお掃除を終わらせて、ふたりともきちんと服を着て髪をとかしておくのよ。さっき着てたワンピース、とってもかわいかったからね」

「えーっ、ママ、わたしたち抜きでお昼食べちゃうのお？」わたしが不平を言うと、ママはニンマリ笑って、「夜はいっしょだからいいじゃない」とごまかした。

「わたしたちにカビ取りさせてひとりだけランチなんて、ずるい！」持っていたスポンジを振りまわして抗議するハッチ。「それじゃあマーロウとわたし、シンデレラみたいじゃん！」

「シンデレラはママよ。シンデレラは十二時までに駅に行かないと……じゃああとはよろしくね！」

手を振ったママは、それから竜巻のようにひゅーんと一回転して出かけていってしまった。

しかたがないのでわたしたちはそれからカビ取りを続行して、お昼ご飯にベーコンお好み焼きを作って、また着替えをしてママたちの帰りを待った。

十二時に待ちあわせだから二時には帰ってくるかなと思ったけれど、二時にも、二時半にも、三時になってもママは帰ってこない。

待っているあいだ、ハッチとわたしは学校帰りに拾ったどんぐりの実と松ぼっくりでクリスマスのリースを作りながら、時計の針が進むのをちらちら横目で見ていた。

「ママたち、フルコースでも食べてるのかな……」

最後のどんぐりを土台の粘土にくっつけたところで、ハッチがつぶやく。

「おそいよね……」

「待ってる時間は、時間の進みかたがゆっくりだよね。それはママが……この家のなかで太陽とか木星みたいに重たい、存在感のあるひとが、遠くにいるからなのかな……」

「ん、そうだね……」

ふたりしてしんみりしていると、庭でフロッピーがウォンウォン吠えはじめた。

あわてて窓辺に駆けよると、表の道を曲がったママのミニクーパーが、砂利道を進んで近づいてくる！

やがて車は家のまえに停まって、ママがいちばん最初に降りてきた。次に降りてきたのは助手席にいたきょんちゃん、すぐに窓辺のわたしたちに気づいて、笑いながら手を振ってくれる。そして後部座席から出てきたのは……

「あっ、あれ小野寺さんだ！」

声をあげると、隣のハッチも「ほんとだ！」と目を丸くする。

「うわあ、小野寺さんだ！　どうして、どうして？」

びっくりしているわたしたちに窓の向こうの小野寺さんも気づいて、きょんちゃんと同じように手を振ってくれた。夏に会ったときと同じように、よれよれのジーンズを穿いているけれど、今日はぶあついコーデュロイのジャケットを着てハンチング帽をかぶっているからか、なんだかちゃんとした大人のおじさんに見える。

わたしたちがびっくりしているあいだに、後部座席からはもうひとり男のひとが出てきた。ほかの三人よりはずっと若いみたいだけど、見覚えはない。でもそのひとがだれかってことより、とにかくわたしたちは小野寺さんのことで頭がいっぱいで、すぐに玄関に走っていって、入ってきたママに飛びついた。

「ねえママ、あれ東京の小野寺さんでしょ？」

「そうよ、小野寺くんよ、よく覚えてたわね」

「そりゃあぜったいに覚えてるよ、だって……」言いかけたところで、

「あらーっ、大きくなったわねえ」

大きな荷物といっしょに入ってきたきょんちゃんがわたしたちを見て声をあげる。

「きょんちゃん！　ひさしぶり！」

「ひさしぶりー、元気だったあ？」

「元気だよ！　きょんちゃんは？」

「きょんちゃん、ふたりと会わないうちにまたおばちゃんになっちゃった。次に会うときはおばあちゃんよ」

「そんなことないよ、きょんちゃん、時間は気まぐれでうそつきなんだよ」

「え？　なんだって？」

「気にしないで、今朝わたしが言ったことだから」と、横から口をはさむママ。

「ママ、でもそれってほんとうだったよ、だってママたちを待ってるあいだ、時間がびろーって平たくなって、うどんみたいにのびのびになっちゃったんだもん」

「あんた、相変わらずヘンなこと教えてるのね」

きょんちゃんはママに向かってしかめっつらをしたけれど、またすぐ笑顔になって「おじゃまするね！」とわたしたちの頭をポンポン叩いてくれた。

「そして今日はね、わたしの友だちもお世話になります！」

そう言うと、きょんちゃんはちょうどドアから入ってきた若い男のひとの腕をつかんだ。

「これ、ますみくん。わたしの彼氏なの。かっこいいでしょ？」

紹介されたますみくんは、にこっと笑って「おじゃまします」と頭を下げる。目とまゆ毛がくっきりしていて、笑った口元がさわやかで、たしかにかっこいいひとだ。でもきょんちゃんと並ぶと、恋人同士っていうより、お姉ちゃんと弟っていうふうにも見えるかも……。

「あっマーロウ、その顔は、親子みたいって思ってるでしょーっ」

ぎくっとしたわたしが思わず「ちがうよ、親子じゃなくて、お姉ちゃんと弟みたいって……」と口ばしると、隣のハッチにギュッと腕をつねられた。

「ふふふ、お姉ちゃんと弟ね。まあそれでもいっか。ますみくん、これが話してたふたごのハッチとマーロウよ」

「ええと、どっちがハッチでどっちがマーロウかな？」

「ハイ！　それは、」わたしは初対面のひとには必ず説明する、おなじみの見分けかたを教えてあげようとした。「あごにほくろがあるほうがハッチで、鼻の横にほくろが……」

「ちがうよ、マーロウ」説明の途中でハッチがさえぎる。「いまはもっとかんたんなのがあるでしょ？　髪が短いのがわたし、ハッチで、髪が長いのがマーロウです」

「ああそうか、短いほうがハッチで、長いほうがマーロウね。よし、覚えたぞ」

ますみくんは順番にわたしたちを見比べて、うんうん、とうなずいた。それを見てハッチは得意そうだったけど、わたしはちょっぴりさびしかった。これからはもう、はじめて会うひとにほくろをじろじろ見られることもないのだ。髪が短いのがハッチ、長いのがわたし……パッと見たらすぐにわかるんだから。

みんながリビングに行ったあとで、ようやく小野寺さんが玄関に入ってくる。

「小野寺さん！　いらっしゃい！」

ふたり同時に言うと、小野寺さんはわたしたちの顔をじいっと見比べてから、

「髪を切ったのは、ハッチ……のほうかな？」

と言ってくれた。小野寺さんは、まだちゃんとほくろでわたしたちを見分けてくれるのだ！

「そうです、わたしです！　先月男の子とけんかして、かーっとなって切っちゃったんです」

そう言って胸をはるハッチに、小野寺さんは「へえ、自分で？　そうか、それはすごいね」と目を細める。

「小野寺さん、あの、夏休みのこと……」ハッチはうしろのリビングの三人に聴こえないように、声をひそめた。

「ああ、夏休みのこと？」小野寺さんもそれに合わせてひそひそ声になる。

「あの、そのー、あの日は急にすみませんでした。それで、あの、あの日のこと、

ママには……」

「ああ、ママさんには言ってないよ」

「あ、よかった……」

安心してすぐ、「小野寺くんとふたご！　お茶いれたからこっちに来たら？」秘密の話を聞きつけたみたいにキッチンからママの声が飛んできたから、わたしたちはぶるるるっとちぢみあがった。

三人でリビングに行くと、いつもママが軟体動物になっているソファにはきょんちゃんとますみくんが座っていて、軟体動物のママがふだんはだらしなく足を乗っけているスツールに、今日はよそいきの格好したママがきちんと両足をそろえて座っている。ローテーブルには、もう六人ぶんのお茶が用意してある。

ハッチとわたしと小野寺さんはテーブルのまわりにちょくせつ座って、ママがいれてくれたアップルティーを飲んだ。

「ママ、おそかったね。どこでなに食べてたの？」

お茶うけのフィンガービスケットに手を伸ばしながら、ハッチが聞く。

「ちょっと駅から離れたところにある洋食屋さんよ。あんたたちもまえに行ったことあるでしょ」

「あ、あのおいしいオムライスの洋食屋さんね？　ママまさか、またオムライス食べたの？」

「あったりー」

「えみってむかしからほんとにオムライス好きだもんね」ときょんちゃん。

「ぼくも食べましたけど、すごいおいしかったですよ」と隣のますみくん。

小野寺さんは、だまってフィンガービスケットをぼりぼりかじっている。

「でもオムライスなんて、すぐ食べおわっちゃうでしょ。こんなに長く、四人でなにしてたの？」

「えー、それはお茶しながら近況報告したりさ、いろいろよ。あと、犀川《さいがわ》の白鳥湖にも連れていってあげたよ。白鳥、そんなにいなかったけど」

「そりゃそうだよ、まだ十月だもん。白鳥は来たばっかりで、これからたくさん来るんだよ。きょんちゃん、これからもっと寒くなったら、あそこではほんとにたくさん白鳥が見られるんだよ」

「へーそうなんだ。じゃあまたそのとき来ようかな」

「あんた、ぜったい来ないでしょ」と顔をしかめてみせるママ。

「えー来るよ来るよ、気が向いたら」

「でもきょんちゃん、今日はなんで急に来たの？」

ハッチの質問に、きょんちゃんは一瞬、ん？　と首をかしげた。

「あ、ヘンな意味じゃなくてね、あの、来てくれてもちろんうれしいんだけど、急だったから、なんでかなと思って……」

「やあねえ、えみから聞いてないの？」

「え、なにを？」

するときょんちゃんはママをにらみつけて、「んもーっ」と口をとがらせた。

「じつはわたしね、来月から外国に行くことになったのよ。ベルギー、知ってる？ヨーロッパにあるチョコレートがおいしい国よ」

「えぇーっ、ベルギー、知ってるよ。エルキュール・ポワロが生まれた国でしょ？」

「さすがミステリー作家の娘ね、そのとおり。そのポワロさんの国にきょんちゃんはお仕事で行くのよ」

「へーっ、すごい！　いいなあ！　ベルギーでも舞台のお仕事をするの？」

「そう、向こうの劇場で一年勉強させてもらうのよ。そのあいださびしくならないようにね、一年ぶんの交流をまえもってやっておこうと思って、こうしてあなたたちに会いにきたというわけ。もう、えみ、まえからちゃんと言ってあったのに、なんでふたりに言わないのよ」

「んー、そういうことは本人から聞いたほうがいいと思って」

わたしたちがじいっとにらみつけると、ママはエへへと頭をかいた。

「まあいいわ、向こうに行ったらハッチとマーロウにはチョコレートを送ってあげるからね」

「やったー、ありがとう。じゃあベルギーのきょんちゃんち、そのうちあそびにいってもいい？」

「うんと遠いけど、来てくれたら歓迎するわよ」

「じゃあぜったいにあそびにいくね！　ねえ、ママ、みんなであそびにいくよね？」

「うん、ママがその気になったらね」

「ママがその気にならなくてもわたしたちだけで行くもん！」

そうしてとりあえずきょんちゃんが来た理由ははっきりしたけれど、問題は、小野寺さんだ。

きょんちゃんは外国に行くからうちに来た、ますみくんはきっとそのお供で来た……じゃあ小野寺さんはいったいなにしにうちに来たんだろう？

ちらっと横目で見ると、小野寺さんはフィンガービスケットの箱をちょうど空っぽにしたところだった。ハッチが気づいて、キッチンから二箱目を持ってくる。開けた箱の中身を、小野寺さんは機械みたいにまたつぎつぎ口に運んでいく。

東京の中華レストランのときもそうだったけど、小野寺さんはどうも、こういう大人たちの会話のなかにはぜったいに入るつもりのないひとみたいだ。でも大人たちが集まったらご飯を食べておしゃべりするって決まってるのに……そういうのが苦手そうな小野寺さん、どうしてうちに来てくれたのかな？　きっと訪ねるって、夏にわたしたちと約束したから？　うーむ、約束は約束だけど、でもこんなにはやく訪ねてきてくれるなんて……勝手だけど、わたしはじつは、こういうちょっとロマンチックな約束っていうのはたぶん二年後とか三年後、忘れたころにいきなり実現されるものだと思ってたのだ！

「あー彼はね」

わたしがじっと小野寺さんを見ていることに気づいたのか、きょんちゃんが笑って言う。

「夏休みにふたりも東京で会ったんだってね？　わたしは先月大学のむかしなじみたちと飲みにいったとき、久々に会ったのよ。今度長野のえみんちに行くって言ったら、自分も行くって言うからいっしょに連れてきたの。それでちなみにこのますみくんは、そのとき飲んでた店のバーテンダーなの」

「あ、そうなんだ……」

小野寺さんが、自分で行くって言ったのかあ。でもやっぱり、まだちょっと信じられない。ハッチとわたしだけのために、大人の男のひとがわざわざ片道六千円くらいするあずさに乗って会いにきてくれるなんて、そんなこと、ほんとにあるのかな……。

きょんちゃんはにやにやしながら、うつむき加減でフィンガービスケットをむさぼる小野寺さんを見ている。ママはしれっとした顔で、ときどき髪をかきあげながらアップルティーを飲んでいる。

その三人の作る三角形のまんなかに座ってそれぞれの顔を順番にながめているうち……わたしは急に、ピン！　と来てしまった。

「ちょっと、ハッチ、洗面所に来て」

わたしは隣のハッチにそうささやいてから、ティーカップを置いて洗面所に向かった。

あとを追ってきたハッチは、「なあに、マーロウ、具合悪いの？　わたし、眠くなっちゃった」なんて言いながら、ぶあーっと大口を開けてあくびしている。

「ハッチ、わたし気づいちゃった」

「え、なにに？」

「小野寺さんとママ、結婚するんだよ」

「はあーっ？　けっ……」

ハッチが大声を出すので、わたしはあわててその口をふさいだ。

「ダメだよハッチ、叫ばないでよ」

「わかったわかった、でも結婚なんて……なんでそう思ったの？」

「理由はないけど、なんとなく。なんとなくわかったの。ハッチはなんでわかんないの？　小野寺さんはわたしたちじゃなくて、ママに会いにきたんだよ。きょんちゃんのあの説明、聞いてた？　あれ、ぜったいうそだよ、顔がにやにやしてたもん」

「え、そうかなあ……きょんちゃんはいつもにやにやしてるけど……」

「小野寺さんはさ、きっともうすぐママのだんなさんになるから、同じようにわたしたちが自分の娘になれるかどうか、ここまでテストしにきたんだよ。どうするハッチ、そのテスト、受けて立つ？」

「やだなあマーロウ、考えすぎだよ。小野寺さんがママと結婚するわけないじゃん」

「でもぜったいそうだよ、わたし、わかるんだもん」

「マーロウ、落ちつきなよ。もしそんなことになってるなら、ママからちゃんと説明があるはずでしょ」

「ママもわたしたちを試しているのかも……もしかして、そのテストは夏休みに東京に行ったあの日から始まっていたのかも……」

「もうマーロウ、ほんとに考えすぎ。過ぎたるはなお及ばざるがごとしでしょ！

マーロウの好きな〝ごとしごとし〟だよ！　わたし、あっちに戻るからね」

そう言って、ハッチはリビングに戻っていってしまった。もうハッチったら、あとであわてても知らないんだから……。

気づくとわたしは手にブラシをとって、鏡のまえでなんべんも髪をとかしていた。こうしていると、なんとなく心がすーっと落ちついてくるのだ。そのうちリビングからおなじみの音楽が聴こえてくる。これはたぶん、ママがいちばんお気にいりの「ロッキー・ザ・ファイナル」だ。ロッキーの息子のロッキー・ジュニアがサラリーマンになっていて、リングに再チャレンジしようとするもうおじいちゃんみたいなロッキーと、けんかをしちゃうやつ……。

リビングに戻ると、映画が始まってまだ五分も経たないはずなのにママだけはもう涙ぐんでいた。きょんちゃんはソファでますみくんにもたれかかって、小野寺さんはテーブルのまえであぐらをかいて、それぞれテレビの画面を見つめている。

ママの足元に座っていたハッチが「マーロウ、こっちこっち」と手招きをした。わたしもそこに小さく体育座りして、大きなからだのままおじいちゃんになったロッキーの顔を見つめる。

それからロッキーがリトルマリーと出会って、ジュニアとけんかして仲直りして、ポーリーたちとトレーニングを始めて、リングではぼろぼろになりながら闘って……もう何十回も見ているのに、映画が終わってエンドクレジットが流れはじめると、ママはやっぱり号泣していた。

夜ご飯は、山の国道からちょっと奥の道に入ったところにあるレストラン「ルヴァン」に食べにいくことになった。

「ルヴァン」はこのあたりではいちばん高級でおいしいレストランで、わざわざ県外から車を飛ばして食べにくるひともいるんだよって、行く途中の車のなかでママは三人に教えてあげている。

ハッチもわたしもこのお店の鶏肉のパイ包みが大好きなんだけど、ママいわく「あんまり行くとありがたみがうすれる」という理由で、ママの誕生日と、遠くからのお客さんが来たときにしか連れていってもらえない。でも、お店のドアを開けたとたん「いつもありがとうございます」なんてコックさんから声をかけられているところを見ると、ママってじつは、わたしたちには内緒でちょくちょくここに食べにきてるんじゃないかなって思う。

前菜からデザートまで、わたしたちはみんなでフルコースのお料理をいただいた。

「ハッチもマーロウも、食べる量はもうすっかり大人ねえ」

デザートまですっかりたいらげたハッチとわたしを見て、きょんちゃんはびっくりしている……でもそんなのあたりまえ！　外から見ただけじゃあわかんないだろうけど、わたしたちは胃袋だけじゃなくて、心のなかだってすっかり大人なんだから。

だからわたしは、食後のコーヒーを飲んでいるとき、思いきって大人らしい質問をしてみることにした。

「ねえ、きょんちゃんはますみくんと結婚するの？」

「は⁉」

きょんちゃんは飲んでいたコーヒーをふきだしそうになった。

「な、なによ急に？」

「マーロウ、いきなりなに言うの」

隣のハッチも目を丸くしている。

「えーっと、ううん、なんとなく、結婚、するのかなと思って……」

わたしの作戦では、きょんちゃんの結婚の話をしたら、ママもぜったいぎくっとするはずで……その反応を確かめたくて聞いた質問なんだけど、当のママはアハハ！　とのうてんきに笑っているだけだ。小野寺さんは、顔色一つ変えずにコーヒーをすすっている。

「もうやだなあマーロウ、そういう話はこういう席ではぶすいだからやめましょ」

苦笑いしながらきょんちゃんが言う。

隣に座っているますみくんも、ちょっと気まずそうに笑っている。

「え？　ぶすい？」

「取りあつかい注意の話ってことよ」

「取りあつかい注意……でもきょんちゃんちでは、みんなこういう話してたでしょ？」

「まあねえ、アハハ、でも今日はなし！　あ、それより、せっかく珍しいメンバーがそろってるから、記念写真撮ろっか！」

すみませーん、ときょんちゃんはウインストーンできらきらのスマートフォンをお店のひとに渡して、テーブルの全員が入るように記念写真を撮ってもらった。戻ってきたスマートフォンで、きょんちゃんはハッチとわたしだけの写真も何枚かパシャパシャ撮る。にっこり笑おうとしたけど、さっきの取りあつかい注意の話が気になっちゃって、あんまり上手に笑えなかったかも……。

それからお会計のときまで、ママときょんちゃんはむかしの友だちの話とかむかしの恥ずかしい失敗の話なんかで盛りあがっていて、ますみくんと小野寺さんは黙ってそれを聞いているだけだった。やっぱりわたしの思いちがいなのかなあ。やっぱり結婚、しないのかな。

家に帰ると、大人たちにせかされて、ハッチとわたしがいちばんにお風呂に入ることになった。

お風呂から上がると、四人はリビングでまた紅茶を飲んでいた。いつもはがらんとしているこのリビングにそうして大人が四人もだらだらしていると、ちょっとヘンな感じがする。ソファの横には、今日干した布団が一組畳んで積んである。このリビングには小野寺さんが寝て、きょんちゃんとますみくんはお客さん用の部屋で寝るそうだ。そういえば、この森の家に熊倉田のおじちゃんとゆうすけくん以外の男のひとが泊まるのって、これがはじめてかもしれない。

「ふたりとも、髪を乾かしたらすぐ寝なさいね。ママたちはもうすこし起きてるから」

カーペットにじかに座って、スツールに寄りかかっているママが言う。

「ねえママ、わたしたちも起きてちゃダメ？」

もしかしたら、とどきどきしながらわたしは聞いた。

「いいけど、二階でね」

「ここにいちゃダメなの？」

「うーん、大人はこれからお酒の時間だからね」

「お酒……」

わたしはハッチと顔を見あわせた。ママはぜんぜんお酒を飲めないけど、きょんちゃんはざるっていう、いくらでもお酒が飲めるタイプのひとなのだ。よく見ると、テーブルのしたにはワインの瓶が何本か並んでいて、ワイングラスも用意してある。

「わかった。じゃあ、おやすみなさい」

挨拶すると、みんなも「おやすみ」とにこにこ笑って言ってくれたけど、わたしはなんだか、イヤだな、と思った。

いままでも何人か、東京からママの友だちがこの家にあそびにきてくれたことがある。でも、夜になってこうしてお酒が出てくると、ハッチとわたしはとたんに二階に上げられてしまうのだ。それまでは、みんなと同じようにしゃべったり食べたり、大人も子どもも関係なくぜんいん平等にそこにいる感じがしていたのに……お酒が出てきたとたん、いきなりあなたたちはあっちのボートね、ばいばい！　って、いっしょに乗っていた大きな船から降ろされちゃうみたいに。

わたしたちは去年の大みそかから大人になったわけだから、今日は大丈夫かなって、ちょっとだけ期待していた。でも、やっぱりダメだった。どんなに上手に自分でご飯を作れても、お掃除や洗濯をかんぺきにできても、自分を自分で大人だって思っていても、わたしたちはやっぱり、あそこでお酒を飲む大人たちとは、根っこのところがぜんぜんちがっているのかな……。

「ねえハッチ」

歯を磨いて二階の部屋に戻ってから、ハッチに言った。

「わたしたち、もしいつか赤ちゃんを産んで、その赤ちゃんがいまのわたしたちくらいに大きくなって、今日みたいにみんなで集まってご飯を食べるようなとき……その子たちがいるときには、ぜったいにお酒を飲まないようにしようね」

ハッチは「ん……」と小さな声で言ってから、閉まったドアのほうに目をやった。それからもう一度、「うん」と強くうなずいてくれた。

「約束ね。わたしたち、子どもを仲間はずれにはしないよね」

「うん、約束。わたしもずっと思ってた。大人って、どうしてあんなにお酒が好きなんだろうね。コーヒーとか紅茶だけでも、じゅうぶん楽しくだんらんできるのにね」

わたしたちはそうだよね、そうだよね、と何度もうなずきあってから、ベッドに入った。電気を消して今日一日のことを話しあっているあいだ、ハッチの返事はすこしずつとぎれとぎれになってきて、そのうちすうすう寝息が聞こえるだけになった。

でもわたしは、眠れなかった。

いまごろ大人たちが子どもたちにはきっと聞かれたくないなにかを話しこんでい

るんだと思うと、あの大きな船がどんどん遠ざかっていくんだと思うと、胸がどきどきして、そわそわして、もやもやして……。

たまらなくなって、布団を払って起きあがった。それからハッチを起こさないようにそーっとベッドを抜けだすと、静かに部屋のドアを開けた。

吹きぬけのリビングからは、大人たちの声がぼそぼそ聞こえてくる。テレビはついていないみたいだ。わたしはそのまま忍者みたいなぬきあしさしあしで、階段の降り口まで近づいていった。

「だって、会いたくないんだもん！」

したから突然聞こえてきたママの声に、はっと息をのんだ。

「そんなこと言っても……」なだめているのはきょんちゃんだ。

「わたし、だれからなにを言われても、ぜったいに、ぜったいにイヤだから」

それから、ママがしゃくりあげる声。

「落ちついて考えてよ、えみだけのことじゃないんだから……」

ママが泣いている。これは聞いちゃいけない話だ、わかっているのにわたしはその場に立ったまま、一歩も動けなかった。

「えみ、待ってよ」

きょんちゃんがそう言うのと同時に、だれかが階段を上がってくる音が聞こえた。

きっとママだ。あわてて部屋に戻ろうとしたけど、間にあわなかった。でもママは廊下に立っているわたしには気づかず、反対側の自分の部屋に走りこんで、バンと音を立ててドアを閉めてしまった。

それからドアの向こうも、したのリビングでも、だれの声も聞こえなくなった。はだしのつまさきが、氷みたいにつめたくなっていた。

わたしは静かに自分の部屋に戻った。

「ハッチ？」

呼びかけても、寝息を立てているハッチは返事をしない。

布団にもぐって目をつむっても、ちっとも眠れなかった。いろんなことを考えた。ママたちがしたでなにを話していたのか、ママが会いたくないって言ってたのはだれなのか、わたしたちのパパのことなのか、それともべつのだれかのことなのか
……考えても考えても、いろんなことがわからなすぎて、いろんなことが遠すぎて……大きい船からも降ろされて、小さなボートからも降ろされて、ひとりぼっちでまっくらな海に浮かんでるみたいだった。

「ハッチ？」

布団から顔を出してもう一度呼びかけてみるけど、ハッチは返事をしない。いつもだったら、すぐに肩を揺すってハッチを起こして、話を聞いてもらうところだけ

ど……今日はそうしなかった。こんなこわい思いをするのは、わたしひとりだけでじゅうぶんだ。

眠れなくて、頭がグルグルして、お腹の底がきゅーっとなるたび、あしたは碌山《ろくざん》美術館に行って、大王わさび農場に行って、安曇野《あずみの》でおいしいおそばを食べようね……って、レストランにいるときみんなで話したことを思い出した。それから、じっさいそういうふうに楽しく過ごすあした一日のことを想像した。

でも、いくらそういう楽しいことを想像しても、最後にはおんなじことを考えた――わたしがこのまま大きくなって、いつかママみたいに子どもたちのママになって、きょんちゃんみたいにがんがんお酒を飲むようになって、どこからどうみても立派な大人になったとしても……今日、こうやってひとりぼっちで眠れなかった夜のことを、ぜったいにぜったいに忘れないようにしようって。ほんとうの大人になって、それからどんなに悲しいことがあっても、つらいことがあっても、こんな夜をひとりぼっちでのりこえたわたしだったらきっとなんでもできる、なにがあっても大丈夫だって……だからそれまでは、やっぱり今晩のことはすっかり忘れていようって。

いつのまにか、窓の外は明るくなっていた。

ヤマガラやツグミのさえずりを聴きながら、わたしはダンゴムシみたいにからだを小さく丸めて、まだつめたいままのつまさきをぎゅうっと両手に握っていた。

十二月　ママが行方不明になった日のこと（ハッチ）

きょんちゃんたちが泊まっていった夜から、なんだかママはボンヤリしている。

去年の大みそかにだめ人間宣言をして以来、日がな一日家のなかでボンヤリだらだらしていたママだけど、この数週間はなんていうか、「だらだら」のところが減ってきて、「ボンヤリ」のほうがメインになってきている気がする。

「だらだら」と「ボンヤリ」が半分はんぶんだったころのママは、リビングでごろごろしながらしじゅう、うー、とか、あー、とか、意味ふめいの声を出していた。でもいまのママは、ただしーん、とボンヤリしている。そうやってじっとリビングの椅子に座っていたりソファに横たわったりしているママは、なんだかすごくぶきみだし、ちょっと……どころじゃない、か、な、り！　心配だ。

今日もマーロウとわたしが学校から帰ってくると、ママはソファにからだをもたせかけて、ボンヤリ窓の外を眺めていた。

足元に置いたラジオからは、ハープの伴奏で女のひとが歌う英語の歌詞の曲が流れている。耳をすませると、アイ、とか、ユー、とか、ミー、っていう単語だけは聞きとれたけど、このところすっかり英会話のラジオの勉強をさぼっているわたしたちには、女のひとが何を歌っているのかぜんぜんわからない。それはそのまま、いまソファにいるママの一部分、顔や腕や足だけは目にちゃんと見えているのに、ママの気持ちはちっとも見えないのとちょっと似ている。

マーロウとわたしはテーブルのわきに立ったまま、意味はわからなくても、とってもきれいで心にじーんとしみいるようなその曲を、最後まで聴きおえた。

「最近のママ、なんかヘンじゃない？」

ラジオのＤＪがおしゃべりを始めると、わたしは隣のマーロウにそっと耳打ちした。

「ママ、風邪なのかな？　それとも睡眠不足かな？」

「うん……どうだろうね」

マーロウはママから目をはなさずに、肩をすくめてみせる。

「でもママ、いまはお仕事はしてないんだから、まえみたいに睡眠不足になるはずはないよね」

「うん」

「じゃあ風邪？」

「うーん……」

そう首をひねるマーロウも、どことなく、心ここにあらずな感じ……。わたしはコートのそでをひっぱって、ママに声が聞こえないようマーロウを洗面所に連れていった。

「もう、マーロウまでボンヤリしないでよ。ママのこと、ちゃんと考えてる？　それともマーロウまで病気なの？」

「病気かあ……」マーロウは三つ編みのさきっぽをいじりながら言う。「うん、まあ、そうかもね。きっとママもわたしも……秋のふかまり病なんだよ」

「え？　ふかまり病？」

「秋のふかまり病っていうのはね……秋がふかまって、空気がきーんと冷たくなって、夕焼けが昨日よりきれいに見えて、森の葉っぱが落ちて、その落ち葉をかさかさ踏んで歩いてるときに……なんとなく、気づいたらかかってる病気だよ」

それからひと呼吸おいて、マーロウははーっと深いためいきをついた。

「ふかまり病？」わたしにはさっぱり意味がわからない！「そんな病気聞いたこ

となるよ。でも、それにかかるとどうなるの？」

「いろいろあるけど……たぶん、ふかまり病のひとは、いつもの二倍、ボンヤリする」

「……それ、どうしたら治るの？」

「それは、うーん……ちょっとのあいだ心ゆくまでボンヤリして、あったかい格好をして、テレビを見ながらあつあつのココアを三杯くらい飲んだら、たぶん治るかな……」

「なーんだ、じゃあすぐ治せるじゃん」

さっそくわたしはキッチンに行って、ミルクパンに牛乳とココアの素を多めに入れて、ガス台の火にかけた。そうやっていつもより濃いめのココアを作ると、自分にはティーカップにほんのちょっぴり、マーロウにはマグカップ一杯ぶん、そしてママには愛用のどんぶり一杯に注いだ。

洗面所からついてきたマーロウは、ココアを作るわたしを冷蔵庫の横からボンヤリ見守っている。

「ママ、ココア作ったよ。いっしょに飲もうよ」

ココアをリビングのテーブルに運んでソファのママに声をかけたけど、ママは振りむかない。

「ママ、ママってば！」

近づいて顔のまえで手を振ると、ようやくママは「わっ」と声をあげて、目をパチパチさせた。

「な、なに？」

「もう、さっきから呼んでるのに気づかなかったの？　ココア作ったから、あったかい格好していっしょに飲もうよ」

するとママはおとなしく起きあがって、テーブルの椅子に座って、どんぶりのココアに静かに口をつけた。

マーロウもわたしも、向かいに座るママをじーっと観察してみる。お化粧してない顔の肌色はいつもと同じくらいで、目のしたのくまはとくになし、毎晩せっせとシワのばしクリームを塗っている目元と鼻から口にかけてのシワもようにも異常なし、くちびるもそんなにカサカサしていない。

つまりママは、見かけだけは、いちおう元気そうなのだ。

「ねえママ、最近、どうかしたの？」カップのココアを飲みほしたところで、わたしは思いきって聞いてみた。「ママ、見た感じは元気そうだけど、でもやっぱりなんかヘンだよ」

「え？　ママが？」

ママはゆっくりどんぶりから顔を離して、ココア色になったくちびるをぽかんと開ける。

「ほら、そういうとこ！　なんていうかね、ママ、動きにキレがないの！」

「キレねえ……」

そう言うそばから、ママはまたしても遠い目をして、ボンヤリモードに入ってしまった。気づけば隣のマーロウも、マグカップを両手に持ったままママと同じ遠い目をしている。

しかたがないのでわたしはひとりでシャンと立ちあがって、キッチンにおかわりのココアを作りにいった。

まったくもう、ふかまり病って世話がやけるなあ。

家のなかではふかまり病がはやってるけど、学校では近づいてくる合唱コンクールの練習にだれもかもが夢中だ。

全クラスが参加する十二月の合唱コンクールは、一年最後の大イベントで、六年生にとっては最後の合唱コンクールだから、去年までとは熱の入りかたもちがう。朝と放課後は毎日、音楽室を二十分ずつ交代に使って、クラスみんなで一生けんめい自主練習する。

わたしたち六年一組は「大地讃頌《だいちさんしょう》」を歌うことになっているけど、指揮者に立候補したのはなんと、あの奈良くんだった！　奈良くん、わたしがずっと運動会でのバトントワリングにあこがれていたのと同じで、一年生のころからいつか合唱コンクールで指揮棒を振ってみたいと思ってたんだって。

いつもはおとなしい奈良くんは、より指揮者っぽく見えるように自分で自分の髪をカッコよくカットして（右半分は短めで、左半分はミステリアスにちょっと長めなのがポイントらしい）、ここぞとばかりにはりきっている。奈良くんはすぐにさぼりたがる男子のことも上手におだててくれたから、いまのところ練習はとてもいい具合にまとまっている。

十二月になってコンクールまで一週間を切ると、マーロウとわたしは夜ベッドに入ってからもクラス別の色画用紙に貼った楽譜とにらめっこして、小声でそれぞれの歌の練習に励むようになった。

練習の途中、ちらっと隣のベッドを盗み見ると、マーロウは「翼をください」の楽譜をしっかり見つめて、正しい音階で歌って、からだぜんたいで拍子をとっている。歌の練習をしているときだけは、さすがのふかまり病も影をひそめるみたいだ。もう秋じゃなくて冬が始まっちゃったからかな？　でもママは、あいかわらずのボンヤリモード。昨日はほとんどむりやりココアを三杯飲ませてみたけれど、ココアのにおいのげっぷがたくさん出るだけで、かんじんのふかまり病にはちっとも効いてないみたいだった。ココアの代わりに楽譜を渡して歌の練習をさせてみたら、ママもちょっとは元気になるのかなあ……。

油断してふかまり病がうつらないように、わたしはコンクールの日まで家のなかではとくべつキビキビ動いて、通学路の落ち葉はなるべく踏まないように気をつけて、いつもよりココアを多めに飲むことにした。

そしてあっというまにコンクール本番の今日、おかげさまで体調はばんぜん、はやく歌いたくてのどがウズウズしている！

朝の会で担任の白根先生から励ましのエールをもらって、みんなでエイエイオーをしたあと廊下に整列して体育館に行くと、うしろのほうの保護者席には気のはやいお父さんお母さん、おじいちゃんおばあちゃんたちがもうちらほら集まっていた。

でもうちのママはまだ来てないはず、そう思ってわたしはあえてママのすがたを探さなかった。朝に弱いママのことだから、きっと六年生の出番が来るぎりぎりの時間、たぶん十一時くらいになってようやく到着するんじゃないのかな。

「小学校の六年間でわたしたちがいいところを見せられるチャンスはもうこれが最後なんだから、運動会のときみたいに、遅れても、ヘンな格好でもいいから、ママ、ぜったい来てね！」

マーロウとふたりで昨日しっかり念を押しておいたし、いくらふかまり病にかかっていたって、ママはきっと来てくれると思う。

「大きな栗の木の下で」を歌う一年一組から始まって、一年二組、二年一組、二年二組……とコンクールは順調に進行していく。五年一組の歌が始まったとき、首を伸ばしてうしろの保護者席を観察してみたけれど、ママはまだ来ていなかった。五年二組の歌が始まったときも、まだ。わたしは六年一組だから、出番はもう次なのに！

歌いおわった五年二組が列を作ってぞろぞろステージから降りはじめると、「六年一組のみなさん、準備をお願いします」と司会の先生からアナウンスがあって、わたしたちはいっせいに立ちあがった。

ドキドキしながら歩きだすまえ、隣の二組の列にいるマーロウをちらっと見てみると、思ったとおり、うしろを振りかえって保護者席にママを探している。歌いだすまでまだ一分か二分はある、ママはきっとそれまでに体育館に駆けこんでくるだろうから、あわてない、あわてない……ステージに向かって歩きながら、わたしは自分にそう言いきかせた。

でも、いざステージに立って指揮者の奈良くんが指揮棒をかまえても、ママが体育館のドアをバーンと開けて、わたしに手を振ってくれることはなかった。

前奏が始まると、わたしはもう、体育館のうしろのほうを見るのはよして、一生一生けんめい指揮棒を振る奈良くんのことばかり見ていた。今日までみんなで頑張って練習してきたとおり、音を外さないように、強弱もしっかりつけて、歌うことだけに集中して……

母なる大地を、あー!

たたえよ大地を、あーーーー!

でもやっぱり歌いおわったときには、体育館のうしろに目を走らせて、ママのすがたを探してしまった。ママはやっぱり、どこにもいない。でもまだマーロウ、マーロウの出番があるのだ。

一組と入れちがいにステージに上がった二組の歌を指揮するのは、わたしたちの親友のエリーだった。指揮棒を持って台に立ったエリーは、この日のためにマーロウとわたしが手作りしてあげた蝶《ちょう》ネクタイをつけて、精いっぱい胸をはっている。もとの場所に戻ったわたしが手を振ると、エリーは気づいてニッコリ笑ってくれた。ソプラノパートのいちばんはじっこに立っているマーロウは、やっぱり落ちつかなげに保護者席を見ていたけれど、途中手を振るわたしに気づいて、エリーと同じようにニッコリ笑った。

でもその笑顔はいつもの笑顔とはちょっとちがっていて……わたしにはそのちょっとのちがいから、もうしろを振りむかなくても、ママはここにはいないってことがわかってしまったのだ。


「ママ、いったいどうしちゃったんだろうね」

お昼にコンクールが終わったあと、昇降口で待ちあわせたマーロウはすっかりしょげていた。

今年の優勝クラスは「トゥモロー」を歌った五年二組で、六年生のクラスはどちらも優勝を逃した。準優勝はわたしたち六年一組だったけど、わたしはちっともうれしくなかった……ママが、ママが、わたしたちの最後の合唱コンクールをなんにも言わずにさぼったから！

「来ないなんて、ひどいよね！」

歩きながらわたしはプンプン怒ってしまうけど、隣のマーロウは首を振って心配そうだ。

「たぶんママ、具合が悪いんだよ。家で寝込んでるのかも……ハッチ、はやく帰ってあげようよ」

「え、そうかなあ……」

でもまあ、言われてみればたしかに、昨日のママはいつにもまして特別ボンヤリしていたようにも見えたかも……。

「うん、きっとそうだよね。そうじゃなかったら、ぜったい来るはずだもんね」

「風邪薬、まだ薬箱にあったかなあ」

「おかゆとあと、しょうがはちみつ湯も作ってあげよっか」

「うん、あとネギのえり巻きも作ってあげよう」

そうやってマーロウと相談しながら校門の外に一歩出たとき、突然パシャッとカメラのシャッターの音が鳴った。

むむっと思って足を止めると、道の向こうの民家の駐車場から、背の高い革ジャンすがたの男のひとがカブトムシのお化けみたいな大きなカメラをこっちに向けている。

「うわっ、ハッチ、どうしよう！」隣のマーロウがぎゅっとわたしの腕を握って叫ぶ。「あのひとヘンタイだよ！」

「ほんとだ、先生に言いにいこう！」

わたしたちは急いでまわれ右をして、手をつないで校舎の職員室へ駆けだした。

「あっ、ちょっと待ってきみたち！」

うしろからカメラのひとが追いかけてくるけれど、わたしたちは追いつかれないように必死だ。

「ちょっと待ってったらー、千晴ちゃんに鞠絵ちゃん！」

名前を呼ばれて、わたしたちは足を止めた。振りかえると、カメラのひとが膝に手をついてハアハア息をついている。

「なんであのひと、わたしたちの名前を知ってるの？」

マーロウが顔を寄せて聞くけれど、さっぱり理由が思いつかない。もしかしたら知ってるひとかも、そう思って距離をおいたままじーっと男のひとを見つめてみるけれど……やっぱりはじめて見る顔だ。

「マーロウもあのひと、知らないよね？」

知らない、マーロウはすぐに首を横に振る。

「なんだろ……もしかして、ただのヘンタイじゃなくて誘拐犯なのかも？」

「だったら余計にあぶないよ、うちのママ、一億とか二億とかの身代金なんてぜったい払えないよ」

「やっぱり先生に言いにいかなくっちゃ」

マーロウとひそひそ相談しているうち、カメラのひとはゆっくりわたしたちに近づいてきた。後ずさりしたわたしたちが走りだそうとした瞬間、そのひとはいきなりカメラをかまえて、「はいっ、チーズ！」と楽しそうな声をはりあげた。でも誘拐犯のまえで、チーズ！　なんてのんきに笑えるわけがない！

わたしたちがかたまっているあいだに、またパシャッとシャッターが切られてしまう。

「あのー、あのさ、突然ごめんね。きみたち、千晴ちゃんに鞠絵ちゃんでしょ？」

近づいてくる誘拐犯に背を向けて、わたしたちは今度こそいちもくさんに、職員室めがけてダッシュした！

出入り口に靴をぬぎっぱなしで靴下のまま職員室に駆けこむと、わたしはデスクでお茶を飲んでいた白根先生に叫ぶ。

「先生！　外に誘拐犯が来てます！」

「えええ⁉　誘拐犯⁉」

先生は湯気の立つ湯のみを持ったまま、窓辺に駆けよって身を乗りだした。

「どこ？　どこにいるの？」

「校門の近くです、ほら、あのあたり！」

先生の隣で指差したけれど、あれれ、さっきの男のひとはもうどこにもいない……。

「どこ、どこ？　先生見えないわ」

「あーあ、もう逃げちゃったみたいです」

「そのひと、どういう見かけのひとだった？」

　先生は窓を閉めて、わたしたちに向きなおった。

「背の高い男のひとで、たぶん体育の二宮《にのみや》先生くらい高いです、でも二宮先生よりはずっと若くて、年はたぶんえーと、白根先生よりもっと若いです、それで大きなカメラを持っていて、革ジャンを着ていて、声が大きくて……」

「あー待って待って、男のひとで、背が高くて、わたしよりもっと若くて、革ジャンを着てるって？」

「それに、カメラを持っていて声が大きかったです」

「はあ、それでふたりは、その男のひとになにかされなかった？　なにかいやなこと言われなかった？」

「はいチーズ！　って言われました」

　わたしは自信をもって答えたけれど、白根先生はキョトンとしている。

「はいチーズ？　……それで？」

「ええと、ええと……それだけです」

「でもハッチ、わたしたち写真を撮られたんだよ！」と、横からそでをひっぱるマーロウ。

「あっそうだ、そうなんです。校門から出たところで一枚、それから逃げようとしたところでもう一枚……」

「写真を撮られたの？　まあ……ほかになにかいやなことされなかった？」

「はい、たぶん」

「そう……なら良かった。でも心配ね。ちょっとほかの先生に相談してくるから、ふたりはそこに座って待っててね」

しばらくすると、体育の二宮先生と何人かの男の先生が連れだって学校のまわりをパトロールしはじめた。それから校内放送のメロディーが鳴って、まだ学校にいる児童たちは必ず同じ方向の児童といっしょに帰ること、いっしょに帰る子がいない子は先生が送っていくから職員室に来ること……と、白根先生のアナウンスが流れた。

「なんだかおおごとになっちゃったね」

マーロウは心配そうに言うけれど、職員室のすみっこに座って放送を聞いていると、やっぱりあの男のひとはぜったいに誘拐犯だったような気がしてくる……わたしはあらためてからだをぶるるっとふるわせた。

「うん、でもあのひとすっごく怪しかったもん！　しかたないよ」

「でもなんで、わたしたちの名前を知ってたんだろう？　わたしたちのことを知ってるひとは、必ずハッチとマーロウって呼ぶのに、あのひと、千晴と鞠絵って呼んでたよね。なにかで調べたのかな……だとしたら計画的犯行ってやつかも」

「マーロウ、また探偵ごっこ？」

「写真を撮って誘拐の証拠写真にして、ママから身代金をゆすりとるつもりだったのかも……」

「えー、あの写真が証拠写真になるの？　急だったから、ぜったいヘンな顔して写ってるよ！　もしわたしたちがほんとに誘拐されて、あんなまぬけな写真がテレビに映ったりしたら、わたし、すっごく恥ずかしいよ」

「そんなことよりあの誘拐犯、もしかしてママのとこ行ってないかな。そしたらママ、あのひとの言うこと信じちゃわないかな」

マーロウがまゆ毛を八の字にしてしきりに心配するので、わたしもママがあの誘拐犯にだまされていないか、なんだか心配になってきた。ふだんのママならへいきだと思うけど、いまのママはだめ人間のうえにふかまり病で、コンクールに来られないくらいに体調もわるいわけだし……。

戻ってきた白根先生に断ってから、わたしたちは正面玄関のわきにある公衆電話に十円玉を入れて、森の家に電話をしてみた。

一つの受話器を二つの耳でサンドイッチにして呼びだし音を聞いていたけれど、電話はなかなかとられない。

「あれーっ、ママ、いないのかな」

「たぶん寝てるんだよ」とマーロウ。

「これじゃあ誘拐犯が身代金の電話をかけても、なんにもならないね」

「うん、そうだね。でもそんなんじゃあ、わたしたちがほんとに誘拐されちゃって、ほんとの身代金の電話がかかってきたとき、ママ、永遠に気づかないよね」

「それは困るよ！　帰ったら、もしものときのためになるべく電話には出るようにママにお願いしておこう」

白根先生は家まで送っていくと言ってくれたけど、わたしたちは大丈夫ですと言ってふたりで帰ることにした。

もしかしたらまたあの誘拐犯がどこかに待ちぶせしてるかもしれない、そう覚悟してふたりでずーっと用心しながら歩いていたけど、ちっともこわいとは思わなかった。こわいどころか見つけたらマーロウとふたりで突進して、失礼な写真を撮った仕返しにあのカブトムシみたいなカメラを奪って、森の落ち葉の奥に埋めちゃいたいくらいだ！

アスファルトの道がつきて森の土の道に入ってからも、結局誘拐犯はどこからもおそってこなかった。

仕返しができなかったのは残念だけど、葉っぱを落とした木の枝のすきまからママの待っている家の屋根が見えてくると、マーロウもわたしもちょっとほっとする。

「ただいまー！　ママー？」

玄関のドアを開けてさっそくふたりで呼びかけてみるけれど、返事はない。

「やっぱりママ、具合悪いんだ……」

わたしたちはおおいそぎでばたばた階段を上がって、二階のママの部屋のまえに立った。

起こすの禁止

ドアに直接マジックペンで書かれたこのおふれを破るのは今日がはじめてだけど、心配だからしかたない。わたしたちはすうっと息を吸ってから、にぎりこぶしを作ってドアをノックした。

「ママー？　寝てるの？　大丈夫ー？」

すこし間を置いてからもう一度呼びかけてみたけれど、やっぱり返事はない。不安になって隣のマーロウと顔を見あわせたとき、したからウォン！　と大きな声がした。

「あっ、フロッピー！　どうして家のなかにいるの？」

階段からのぞくと、外にいたはずのフロッピーが階段のしたからべろを出してわたしたちを見あげている。首には散歩用のリードがつけっぱなしだ。

「フロッピーったら、勝手になかに入っちゃだめだよう、ママに怒られちゃうよ」

あわてて一階に降りていくと、玄関のドアが半分開いていた。きっとさっき帰ってきたとき、二階のママのことばかり気にしてドアを閉めそびれてしまったのだ。

「あーダメダメ、フロッピー、カーペットが毛だらけになっちゃうよう」

わたしたちはふたりでフロッピーを家から出して、散歩用からおうち用リードに付けかえると、いつもどおり外の小屋につないであげた。

「もう、なんか今日はみんなヘンだよ。どうしてフロッピーのリードがはずれてたんだろう？」

「ママが散歩の帰りにうっかり留めそこねちゃったんじゃない？　ほら、まえにもあったでしょ、ママが宅配便のお兄さんを呼びとめようとして、リードを留めそこねちゃったとき。あのときフロッピーは森に家出しちゃったんだよ」

「たしかに、そんなことあったね。もう、ママってなんでそんなにあわてんぼうなんだろうね、フロッピー？」

背中をなでてあげると、フロッピーはハフハフと息をはずませて、顔をよせてくる。その大きなべろで顔をなめられるまえに、わたしは立ちあがって、フロッピーの向こうがわにしゃがんでいるマーロウをせかした。

「でもマーロウ、ママ、問題はママだよ。二階にいるのかな、いないのかな？」

「うーん……」

「もう一回上がってみて、声がしなかったら問題だね」

わたしたちはもう一度二階に上がって、ママの部屋のまえに立った。さっきと同じようにノックをして声をかけてみるけど、やっぱり返事はない。思いきってふたりいっしょにノブに手をかけて、右に回してみた。鍵がかかっているかもと思ったけれど、カチャと音がして、あっけないくらいかんたんにドアが開いた。

開いたドアの向こうに、ママはいなかった。

毛布とタオルケットがねじれてるベッド、椅子の背にかかってそでの片方がびろんと床に落ちているぶあついカーディガン、その椅子の脚元に転がっている湯たんぽ、机のうえには閉じた銀色のノートパソコン、ファックス、プリンター、カレンダー、赤鉛筆、辞書、お菓子の包み紙、それから角ばった文字でぎっしり埋まった原稿の束……。

ママのいないママの部屋は、博物館の部屋みたいだった。むかしこういうひとがいましたって、ガラスの箱に閉じこめられて、未来のひとたちに展示されているみたいな部屋。

「ママ、どこ行っちゃったんだろう？」

隣のマーロウは、もう泣きそうな顔をしている。

「きっと病院に行ったんだよ」

マーロウにそんな顔をしてほしくなくて、わたしはおおげさににかーっと笑ってすぐにドアを閉めた。

「矢野医院なら郵便局の近くだから、混んでなければ一時間で行って帰ってこられるし、病院じゃなかったら薬局に薬を買いにいったのかもしれないし、あ、おかゆの材料を買いにいったのかもよ？　どっちにしろ、きっともうすぐ帰ってくるよ」

「でも、車も自転車も外にあるよ」

「きっと歩いていったか、熊倉田のおじちゃんかおばちゃんが送っていってくれたんだよ」

「そうかなあ……」

「そうだよ、きっとそうだよ」

そう言ってマーロウを励ましながら、心のなかではわたしも泣きそうだった……もしかして今回家出したのはフロッピーじゃなくて、ママのほうなんじゃないかって。

心配していてもお腹がすくので、わたしたちはとりあえず自分たちのお昼ご飯に卵チャーハンを作って、りんごを一つむいて食べた。それから宿題をして、終わると紅茶を飲んで、カップとポットをお昼のお皿といっしょに洗った。

一つなにかするごとに、これが終わったらママが帰ってくるかな、ただいまーって声がして、玄関のドアが開くかな、って耳をすませてみたけれど……なにをしても外から聞きなれた足音は聞こえてこなくて、玄関のドアも静かなままだった。

そうやってママの帰りを待ちながら、ずいぶん長い時間が経ってしまったような気がした。

一時間、二時間、三時間……。

日は落ちて、外はすっかり暗くなっている。

不安だったけど、マーロウとわたしはできるだけいつもどおりに過ごそうと思って、晩ご飯の献立を決めることにした。

テーブルで向かいあわせになって、この一年で図書館のリサイクル図書のラックから集めてきた「きょうの料理」のバックナンバーをめくっていると、まるでいつもとぜんぜん変わりなくママは二階にいて、ご飯ができて声をかければ「は〜い」

ってのうてんきな返事が返ってくるような気がしてくる。

「マーロウ、これはどう？　〝かぶと豚肉の味噌《みそ》煮込み〟、これなら冷蔵庫のなかにあるものでできるよ」

テキストをマーロウに見せようとして顔を上げると、マーロウは手元のテキストではなく、わたしをじっと見ていた。

「ハッチ、やっぱり、これはいつもとちがうよ」

そう言ったマーロウに、わたしは一度ごくんとつばを飲みこんでから答える。

「うん。ちがう」

「わたし、いやな予感がするんだ」

「わたしも。こんなのぜんぜん、いつもと同じじゃないよね」

「いつもとぜんぜん同じじゃないのに、いつもと同じふりなんかできないよ」

わたしたちはテーブルを離れて、レースのカバーがかけてある家の電話のまえに行った。マーロウもわたしも考えていることはいっしょだ、熊倉田のおじちゃんたちの家に電話して、ママがいないことを知らせるのだ。

わたしたちは学校の公衆電話でしたみたいに、受話器を二つの耳でサンドイッチして、二本のひとさし指でおじちゃんの家の番号を交互に押した。

「もしもし？」

いつもどおりに聞こえてきたおばちゃんの声に、マーロウもわたしもほっとする。

「もしもし、おばちゃん？」

「え、その声はハッチ、マーロウ？」

「わたしだよ」「わたしだよ」ふたりして言うと、おばちゃんは「ああ、ふたりともね」と笑ってくれる。

「どうしたの、なにかあったの？」

「あのね、あのねおばちゃん……」

マーロウがふいに口をつぐんだので、わたしがあとを続ける。

「ママがいないの」

「ええ？」

「ママが帰ってきてないの」

「帰ってきてない？　なによ、家出？」

おばちゃんは冗談で言ったみたいだけど、わたしたちはいえで、ということばにすっかり凍りついてしまった。

「もしもし？　ハッチ、マーロウ、どうしたの？」

わたしは気をとりなおして、おばちゃんに状況を説明する。

「お昼にわたしたちが帰ってきたときにはもういなかったの。ママ、最近ちょっと元気がなかったから、病院に行ったたか、どこかに薬を買いに行ったたか、どっちかなと思ったんだけど……」

「それにそのまえだって」マーロウが口を開く。「ほんとうは午前中、わたしたちの学校の合唱コンクールに来てくれるはずだったんだよ。でもそれにも来なくって……」

「まあ、それはおかしいわね。なにかメモとか、伝言はなかったの？」

「うん、ママ、いつもわたしたちが留守のときに出かけるときには、必ずテーブルにメモを残していってくれるんだけど……メモ、今日はどこにもないの」

「電話もないの？」

「うん、ない」

「えみちゃんは携帯電話を持ってないから、こういうときは困るわねえ。うーん、ちょっと待って、おばちゃんいまから車でそっちに行くから。ちなみにえみちゃんの車は？」

「車も自転車も庭にあるよ」

「それはまたおかしいわねえ。とにかくちょっと待っててね、すぐに行くわね」

そう言って、おばちゃんはぶつっと電話を切った。

校内放送が始まったとたん、あの男のひとがほんとうに誘拐犯にしか思えなくなっちゃったみたいに、おばちゃんがこっちに来るって言ったとたん、なんだかほんとうにママが家出しちゃったみたいに思えてきて……わたしはいきなり心細くなった。

でも隣のマーロウがまた目に涙をためているのを見ると、わたしがしっかりしなくっちゃと思う。

「マーロウ、大丈夫だよ。ママがどっか行っちゃうわけないよ。だって家出っていったって、ママ、どこに行くの？ まさかフロッピーみたいに森に家出するなんてこと、ないでしょ？」

「うん……ママが家出するとしたら、やっぱり東京とか……あとママのことだから、ぱらっと地図を開いたところ、ぜんぜん知らない遠いところとか……」

「でもそれにしたって、わたしたちにメモは残していくはずだよ、メモじゃなかったら、電話をするはずだよ。どんなに勝手なことをしても、ママはぜったいに、わたしたちを忘れたりしないもん」

うん、そうだよね、ママはぜったいにわたしたちを忘れたりしないよね。そう言ってうなずいてくれると思っていたのに、マーロウは口をひきむすんで、目にたまった涙を指でこすって、それからちょっとかなしそうな顔をしただけだった。

なにもしないで待っていると、どんどん頭のなかが暗ーくなってしまいそうだったから、わたしたちはキッチンに行って、おばちゃんとわたしたち、三人ぶんのココアの準備をしながら待つことにした。

ミルクパンのなかを混ぜていると外から車の音が近づいてきて、ドアがバン、バン、と閉まる音がする。二回聞こえたってことは、おばちゃんだけでなくおじちゃんも来てくれたってことだ！

玄関を開けると、思ったとおりおそろいのダウンジャケットを着込んだおじちゃんとおばちゃんが心配そうな顔をして立っていた。

「ハッチ、マーロウ、大丈夫？」

心のなかはぜんぜん大丈夫じゃないんだけど、わたしたちはできるだけへっちゃらな顔をして、「大丈夫だよ」と答えた。それからマグカップ三つにココアを注いで、そのうち二つをおじちゃんとおばちゃんに持っていった。

「えみちゃんいったいどこ行っちゃったんだろうなあ」

おじちゃんはふうふうマグカップに息をふきかけながら、首をかしげている。

「ほんとうねえ、こっちに来てから、いままで一度もこんなことってなかったわよね」

家のなかをきょろきょろ見わたしながら、同じように首をかしげるおばちゃん。

「ハッチとマーロウには、ママの行き先に心当たりはないの？」

「うーん……」

わたしたちは顔を見あわせてから、順番に言った。

「やっぱり東京の編集者さんのとこか……」

「……お友だちのところかなあって思う」

「電話はかけてみた？」

わたしたちが首を振ると、おじちゃんはすぐに「じゃあ念のためにかけてみよう」と電話台のまえに立った。

「えみちゃん、緊急事態につき電話帳を失敬するぞ」

おじちゃんはここにいないママにわざわざ断って、電話帳を繰りはじめる。わたしたちはその両脇に立って、まずはやみくもさんの名前を指差した。

「これ、このひとだよ、ママのいちばん仲良しの編集者さん」

「よしっ、じゃあこのひとからだ」

やみくもさんだったら、よく知ってるわたしたちから電話したほうがよかったかもしれない。だけどなんだかいまだけは、このよくわからない、ママがいなくて不安でしかたない時間を、大人のおじちゃんおばちゃんにすべてまかせっきりにしたいような気持ちだった。そのくらい、マーロウもわたしもいつもの元気をうしなって、まるで一年まえまでの子ども時代のとき、ううん、それよりもっと小さいとき、幼稚園くらいの子ども時代まで逆戻りしてしまったみたいだった……わたしたち、ママがいるときはあんなに大人でいられるのに、どうしてママがいなくなったとたん、赤ちゃんみたいにたよりなくなっちゃうんだろう？

「あ、もしもし？」

ベルを鳴らすとすぐにやみくもさんが電話に出たらしく、おじちゃんは「あー、うー、こちら穂高の埜々下家です」とぎこちなくしゃべりはじめる。

「そのー、わたくしは埜々下えみさんのおー、ええー、弟さん……の妻の父親でありまして、あのー、えみさんとは、えー、うー、」

ことばにつまっているおじちゃんを見かねて、横からおばちゃんが受話器をうばう。

「あ、もしもし？　失礼いたします、わたくし穂高の熊倉田と申しまして、埜々下えみさんの義理の母のようなものでございます。いま、ふたごのハッチとマーロウと家にいるんですけれども、えみさんが今日のお昼から連絡もなしに帰宅されていないようで。もしかしたらそちらに行かれたのではないかと思って失礼を承知でお電話いたしたのですが、なにかご存知でしょうか？」

それからおばちゃんはええ、ええ、と相槌を打っていたけれど、やみくもさんの答えがいい答えじゃないってことは、その顔を見ていればわかった。

　最後に「ええ、わかりました、ありがとうございました」と電話口の向こうのやみくもさんに軽く頭を下げると、おばちゃんは受話器を離してわたしたちに向けた。

「ふたりと話したいって」

　マーロウとわたしは顔を見あわせてから、また二つの耳で受話器を挟んで同時に呼びかける。

「やみくもさん？」

「ああ、ふたりとも、ママさんがいなくなっちゃったんだって？」

　電話の向こうのやみくもさんは、この緊急事態をよくわかってるのかわかってないのか、なんだかすごくのんきそうだ。

「うん、そうなの。やみくもさん、やみくもさんのとこには行ってないんでしょ？ほかにママが行きそうなとこ、知らない？」

　マーロウが聞くと、やみくもさんは「ううーん」とうなる。

「そうだなあ、何人かやりとりしてた編集者さんを知ってるから、そのひとたちにこれから電話をかけてみるけど……でもなあ、あのママさんのことだから、今晩じゅうにひょっこり帰ってくるんじゃないかな、ちょっとキノコ狩りに行ってましたー！　とか言ってさ」

　そう言ってやみくもさんはワハハ、と笑うけれど、わたしたちはちっとも笑えない。するとすぐにやみくもさんはわたしたちのだんまりに気づいて「あ、ゴメンゴメン」と謝った。

「とにかくなにかわかったらすぐに連絡するよ」

やみくもさんにお礼を言って電話を切ったあとは、マーロウとわたしが知っている東京のお友だちの名前を電話帳のなかに探して、あいうえお順でかたっぱしからおばちゃんにかけてもらうことにした。あ行のページには知ってるひとがいなかったから次のページをめくろうとすると、マーロウが「待って！」と声をあげる。

「ハッチ、小野寺さん、小野寺さんがいるよ！」

「あ、そっか、ここには載ってないけど、名刺があるよね」

わたしたちは二階の部屋に上がって引き出しをひっくりかえし、小野寺さんの名刺を手に急いで電話のところに戻ってくる。小野寺さんは大人としゃべるのがにがてっぽいから、マーロウとわたしはおばちゃんに頼まず自分たちで電話をかけた。

小野寺さんはなかなか電話に出なかったけど、あきらめて受話器を置こうとしたとき、ようやく「……しもし？」と低い声が聞こえた。

「もしもし、小野寺さん、穂高のハッチとマーロウです！」

それからわたしたちは、さっきおばちゃんがやみくもさんに言ったことをわたしたちなりのことばで繰りかえした。でもやっぱり、いい答えは返ってこなかった。

「連絡があったらすぐに電話するよ」

小野寺さんは心配そうに言ってくれたけど、先々月ママと小野寺さんが結婚するなんて騒いでいたマーロウは当てがはずれたらしく、一度ひっこめた涙をまた目のふちぎりぎりにためている。

それから思いあたる八人のママのお友だちに電話をしてみたけど（まさかとは思ったけど、ベルギーに行ったきょんちゃんの携帯電話にだって電話してみた——答えはもちろん、来てない、だったけど）、ママの行方を知ってるひとはだれもいなかった。

「きっとえみちゃんのことだから、あと五分後にはなんでもない顔して戻ってくるかもしれないわよね。ふたりとも、そんなに心配しなくて大丈夫よ。でももしものときのために、今日はおばちゃんが泊まるわね」

おばちゃんがわたしたちの頭をなでながらやさしくそう言ってくれたので、わたしはすごくほっとした。それからふたりはいったん車で家に帰って、熊倉田家の晩ご飯の肉じゃがとマカロニサラダと着替えを持って、おばちゃんだけがすぐにこっちに戻ってきてくれることになった。

ふたりを乗せた車が道を遠ざかっていくのを見送ってからも、マーロウとわたしはそのまま窓辺に立って暗い森を眺めていた。

ああ、やみくもさんが笑ってたとおり、ほんとうにあの森の陰からママが「ただいまあ！」とひょっこり現れて、キノコがたくさん入ったかごをかついで出てきてくれればいいのにな……。

とそのとき、表の道から細いヘッドライトが差して、一台の車が小道に入ってきた。

「おばちゃん、もう戻ってきたのかな？」

ふたりで目をこらしているうち、その車が家のまえで停まる。あれ……あれはおじちゃんちの車じゃない、知らないひとの知らない車だ！

わたしたちはあわててカーテンのかげに身をひそめた。すきまからうかがっていると、車のドアが開いて、運転席から男のひとがひとり出てくる。

「ハッチ、あれ、学校のまえにいた誘拐犯だよ！」

うそ、そんなわけない、と思ったけど、外灯に照らされたその顔は、たしかに昼間見たあの誘拐犯の顔だった。

とたんにぞぞーっと全身に鳥肌が立って、わたしは思わず隣のマーロウに抱きついてしまう。

「ヤダ、マーロウ、どうしよう！　誘拐犯がわたしたちをまた誘拐しにきたんだよ！」

でもマーロウは、びっくりするほどしっかりした声で言った。

「ちがうよ、ハッチ。わたし、今度こそわかっちゃった」

「え、なにを？」

「ママは家出したんじゃないの。ママは誘拐されたんだよ。ママは誘拐されたの、あのひとに！　あのひと、わたしたちに身代金を要求しにきたんだよ」

「ええっ！」

「でもわたしたち、そんなずるいやりかたには負けないんだから！」

さっきまであんなに涙をいっぱいためていたマーロウの目は、気づけばすっかりかわききっている。その目をよーくのぞきこんでみると、外灯の光が反射しているのか、なんだかいつもの十倍くらいに黒目の奥が光っていて、まるでなかで小さな炎がめらめら燃えているみたいだ。

それを見ていたらだんだん、お腹の底がくつくつ熱くなってきて……わたしはマーロウと向かいあって胸をはった。

「そうだね、マーロウ、わたしたち、ぜったいに負けないよね！　こわがったりも、逃げたりもしないよね！」

「そうだよハッチ、わたしたち、ママのために戦わなくっちゃ！」

わたしたちは顔を見あわせると、うん、と強くうなずいた。そしておおいそぎでキッチンに向かって、ガス台に重ねて置いてあった二つのフライパンをそれぞれ手に握った。そのまま玄関に向かおうとしてふと、さっき作って三つのマグカップに注いだうち、おじちゃんにもおばちゃんにも渡さなかった残り一つのココアがテーブルに残っているのが目についた。

「ハッチ……北風と太陽のお話、知ってるよね？」

マーロウはまだ目に小さな炎をめらめら燃やしながら、そのカップを見つめている。わたしには、マーロウの考えていることがよくわかる。

「うん。フライパンが効かなかったら……ココアで温め作戦だ！」

マーロウはフライパンを持っていない左手にマグカップを持ったので、わたしはねんのため床の段ボールに大量に入っているりんごを一つ、左手に持った。

ぬきあしさしあしで玄関に行って、おそるおそるふたりでドアスコープに目を近づける。すると小さなのぞき穴の向こうに、玄関灯に照らされて、ポーチをうろうろしている誘拐犯のまぬけなすがたが見える。

マーロウとわたしは大きく息を吸って、顔を見あわせて、もう一度強くうなずいた。

わたしたち、ふたりだったらこわいものなんてなにもないよね。ふたりだったらなんでもやっつけられるよね。

それからせーの、で呼吸を合わせると……わたしたちはくらやみに向かって思いっきりドアを開け、大声で叫んだのだ。

「こら、誘拐犯！　わたしたちのママを返せーっ‼」

十二月　わたしたちがいちばん海の近くにいた日のこと（マーロウ）

「こら、誘拐犯！　わたしたちのママを返せーっ‼」

声をそろえてフライパンを振りあげると、誘拐犯は「ひゃーっ」とまぬけな声をあげて、そのままポーチに尻もちをついた。

あれれ、誘拐犯、てっきりうおおー！　とかっておたけびをあげて、こぶしを振っておそいかかってくるものだと思ってたのに……ハッチもわたしも拍子抜けしてしまって、振りあげたフライパンをしたに下ろした。

打ったお尻を「イテテ……」とさすっている誘拐犯に、ハッチが一歩まえに出てびしっと言う。

「誘拐犯！　ママをどこにやったんですか！」

わたしも負けじと、ハッチよりさらに一歩進んでびしびしっと言う。

「うちのママは休業中なんだから、身代金なんか払えませんよ！」

言われた誘拐犯は、起きあがろうとしてさらに郵便受けに頭をゴチンとぶつけてしまい、「アイタ～！」とまたまぬけな声をあげた。

玄関灯の光のした、そうやって頭を抱えてダンゴムシみたいにからだを丸めている誘拐犯は……誘拐犯にしてはこわくなさすぎるしカッコわるすぎる。

ハッチとわたしは顔を見あわせて、さらに一歩ずつ近づいてみた。

「あのー、誘拐犯さん、どうなんですか？」

「丸まってないで、なにか言ってください！」

すると誘拐犯はまたひゃっと声を出して、今度はゴキブリみたいにすささ、とすばやく後ずさりした。こ、これはもしかして、わたしたちのほうが誘拐犯をこわがらせているのかな……？

もう一回ハッチと目くばせをすると、わたしは右手のフライパンじゃなくて、左手に持っていたココアのマグカップを差しだしてみた。

「これ、飲みますか？」

誘拐犯は黙って顔をこわばらせたままだ。

「ココアです。ふつうのココア。毒とか、入ってません」

誘拐犯はおそるおそるわたしの手からマグカップを受けとると、くんくん匂いをかいでから、こわごわカップのふちに口をつけた。

「ぬるい」

一口飲むなりそう言った誘拐犯にハッチもわたしもむっとしたけれど、やっぱりこのひと、誘拐犯にしてはぜんぜんこわくない。むしろなんだか、このひとのほうがわたしたちに誘拐された人質みたいにビクビクしてるみたい……でも誘拐犯じゃないなら、いったいここでなにをしてるんだろう？

ハッチとわたしのだんまりに気づいたのか、誘拐犯は地面に足を投げだしたまま、コホンと一つ咳をしてしゃべりだした。

「あー、あのさ、さっきからきみたち、ぼくのこと誘拐犯って呼んでるみたいだけどさ……」

「誘拐犯じゃないんですか？」

「もちろんちがうよ！」

「じゃあここでなにしてるんですか？　今日のお昼、学校の門のところで、わたしたちの写真を撮ってましたよね？」

「あー、あれにはねえ、いろいろとわけがあって……」

「わけって、どんなわけですか！」

「いやあ、そのう、うーむ、説明すると長くなるんだけど、うーむ……」

うーむうーむとうなりながら、いまでは元誘拐犯はポーチのうえにのんびりあぐらをかいて、ぬるいココアをすすっている。見たことないくらい立派な太いまゆ毛に、きれいな二等辺三角形の鼻、笑ったら耳まで届きそうな大きな口……なんだかマエストロみたいなひとが油絵の具をたっぷり含ませた筆で一気に描いたような顔だ。

よーく見てみると、元誘拐犯、顔だけはけっこうカッコいいかも。

「それに、ママのこと！　お昼からずっとうちのママが行方不明なんですけど、あなたが誘拐したんじゃないとすると、だれが誘拐したんですか？」

「誘拐なんてだれもしてないよ！　むしろママさんのほうがむりやり……」

「え？　むりやり？」

「あーっ、あった！」

いきなり叫ぶなり元誘拐犯は四つんばいになって、郵便受けのうしろ、春になるとママお気にいりのすみれの花が咲くあたりに手をつっこんだ。

「ほら、これこれ、これを探しにきたんだよ！」

元誘拐犯が玄関灯にかざして見せた手には、黒くて丸い、小さなお皿みたいなものが握られている。

「これこれ、ぼくのカメラのレンズカバー。特注の高いやつだからさ、わざわざここまで探しにきたんだよ」

ハッチとわたしは顔を見あわせる。まったく、いったいなにがどうなってるのか、話がぜんぜんわからない！

探しものが見つかったらしい元誘拐犯はみるみるうちに晴れやかな顔つきになって、その場にすっくと立ちあがって、空になったマグカップをこっちに差しだした。

「さ、ぼくはこれで用事が済んだから、失礼するね。おさわがせしました！」

「ちょっと待ってください、ママ、うちのママはどこに行ったんですか？」

「うー、あー、てっきり電話で知らせてあるのかと思ってたんだけどな……ママさんはいま、東京だよ」

「東京……」ハッチとわたしは思わず同時につぶやいた。「やっぱり！」

「明日には帰ってくると思うよ。じゃあね」

「あーっ、ちょっと待って！　さっき、むりやりなんとかって言ってたのは……」

「そうだよ、きみたちのママさんがむりやりぼくたちの車に乗ってきたんだよ。その車は」と、元誘拐犯はポーチの前に停めてあるママの赤いミニクーパーを指差す。

「馬力が弱くて高速を飛ばせないからってさ」

「あの、ママが、うちのママが東京に行きたいって言って、お兄さんを誘拐犯にしたんですか？」

「だからあ、誘拐じゃないんだってば！　せっかくこっちに来たんだから、ぼくは温泉でも入りたかったんだけどさ、まあいろいろあって……でもまさか、今日のうちにここに戻ってくるとは思わなかったけどね。このカメラはすごくだいじなものだから、背に腹はかえられぬというやつだね」

「カメラのことはいいんですけど、いろいろって？　いろいろってなんですか？」

「あー、それはー、うーん、まあ、いろいろはいろいろだよ！　じゃあね！」

元誘拐犯が車に向かおうとしたので、わたしたちはいそいで先回りして、後部座席のドアから転がるようにからだを滑りこませた。ハッチもわたしも考えていることは同じ……この元誘拐犯に、ママのところに連れてってもらうのだ！

「ちょっとふたりとも、降りてよ！　ぼく、東京に帰るんだから！」

「わたしたち、ママのところに行きたいから連れてってください！」

「えーっ、そんなことしていいのかな……」元誘拐犯は頭をかしげてためらっている。

「いいんです！」

「うーん、でもこれ、未成年者の誘拐になるんじゃあ……」

「大丈夫です！　わたしたちはもう子どもじゃなくて大人なんですから、大丈夫です！」

「えーっ、うーん、うーん……」

「連れてってくれないと、また学校の先生に言いつけますよ！」

「ええーっ！　それは困るよ、ぼく、なにもわるいことしてないよ」

わたしたちはもうなにも言わずに、ふたりでじいーっと元誘拐犯の顔をにらみつけた。十秒くらいそうしてると、「わ、わかったよ」と元誘拐犯はしぶしぶ車のエンジンをかけてくれた。

車を発進させる直前、ハッチがふいに「あっ」と声をあげる。

「マーロウ、おばちゃんに伝言を残さなきゃ」

「あっ、そっか」

「わたしが行くから、マーロウはそのひとが逃げないように見張ってて！　すぐ戻ってくる！」

言ったとおり、車を出ていったハッチは一分も経たないうちに家から戻ってきた。両脇にはふたりぶんのダッフルコートを抱えている。ハッチが車に乗りこんできた瞬間、それまでお行儀よく小屋の横におすわりしていたフロッピーが「ウォン！」と一吠えした。

「あっ、もうフロッピーったら、番犬失格！　いまごろ鳴いたって遅いよ！」

「でもフロッピー、お留守番お願いね！」

ハッチとわたしは、ハンドルを握る元誘拐犯に「出発進行！」と大声で号令をかけた。

車はあちこちを木の枝にぶつけながらぎくしゃく細道をバックして、街中に続く国道を走りだした。

最初はいやがっていたけれど、わたしたちがしつこくお願いしているうちに、元誘拐犯の自己紹介が始まった。

名前は日向草太《ひゅうがそうた》（ヒューガソータ、なんて、いつも風が吹いてるみたいな名前！）、年は二十歳、東京に住んでいて、東京の大学に通っていて、将来は写真家になりたくて、大学とはべつに、写真の塾みたいなのにも通ってるそうだ。

「へえーだからおっきいカメラを持ってたんですね！」

「そうだよ、このカメラは子どものころからずーっと貯めてたお年玉とバイト代を合わせて去年買ったばっかりなんだ」

助手席には、校門前でわたしたちを勝手に撮ったあの立派なカメラが、だいじっぽいわりにはむぞうさにゴロンと置かれている。

「でもなんで、わたしたちを写真に撮ったんですか？」

「ああー、うーん、それはね……うん、まあ、田舎をテーマにした写真集を作ってみたいなーとか思って……」

「うそ！　それならどうして、わたしたちの名前を知ってたんですか？」

「あー、そうだ、つい名前を呼んじゃったなあ。えっと、右にいるほうが千晴ちゃんで左が鞠絵ちゃん？」

「ちがいます！　左が千晴で右が鞠絵です！」と横で頬をふくらませるハッチ。

「それにだれも、わたしたちのこと、千晴と鞠絵だなんて呼びません」わたしも身を乗りだして言う。「みんな、ハッチとマーロウって呼ぶんです」

「へーえ、ハッチとマーロウかあ。それはいいね、えーと、左がハッチで右がマーロウね。ということは、髪が短いのがハッチで、長いほうがマーロウだ」

「そうです、それから、ほくろがあごにあるのがハッチで、鼻の横にあるのがマーロウです」

「ほうほう、なるほど」

「あのー、それで、ママは東京のどこにいるんですか？」

「あー、うー、それを言ったら、ちょっとめんどうなことになるんだけどなあ……」

「めんどうって？　なんでめんどうなんですか？」

「それを言ったらさ、なんていうか、頭隠して尻隠さずみたいなことになっちゃうからなあ」

「なんですか、それ？　頭が隠れてるのにお尻が丸出しって、どういう意味ですか？」

「いやー、うーん、むずかしい。でもまあ、ばれるのは時間の問題だしなあ。うん、まあ正直に言うとね、ママさんはいま、空港にいるはずだよ」

ええーーーっ‼　ハッチとわたしが車の天井をつきやぶるくらいの大声をあげると、草太くんは運転席で「わわわ」と肩をすくめた。

「なんでなんで、なんで空港なの？」

「ママ、外国に行っちゃうの⁉」

「わたしたちを置いて⁉」

「うそでしょ、そんなのずるすぎ！」

「あーもう、ふたりともそんなに大声出さないでよ。ぼく、耳が割れちゃうよ」

ハンドルを握りながら、草太くんはしかめっつらで首を振る。

「だってママが空港にいるなんて！」

「ママ、ひとりでずるい、ずるい‼」

わたしたちがそうやってぎゃーぎゃー騒いでいるあいだ、車は安曇野《あづみの》インターから長野自動車道に入った。道路はすいていて、草太くんは右側の車線に入るなりすいすい車を飛ばしていく。

パニック状態のわたしたちがすこし落ちつくと、草太くんはなんだか聞こえよがしに、ふーっと大きなためいきをついた。

「はあーっ、ふたごの女の子たちってたいへんだなあ。えみさん、ほんとによくひとりでがんばって育てたよね」

草太くんの言いかたは、なんだか、自分はむかしからママを知ってるぞっていう感じのふくみがあった。これはなにかあるぞ、ハッチとわたしは目を合わせて、同時に鼻をぴくぴくっと動かす。

「草太くん、ママのこと知ってるの？」口を切ったのはハッチのほう。

「うん、まあ、ずっと長いこと会ってなかったけど、うん、けっこうむかしから知ってるかな……ぼくがまだきみたちよりちっちゃい子どもだったころからね」

「なんでですか？」と、今度はわたし。「もしかして、草太くんのママさんって、うちのママのお友だち？」

「いや、うーんと、どちらかっていうと、うちのパパがきみたちのママとお友だち、ってとこかな」

「ふーん、なんだ、だからかあ」

「ママさんがいま空港にいるのはね、うちのパパが空港にいるからだよ。外国に行くのはきみたちのママさんじゃなくて、ぼくのパパのほう」

隣のハッチは、まだ鼻をぴくぴくさせている。

「へえ、じゃあうちのママは、草太くんのパパさんに会いにいったんですね」

「うん、まあ、そういうこと」

「なんだあ、ママ、お友だちの見送りにいっただけなんだ」

わたしはちょっと納得して、シートにどさっと寄りかかった。

「でもママ、先月きょんちゃんがベルギーに行ったときには、見送りなんていかなかったよね」

ハッチはわたしに向かってそうつぶやいたけど、これには運転席の草太くんの肩がぴくっと反応した。バックミラー越しにちらりとわたしたちのほうを見た草太くんは、

「へえ、ベルギーに行ったお友だちがいるって？」

と、太いまゆ毛のしたで目を見ひらく。

「そうだよ、きょんちゃんはずっとむかしからのママの友だちで、一年間ベルギーで舞台のお勉強をするんです」

「一年かあ……ふん、でもぼくらのパパは次にいつ帰るかわかんないしね」

〝ぼくらのパパ〟……？

ハッチとわたしと草太くんは後部座席で顔を見あわせた。

「草太くん、草太くんはほかにきょうだいがいるの？」すかさず聞くハッチ。

「え、ぼく？　うーん、いちおうはひとりっ子だけど……」

もごもごゴロごもる草太くんに、今度はふたりで声をそろえて聞いた。

「でもいま、〝ぼくらのパパ〟って言ったよね？」

その瞬間、草太くんはシマッタ、という顔をして、黙りこくってしまった。

ハッチとわたしはもう一度顔を見あわせた。

〝ぼくらのパパ〟……お互いの目を見つめながら頭のなかでそのことばを繰りかえしているうち、わたしたちの頭のなかではむくむくと入道雲みたいにすごい謎がふくらんでいって、すぐにそのどまんなかに、銀色の稲妻みたいなものすごい考えが、ぴかーっと突きささった！

「草太くん！」

わたしたちは声をそろえて叫んだ。

「草太くん、草太くんはわたしたちのお兄さんなの？」

すると草太くんは、シマッタ、の顔のまま、いきなり「うあああ〜〜」と情けない声を出した。

「草太くん、草太くん！　そうなんでしょ⁉」

「草太くんのパパが、わたしたちのパパなんでしょ？」

わたしたちが口々に問いつめると、草太くんは「いやー、参った参った、降参！」と首をぶるぶる横に振る。

「降参って、どういうこと？　草太くん！」

「まあ、こういうことでうそを言ってもしかたないしね、こんな状況になっちゃったらばれるのも時間の問題だし……そうだよ、白状するとね、ぼく、きみたちの半分お兄さんだよ」

「は、半分って？」

わたしはなんだか、これからものすごいお話がいきなり始まっちゃう気がして、思わず隣のハッチの手を握った。ハッチの手は、ちょっとだけ汗ばんでいた。

「つまりね……ぼくの父さんはきみたちのパパと同じひとなんだけど、母さんはちがうひとってこと」

「……ってことは、わたしたちのパパ、草太くんのママと結婚して、離婚して、うちのママと再婚したってこと⁉」

「うーん、きみたちのママと結婚してたかは微妙なとこだけど、でもまあ、少なく

ている！

ハッチもわたしも、びっくりしすぎて返すことばが見つからない。草太くんの口から出てくることばのぜんぶが、わんわんわん、って耳のなかいっぱいにこだましている！

「そりゃあびっくりするよね。あー、ぼくがこんなこと、こんなところでしゃべっちゃっていいのかなあ？　でもしかたないよなあ。びっくりついでにもう一つびっくりニュースがあるんだけど、どうする、聞きたい？」

わたしたちはわんわんわん、のこだまに呆然としたまま、こくこくとうなずいた。

「じつはね、ぼくたちにはもうひとり、半分の妹がいます！　しかもスペインに！」

「……ス、ス、スペイン？」

「ねーっ、ほんと、参っちゃうよね！」

「ちょっと待ってください！　相談タイム！」

そう叫んで、ハッチはわたしに顔を向けた。

「マーロウ、大丈夫？」

わたしはうんうん、とうなずいたあと、すぐにううん、と首を横に振った。

「ぜんぜん大丈夫じゃない。頭がばくはつしちゃいそうだよ！」

「わたしもばくはつしそう！　でもダメ、マーロウ、こういうときには深呼吸、深呼吸だよ」

それでわたしたちはすーはー、すーはー、胸をひらいて二回大きく深呼吸をした。するとちょっとだけ気持ちが落ちついたので、草太くんに聞かれないように小声でまた相談を始めた。

「ねえハッチ、わたしたちのパパは、最初に草太くんのママと結婚して草太くんのパパになって、それからうちのママと結婚してわたしたちふたりのパパになって、それからスペインにいるだれかと結婚して女の子のパパになったってことなの？」

「そういうことになると思うけど、うそでしょ、そんなひとがわたしたちのパパだなんて！」

「だよね、そんなにたくさん結婚してたくさんの子どものパパになるひとなんて、聞いたことないよ！」

「まあ、ぼくたちのパパって、ちょっと困ったひとなんだ」

またパニックになりかけているわたしたちを見て、草太くんがそれきたとばかりべらべらしゃべりだす。

「ちがう女のひとと何度も結婚して、何度も新婚さんの気分を味わうのが趣味なんじゃないかなあ。いまはスペイン人の奥さんとスペインのバルセロナってとこにいて、さっき言ったとおり、六歳のダニエラっていう娘さんがいるんだよ」

「ダ、ダニエラ……？」

「ぼくんとこの母さんとは離婚してもずっと仲良しだから、いまでも連絡はとってるんだ。ただきみたちんとこのママとは、ずっと仲がわるいみたいだねえ。父さんはきみたちに会いたがってるけど、ふたりが大人になるまではダメってえみさんが言いはってるらしいよ」

父さん……草太くんの言う「父さん」っていうひとは、なんだか自分とはぜんぜん関係のない世界の、関係のないだれかのことにしか感じられなかった。でもでも、これは、パパ、わたしたちのパパの話なのだ。

隣のハッチはあごが外れちゃったみたいに口をあんぐり開けている。

「父さんは今回六年ぶりにスペイン人の奥さんと娘さんを連れて日本に帰ってきてさ、きみたちふたごも来年は中学生だし、父さん的には会うのにいいタイミングだと思ってたみたいなんだ。いままではふたりの共通の友だちを通して写真のやりとりだけはあったそうなんだけど、そのひとも外国に行っちゃうから、この際ヘンな意地を張るのはやめて直接交流を復活させないかって、父さんから提案をしたそうなんだよ。……あー、さっき話してた〝きょんちゃん〟ってひと、そのひとベルギーに行っちゃったんでしょ？　もしかしたら彼女がその連絡係だったんじゃないのかなあ？」

「そうかも……」

それまではふつうのことだと思ってたけど、そういえばきょんちゃんはわたしたちに会うたびやたらパシャパシャ写真を撮っていた。なかなか会えないからだろうと思ってたけど、もしかしてあの写真、みんなスペインのパパのもとに送られていたってこと？

「それでじつはさ、ぼくが今日きみたちのとこにきたのは、父さんに連れていけって頼まれたからなんだよ。父さん、次にいつ帰国できるかわからないし、いつまでもメール連絡じゃらちが明かない、いきなりだけど行って話せばどうにかなるだろ！　って、ぼくに運転させて穂高の家まで来たんだよ」

「ええーーーっ‼」

わたしたちはまたまたビックリだ。パパ、パパが今日、あの穂高の家に来ていたの……？

「まずは家のほうに行ったんだけどさ、なにせ予告なしだからさ、そりゃあえみさんも怒るよね。まあ、予想どおりふたりがいきなりけんかを始めたもんだから、ぼくは家を出てしばらく散歩してるつもりだったんだよ。ふらふら歩いていたら学校があったからさ、ふたごの妹たちはここに通ってるのかなあ、なんて見ていたらちょうどきみたちが現れてさ！　もう、すぐにわかったよ！　思わず写真を撮っちゃったけど、変質者扱いされて面倒なことになるとそれはまたまずいから、あわてて家に逃げかえった」

「それで、それで？」わたしたちはまた身を乗りだす。

「家に帰ったらまだふたりはけんかしててさ、えみさんは会わせるにしてもこんなに急はいやだとかなんとか、もう、ものすごいけんまく。結局父さんが折れて、また次に帰国したときにって話になったんだけど、えみさんはそんなこと信じられない、家を出たらあなたは車でふたごを学校にむかえにいって、そのままむりやりスペインまで連れていくつもりなんでしょ！　なんて言って、ものすごい極悪人を見るような目つきでさ、父さん、ぜんぜん信用ないよなあ！　それからはいくら言っても、そんなことはさせない、わたしが空港まで行ってあなたが飛行機に乗るまで見張ってるの一点張り。それで結局ぼくがふたりまとめて車に乗せて空港まで連れていくことになったわけ」

ここまで来るともうビックリを通りこして、なんにもことばが出てこない。ハッチもわたしもいつのまにかユーカリのうえのコアラみたいにまえのシートにぎゅっとしがみついて、口をモゴモゴさせたままかたまっている。

そんなわたしたちに向かって、草太くんはバックミラーからにやーっと笑ってみせた。

「うわーっ、まずい、ぼく、しゃべりすぎたかも！　えみさんに怒られるな。でもお話はこれでおしまい！　チャンチャン！」

チャンチャン！　なんて言われても、わたしたちの頭のなかではお話はちっとも終わらない。いろんなひとの顔とことばが一気にぶくぶく泡立って、その泡が流れ星みたいに頭のこっちとあっちにビュンビュン飛びかって……わたしはたまらなくなって、隣のハッチに泣きついた。

「ハッチい、わたし、頭がグッチャグチャ！」

「わたしもだよマーロウ、頭がグッチャグチャのバシャバシャドロンだよ！」

「草太くん！」わたしはミラー越しに草太くんをきっとにらみつけた。「空港まであと何分？」

「まだ遠いよ、がんばって飛ばしても、あと二時間以上はかかるかも」

「二時間なんて待ってられないよ！　せめて一時間にして！」

「そんなあ、この車はバットマンの車じゃないんだよ。どんなにがんばっても一時間なんてむりだよ」

「だったらバットマンを呼んできて！」

言いあっているうちに、あまりにビックリが重なったショックなのか、頭がボンヤリしてきて、口は綿をつめられてるみたいにパサパサしてきて、まぶたも重たくなってきた。

　高速を走る車の窓の外はまっくらで、街の灯りやお店の看板がぽつぽつ見えるだけ、ずっと代わりばえしない風景が続いている。隣のハッチはまだがんばってもにょもにょ口を動かしていたけれど、やっぱりまぶたは半分閉じかけている。

「ふたりとも、眠かったら寝てていいよ。起きたらぼく、バットマンになってるかもしれないよ……」

　そう言って笑う草太くんになにか言いかえさなきゃと考えているうち、わたしはいつのまにかハッチによりかかって、ほとんど目を閉じかけていた。ダメだ、あとちょっと、あとちょっとがまんしてなくっちゃ……ほっぺたをつねろうと手を持ちあげたのに、その手がほっぺたまで届くよりさきに、目のまえがまっくらになった。


「ハッチ、マーロウ、ほら、着いたよ！」

　草太くんの大きな声にはっと目を覚ますと、車はコンクリートの壁に囲まれたどこかの立体駐車場に停まっていた。

「草太くん、着いたの？　ここ、東京？　空港？」

「そうだよ、東京の羽田空港だよ」

　目をこすりながらあわてて車の時計を見ると、二十三時四十五分。いつもなら森の家のベッドでぐーぐー寝てる時間だ。

「草太くん、わたしたちの、その、ええと」わたしは思いきって言った。「パ、パパ……の飛行機は何時に出発するの？」

「えーと、たしか……零時半くらいじゃなかったかな」

「じゃああと四十五分もある！」

「もしかしてわたしたち、パパに会えるの？」

ハッチがはっきりそう口にしたので、わたしは急にドキドキしてきた。

「いや、もう間にあわないよ。きっといまごろ、搭乗ゲートで飛行機を待ってるところだと思うよ」

「でもまだ四十五分もあるんだもん！　その搭乗ゲートってところに行けばいいんでしょ？」

言うなりハッチは車のドアを開けて、出口のほうに向かって走りだしてしまう。

うわーっ、ハッチ、まさかこのままパパに会うつもりなの？　こんなにいきなり、なんの心の準備もなく？

あわててあとを追おうと車を出たとたん、かいだことのないふしぎな匂いに気づいた。なんの匂いだろうと思ってまわりをキョロキョロしていると、横に並んだ草太くんが「これは潮の匂いだよ。空港は海のすぐそばだから」と教えてくれる。そうか、潮の匂い……ここって海のすぐそばなんだ！

わたしたちは出口のてまえでなんとかハッチに追いついた。「駐車場内は走ってはいけません！」草太くんは走るハッチのまえにまわって、両手を出して通せんぼする。

それからわたしたちは草太くんを先頭に階段を下りて、空港のビルに続く白くて長い通路をすたすた歩いていった。

ハッチとわたしは、迷子にならないようにしっかり手をつないでいた。車で寝ちゃうまえに聞いた話は、いまでもまだ、ほんとうのこととは思えない。目のまえを歩いている会ったばかりの草太くんが自分の半分お兄さんだなんて、いきなりそんなことを言われても、信じるのはむずかしすぎる。おかげで気持ちがグッチャグチャのバシャバシャドロンだけど、草太くんの話がぜんぶほんとうだとすれば、この空港ビルのどこかに、ママと、それからパパ、わたしたちのパパがいるはずなのだ。

通路の向こうには見たこともないくらいものすごーく広い部屋、部屋っていうより、屋根とガラスで覆われたほとんど外みたいな空間が広がっていた。

「これが出発ロビーだよ」

また草太くんが教えてくれる。

見あげると、天井はひっくりかえったバッタのお腹みたいな感じで、それがゆっくり青くなったりピンクになったり、いろんな色に照らされている。フロアの高いところには端から端までずらーっと、AからLまでの大きなアルファベットの看板が掲げてあって、その看板のしたには航空会社のカウンターが並んでいる。カウンターのなかには制服すがたでテキパキ働く男のひとや女のひと、そしてカウンターの外側には、大きな荷物やいろんな色のパスポートを持ったひとたちの列……。通路のそこいらじゅうに並んでいる横長の椅子は、荷物に埋もれてちょっぴりつまらなそうな顔でスマートフォンをいじっているひとたちでいっぱいだ。スカーフをかぶっていたり、パジャマを着ていたり、冬なのにTシャツ一枚でアイスまで食べていたり、みんな好きなかっこうで好きなことをしている。耳をすませると、英語のアナウンスと日本語のアナウンスと中国語のアナウンスが交代に流れている。パパのことはさておき、はじめて見る空港の景色に、わたしはわーっと圧倒されていた。

フロアのまんなかあたりにある電光掲示板のまえまで行くと、先頭の草太くんはぴたっと足を止めた。画面には、小さなアルファベットと時刻が並んでいる。

「あー、うん、これだ。AF293、これが父さんたちの乗る飛行機だよ。搭乗開始って書いてある。もうみんな飛行機に乗りはじめてるよ。やっぱりこれだともう、会えないな」

「でも出発まであと……あと三十五分くらいはあるんじゃないの？」ハッチはあきらめずに食いさがる。「飛行機のなかにどうしてもしゃべりたいひとがいるから、一分だけなかに入れてくださいって、だれか、飛行機の会社のひとにお願いできないの？」

「それはできないよ。飛行機に乗るには、すごくいろんな検査が必要だから」

「でも、でも……」

隣で泣きそうな顔になっているハッチを見ていると、わたしもなんだか、ここはどうしてもがんばって、パパに会わなきゃいけないような気になってきた。

「ねえ、草太くん、どうしてもどうしてもダメなの？　パパを一分だけ飛行機から降ろしてもらうこともできないの？」

「それはできないよ、一度飛行機に乗ったお客さんは、向こうに着くまでは飛行機のなかにいつづけなくちゃいけないんだから」

「でも……」

「しかたないよ」

ことばが続かないわたしたちをまえに、草太くんは申し訳なさそうに顔をくしゃっとゆがめて、同じように黙ってしまった。

どうして、どうしてたった一分のことなのに、どうにもならないんだろう。せっかくここまで来たんだから、わたしたちはほんのたった一分だけ、ううん、ほんの十秒とか五秒とかでもいい、パパの顔を見てみたいだけなのに……。コップの牛乳を飲みほす十秒、フロッピーと松の木までかけっこする十秒、いつもはどこにでもある十秒なのに、そのたった十秒に、どうしていまは手が届かないんだろう？　それはやっぱり、わたしたちがまだ子どもで、背も手も小さすぎるから？　コップや松の木のさきにあるものをつかむには、まだぜんぜん足りないから？

考えているとかなしくなってきて、わたしはぎゅっとからっぽのこぶしを握った。するとそのとき、

「ハッチ！　マーロウ！」

遠くからわたしたちを呼ぶ声がした。

「ママ！」

振りかえると、ロビーのはじっこにママ、わたしたちのママが手を挙げて立っている！

うわあまずい、パパのことばっかり考えて、ママのことをちょっと忘れてたかも！

「ママ！　ママ！」

ハッチとわたしは同時に走りだした。ママも走った。

わたしたちはアルファベットHのカウンターのまえで、どしーんと正面からぶつかった。ハッチとわたしはママに飛びついて、しばらくぎゅうっとママのからだを抱きしめていた。

「びっくりした！　どうして！　どうしてふたりともここにいるのよ！」ママはわたしたちの背中をぼんぼん叩く。

「ママだって！　なんでなんにも言わずに行っちゃうの！」

「なんにもじゃないわよ、ちゃんとメモを残したじゃない！」

「メモなんかないよ、だからわたしたち、すごく心配したんだよ！」

「でもどうして、どうしてここに？　あ、草太くん、草太くんが連れてきたの？」

電光掲示板のまえに立っている草太くんに気づいたママは、みるみる草太くんが車のなかで見せたのとそっくりおんなじ、シマッタ、の顔になっていった。

「あー、えみさん、すみません」草太くんもまたシマッタ、の顔になって近づいてくる。「あのー、おうちのお庭にカメラのレンズカバーを落としてしまってですね、それを取りにいったらこのふたりに見つかってしまって、事情をちょっとだけ説明したら、ふたりがどうしてもって言うもんですから、連れてきてしまいました

……」

「どこまで話した？」

「あー、ぅー、ええっと……」

するとママはひとさし指で斜めうえを指差して、「話した？」と唇の動きだけで聞いた。聞かれた草太くんはばつがわるそうな顔をして、無言でうなずいた。

「ぅあっちゃーーー……」

悲鳴とためいきをぐるぐるに混ぜたみたいなヘンな声をもらすなり、ママは両手で頭を抱えて、近くにあったソファにどすんと倒れこんでしまう。

「ちょっと、ママ！」すかさずママにつめよるハッチ。「もうママひとりの秘密にしとくことはできないよ」

わたしも同じく、ママにつめよる。

「わたしたち、草太くんからぜんぶ聞いちゃったんだからね！」

するとママは、「ぅあっちゃー！」ともう一度叫んで、

「ぜんぶとは、どういうぜんぶ？」

と、指のすきまから小声で聞いた。

それからわたしたちはママの両脇に座って、車のなかで草太くんが教えてくれたことをなにからなにまでぜんぶ話してあげた。草太くんは椅子の端に立って「それはちがいます！」だとか、「そんなこと言ってません！」だとか、チマチマ抗議の声をあげていたけど、ほんとかうそかはさておいて、ぜーんぶ、草太くんが言って

たことそのまんまを！

一方、わたしたちの話を聞くママの目は、話が進むに連れてどんどん細くなっていって、唇も薄くなっていって、顔色も白っぽくなっていって……ほっぺたのふくらんだところも鼻も平べったくなっていくみたいで、最後にはなんだか、べしーっとうえからつぶされたじゃがいもみたいな顔になってしまった。

「ちょっとママ、なにか言ってよ！」

ハッチがママの肩をゆさゆさ揺すると、つぶれたじゃがいも顔のママは「あああーっ‼」とまた頭を抱えて、腰からぺたんとからだを折って、だらんと両腕を床に垂らす。

「ちょっとママ、こら、もうぜんぶバレてるんだよ！」

するとママは「はーーーっ」とふかーいためいきをついて、からだを持ちあげた。

それからハッチとわたしを順番に見て、「そうだね」と落ちついた声で言った。

「こんなふうにふたりが知ることになるなんて……ごめん、ママ、人生最大の段取りちがいをしちゃった」

「それはいいけど！」ハッチがまたママの肩を揺する。「ねえママ、パパはいま飛行機のなかにいるんでしょ？　ていうか、パパは今日、わたしたちに会いに穂高の家まで来てくれたんでしょ？　どうして会わせてくれなかったの？」

ハッチの質問にママは目を泳がせながら、「だって、今日はあまりにも急だったし……」と口ごもる。そのママに、今度はわたしが質問する。

「第一、どうしていままでそんなパパがいるって話してくれなかったの？　ふたりが大人になったら話すって言ってたけど、去年の大みそか、ふたりは今日から大人になりますって宣言したのママじゃない。どうして教えてくれなかったの？」

「でも、でも、だって……」

言うなりママは急に涙ぐんで、また両手で顔を覆ってしまった。

「ママ、泣かないでよ。ママ、なんで泣くの？　かなしいの？　さびしいの？」

両側からハッチとわたしがママにぎゅうっとくっつくと、ママは「ゴメンね、ゴメンね」と首を振って、涙が浮かぶ目をごしごしこすった。

「ゴメンね、ママ、どうしてこんなに自分勝手なんだろうね。でも、ハッチとマーロウ、ふたりがパパのところに行きたいって言いだすんじゃないかって、ママ、じつはずっとこわかったんだもん。あなたたちのパパはママ以上に困ったひとだけどね、それでも見方によったらまだけっこうすてきなひとだからね、ママ、ふたりがママよりパパのことを好きになっちゃうんじゃないかって……そんなふうに心配してるカッコわるいママのこと、ふたりが知ったら、ママのことをきらいになっちゃうんじゃないかって、ずーっと、こわかったんだもん」

ハッチとわたしはあきれて、ママの両側から顔を見あわせた。

「ママ、ヘンなこと考えないでよ。どんなにわたしたちのパパがすてきなひとでも、わたしたちがママのそばを離れることなんか、ぜったいないよ」

「わたしたちがママのことを好きじゃなくなることなんか、ぜったい、ぜったいにないよ」

「……そうなの？」

ママはしばらく、わたしたちの顔を交代ごうたいにじーっと見つめていた。二つの顔に穴が開くくらい、穴が開いて、そこからお花が生えてきてミツバチも飛んできそうなくらいに、長い、長い時間……。

がまんできなくなってハッチとわたしがちょっとだけニコっと笑うと、ママも同じくらいニコっと笑った。

「ゴメン、そうだよね。ママ、ちょっとどうかしてたのかも」

そう言ってママはコートのポケットからティッシュを取りだすと、ちーん！　と思いっきり鼻をかんだ。一度ティッシュに覆われてまた現れたその顔は、もうつぶれたじゃがいもじゃなくて、そこそこスッキリした、いつものママの顔だった。

「あーあ、ふたりのほうが、もうすっかり大人だなあ！」

ふーっ、ママはまた大きなためいきをつく。

「ママもそろそろ、大人に復帰しなきゃかなあ。ママ、この一年がんばったけど、結局だめ人間にはなりきれなかったみたい。いつまでたっても、中途はんぱな大人のままだなあ。いちばんだいじなふたりのことになるとこんなにもアタフタしちゃってさ、かんぺきなだめ人間だったら、なるようになれって、もっとどーんとかまえていられただろうにな。だめ人間になるには、まだまだ人生の修業が足りないや」

ママはまだ赤い目をごしごしこすってから、「よしっ」と元気よく立ちあがる。

「人生より重いパンチはないって……」

「ロッキーも言ってる！」ハッチとわたしは声を合わせる。そうだそうだ、とママが笑う。

「ママ、ふたりのおかげで一年ゆっくり休んだしさ、また人生のパンチを受けてもいい気がしてきたよ」

そうしてママが泣きやむと、椅子からちょっと離れたところに立っていた草太くんがおそるおそる近よってきた。

「あの、飛行機のなかに入ることはできないけど……もしよかったら、デッキに行って飛行機を見送りませんか？」

展望デッキから見下ろせる滑走路には、青と緑の点々の灯りがぱらぱら散らばっていて、その灯りのすきまに飛行機がたくさん停まっていた。

停まっているようにも見えたけど、目をこらすと、ほんのちょっとだけ動いているようにも見える。飛びたつ準備をする飛行機の音なのか、ごおおお、とどこかでずっと低い音が鳴っていた。滑走路の向こうがわには横長の大きな建物があって、「あれは国内線ターミナルだよ」とまた草太くんが教えてくれる。

夜の風に吹かれて立っていると、駐車場でかいだのよりもっと強い、潮の匂いがした。海、どのくらい近くにあるのかな。青と緑の灯りが尽きるあのまっくらなところ、あそこがぜんぶ海なのかな。

するとごおお、の音が大きくなって、滑走路に停まっていた一機がするする走っていったかと思うと、ふわっと空に飛びたった。

パパとパパのスペインの家族が乗っている飛行機はどれだかわからなかったけど、もしかしたらもう雲のうえをすいすい飛んでいる最中なのかもしれないけど……わたしはいま飛んだ飛行機を、その飛行機だと思うことにした。

ハッチとわたしはママの両側に立って、それぞれママの手をぎゅっと握っていた。

「ねえママ、ママはパパと、パパのスペインの奥さんと、スペインの娘さんに会ったの？」

わたしはママの横顔に聞いてみる。

「うん、会ったよ」

「奥さん、どんなだった？　娘さんはどうだった？」

「奥さんは背の高い、黒髪のきれいなひとだったよ。日本語もちょっとしゃべってた。はじめて会ったけど、ママは、けっこう仲良くなれそうな感じかな。ダニエラちゃんは、目が薄い茶色で、日の当たりかたによっては緑にも見えたりして、とってもキュートな女の子だったよ」

「……次に来たときは、わたしたちも会えるかな？」

「あなたたちが、会いにいってもいいのよ。ふたりとも、会いたい？」

わたしたちは首を伸ばして、ママのお腹ごしに顔を見あわせた。

さっきは十秒でいいから会いたいって思っちゃったけど、わたし、ほんとうにパパやパパのスペインの家族に、会いたいのかな？　……うん、すくなくともいまはまだ、ほんとうのことを言ったら、わたしは、パパに、ちょっとだけ会ってみたい。話はできなくても、ちょっと離れたところから、あのひとがわたしたちのパパなんだなあって、しみじみ思ってみたい。ひとりだと足がすくんじゃいそうだから、もちろん、ハッチといっしょに。でもそう思うことが、ママを不安がらせたりさびしがらせてしまうなら、べつに、会わなくったっていい。

ハッチもなにも言わずに肩をすくめただけだったから、同じことを思ってるのかもしれなかった。

しーんと黙ってくっついたまま、わたしたちは離陸したばかりの飛行機を目で追っていた。

「あのね、ママはね」

飛行機が夜空の向こうに見えなくなると、ママはいったん握っていた手を離して、ぎゅっと両脇にわたしたちを抱きよせて、言った。

「いつかふたりがパパのもとに行くとき……ううん、パパのところじゃなくても、大きくなって、ふたりがママから離れていくときのこと、ときどき考えるんだよ。それはすごくさびしいけど、ママ、そんなさびしいのはつらいなあと思うけど、でもね、さびしくてつらいときにはこういうふうに思おうって、もう決めてある。こうやって、いまみたいにね、いつでも手をつなげるくらい、ぎゅうって抱きしめられるくらいにすぐそばにいることだけが、いっしょに生きるってことじゃないんだって。同じ家のなかにいなくても、同じ国にいなくても、どんなに遠くに離れていてもね、だれかとだれかがいっしょに生きるってことは、きっとできるんだって」

ママはわたしたちを抱く腕を離して、また手を優しく握った。

「そうだね」

わたしはぎゅうっとその手を握りかえした。向こうがわで、きっとハッチもそうしたはずだ。

「いろんなことがあってね、ママがふたりを産んだとき、最初はパパには知らせなかったんだ。でもふたりが一歳になったとき、こんなにかわいい子たちのことを知らずに生きてるなんて、あのひとかわいそう、かわいそうすぎるな、と思って知らせてあげた。パパはね、その日からずうっと毎日、ふたりのこと考えてるって。毎日、どこかの空のしたでちょっとずつ大きくなっていくふたりがなにを話して、なにをして遊んで、どんな歌を歌ってるのか、毎日毎日考えるって。パパは遠くにいるけど、新しいべつの家族と生きているけどね、それでもふたりといっしょに生きてるんだよ」

「じゃあママも、パパといっしょに生きてるの？」

ハッチが聞くと、ママは「それはなあ……」とちょっと苦笑いした。それからすこしして、「ある意味では、そうかもね」とつけたした。

「でもきっと、パパだけじゃないよ。ママもハッチもマーロウも、いままで出会って仲良くしてきたいろーんなひとと、あの森の家のなかで、みんなでいっしょに生きてるんだよ」

「あ、森の家といえば……」

今度はハッチとわたしがシマッタ、の顔をする番だった。

「熊倉田のおじちゃんとおばちゃん、わたしたちのこと心配してるかも」

「どうして？」

「ママがいないから、来てもらったの。でも、ふたりがいったん家に帰ったときに草太くんの車に乗っちゃったから……いちおう、メモは残してきたけど」

「そうなの？　じゃあすぐに電話しなきゃ」

それでわたしたちは手をつないだまま、ちょっと離れたところで飛行機を見ていた草太くんのところに走っていった。

携帯電話を貸してもらって森の家に電話をかけると、呼び出し音を鳴らして一秒もしないうち「もしもし？」おばちゃんの声が聞こえてくる。

電話口のおばちゃんは、ものすごーく怒っていた。こんなに怒ってるおばちゃん、はじめてだ。

「まったく、なんてことするの！　東京に行きます、ってだけじゃおばちゃんたちわけわからないじゃないの‼　あと五分したら警察に届けるところだったわよ、もうこんなこと、ぜったいゴメンよ！　それにえみちゃん、メモはちゃんと残さなきゃ！」

「お母さん、ほんとにすみません」言いながら、ママはぺこぺこ頭を下げる。「もうぜったい、ぜったいしませんから。でもおかしいな、メモはいちおう残したんですけど……」

「残したらしいけどね、そのメモ、どこで見つかったと思う？　フロッピーの犬小屋よ！」

「えっ、フロッピーの犬小屋？」

言われてハッチとわたしはまたハッとした。そういえば家に帰って二階にいるあいだ、フロッピーが勝手に家のなかに入ってきちゃったんだった！　フロッピー、もしかして二階でわたしたちが話しあってるあいだ、テーブルから落ちたメモをくわえて外に持っていっちゃったのかも……？

「もう、伝言メモにはちゃんと重しを載せなきゃだめよ！　リモコンとかコップとか、いろいろあるでしょう！」

プンプン怒っているおばちゃんにわたしたちは百回くらいごめんなさいを言って、電話を切った。

もう遅い時間だから、穂高に帰る電車もバスもない。

「さすがにまた草太くんに穂高まで乗っけていってもらうのもわるいし（「言われなくてもそんなのぜったいお断りです！」と草太くん）、今晩は空港のなかにあるホテルに泊まろっか」とママは言う。

空港のなかにあるホテルだなんてすごくゴージャスだけど……わたしはなんだかもうくたびれきって眠くって、デッキからなかに戻ると、そこにあった長いベンチにぐったり倒れこんでしまった。続けてハッチも、折りかさなるようにわたしのうえに倒れてくる。

「ねえママ、朝までここにいられないの？」

「もうつかれちゃったよ、もう一歩も歩けないよ」

「ちょっとふたりとも、こんなところでグンニャリしないでよ！　ホテルはすぐそこだから、そら、しっかり歩くの！」

それからママと草太くんがなにかごにょごにょしゃべっている声が聞こえたけど、とにかく眠いしくたびれたし、もうあとは知ーらない、と思ってわたしは目を閉じた。

しばらくすると、草太くんの足音が遠ざかって、ママのからだがハッチとわたしのあいだに割りこんでくる。

「もう、しかたないなあ……」

つぶやくママに、「しかたないときには、しかたないんだよ」そう言いかえそうと思ったんだけど……ああ、べろもまぶたも重くって……もう、なんにも、すこしも、動かない……。

「マーロウ、起きて、朝だよ！」

からだを揺すられて、飛びおきた。

目を開けると、前髪に見たことのない感じの寝ぐせをつけたハッチがまぶしい朝日のなかに立っている。目のまえの大きな窓には、デッキとその向こうの滑走路が見える。一瞬、自分がどこにいるのかわからなかった。滑走路に見えるのはいくつもの飛行機……そう、ここは空港なのだ！

小さなロビーのベンチは、いつのまにか仮眠をとる旅行者のひとたちでぜんぶふさがっていた。香水のいい匂いをぷうんとふりまきながら、大きな荷物をわきに置いた大きな外国人のカップルが、わたしたちのすぐ隣のベンチで、起きあがってうーんと伸びをする。目が合うと、グッドモーニング、と言われたので、わたしたちもグッドモーニング、と返事した。うわー、人生ではじめて、英語をしゃべるひとに英語でしゃべりかえしたかも！

「ハッチ、いま何時？」

「わかんない、でも朝だよ！　デッキに飛行機を見にいこうよ」

隣で寝ているママの肩を揺すってみたけれど、ママは「ううー」「やだー」「眠いー」「腰がいたいー」と言うばかりで、ぜんぜん起きあがる気配がない。

「もうママってば！　じゃあわたしたちふたりで行ってくるから、ここで待っててね」

言いのこすと、わたしたちはデッキに向かって走っていった。

朝日のなかで、昨日の夜見たよりもっとたくさんの白い飛行機が滑走路のあちこちに停まっている。どの飛行機も、きっとこれからこの空港を離れて、世界中の空港に向かっていく飛行機だ。あ、その逆で、いま遠い外国から日本に着いたばかりの飛行機もあるのかな？

でもとにかく、ここに停まってる飛行機のなかにはいろんな国のひとがいて、これからそれぞれ自分の国に帰っていったり、知らない国を旅行したりするのだ。もしくはこれから日本の我が家に帰ってだらだらしたり、日本のビューティフル、ワンダフルな街やお寺を観光したりするのだ。

そして目をさらに遠くにやると……滑走路の尽きるところ、昨日まっくらで見えなかったところには、きらきら光る海がある！

「ハッチ、見てよ、あれ海だよ！」

指差すと、ハッチも「そうだね、海だね！　光ってるね！」と同じように指を差す。

「ねえハッチ」わたしは海のほうを見たまま言った。「わたしたちも、いつか飛行機に乗って、海の向こうの知らない国に行きたいね」

「マーロウ、いつかじゃないでしょ」ハッチはすぐに言いかえしてくる。「わたしたち、来年きょんちゃんのところに行くって約束したでしょ？」

「そうだった、ベルギーだよね！　じゃあ、もしかしたらそのとき……」

言いかけて、ちょっと黙って、ちょっと質問を変えた。

「ねえハッチ、ベルギーとスペインって、どのくらい遠いのかな？」

「同じヨーロッパだから、きっとすぐ近くだよ。ベルギーとスペインのあいだにはフランスがあるから……もし行くとしたら、フランスをまたいで、スペインに行くんだよ」

「フランスをまたいじゃうの？　エッフェル塔とか、ルーブル美術館をまるごと？」

「そうだね、すごいよね！　そういうのの上を、ぶーんって一気にまたいじゃうんだよ！」

それからしばらく、わたしたちはフランスをぶーんとまたいでパパに会いにいく旅行の計画を話しあった。

その旅行に出発するには、まずママに手伝ってもらってパスポートをとって、お年玉貯金をぜんぶかきあつめて飛行機のチケットを買って、ママの大きなスーツケースを借りて荷造りをして、この空港まで来ればいい。……ほんとにそれだけ？

なんだかけっこうかんたんそうだけど、実際にやろうとすればきっと思った以上にたいへんなんだろう。でもそのたいへんを乗りこえさえすれば、わたしたちはふたりでスペインに行ける。スペインだけじゃなくて、またいだフランスに戻って、エッフェル塔とかルーブル美術館も見にいける。

しかも旅行はその一回きりじゃない、帰ってきたら、学校でたくさん勉強をして、なんでもいいから自分が上手にできる仕事を見つけて、その仕事でお金を稼いで、お金が貯まればまた出発することができる。行き先はまたスペインでもフランスでも、ぜんぜんちがうところでもいい。いつになるかはわからないけど、でもわたしたちがそうしたいと思えば、それはきっとできることなのだ。

「ねえ、マーロウ、昨日ママが言ったこと覚えてる？」

旅行の計画がばっちり仕上がったところで、ハッチが聞いてきた。

「ママが言ったこと……？　うん、覚えてるよ」

「マーロウ……マーロウはさ、ほんとに、パパに会いに行きたい？」

「うん。だっていまぜんぶ決めたじゃない」言ってすぐ、でもな、と思って言いなおす。「ほんと言うと、わたし、スペインに行けたらうれしすぎてパパに会うこと忘れちゃうかも」

「なにそれー！　計画の意味ないじゃん！」

ハッチはふざけて、わたしの三つ編みのさきっぽをツンツン引っぱる。わたしは首を横に振って、もう片方の三つ編みのさきっぽでハッチのほっぺたをペチンと叩いた。

「それに、パパのところだけじゃなくてね」わたしは笑いながら言った。「わたし、世界の知らない、ずーっと遠い国にも行ってみたいな」

「わたしも。いろんな国の、いろんなひとと話がしてみたい。知らない食べものを食べて、知らない匂いをかいで、自分じゃあぜったいに考えつかないような服を着てみたい」

「ねえ、ハッチ……もしハッチとわたしがそのときいっしょじゃなくてもさ、ふたりの行きたい国があっちとこっちでちがってて、地球の反対側でバラバラに生きることになってもさ……」

わたしはすーんと、深呼吸をした。ハッチもした。それからわたしは、ハッチの目を見てゆっくり言った。

「わたしたち、ずっといっしょに生きていられるよね」

「生きていられるよ」ハッチもわたしの目を見て、ゆっくり言った。「ママが昨日、そう言ってたもん。すぐそばにいなくても、遠くにいても、いっしょに生きることはできるんだって」

「そうだよね」わたしはうなずく。

「うん、きっとそうだよ」ハッチもうなずく。「でも、でも……」

わたしたちはからだごと向きあって、しっかりと両手をつないだ。

「でもいまは、すぐそばにいようね」

「いまはこうやって、手をつないでいようね」

風に揺れるハッチの短い髪の毛が、朝日に照らされて、透きとおってきらきら光って、とってもきれいだった。

それを見ていたら、なんだか足の底から力がもりもりわいてきて、胸のなかがうれしい気持ちでいっぱいになってきて……わたしは思わず、デッキじゅうのひとたちが振りむくくらいの大きな声で叫んでしまった。

「ハッチ、家に帰ろう！　ママを起こしにいって、電車に乗って、みんなでいっしょに家に帰ろう！」

するとハッチはニッコリ笑って、つないだ手を持ちあげて、「うん！」と元気よく叫んだ。

振りかえると、ガラス窓の向こうでロビーのママがまだグーグー寝入っているのが見える。だらんと片足を床につけて、口も半分開いていて、いまにもよだれが垂れてきそう。だめ人間はやめてまた大人をやりなおす、なんて昨日はいきまいていたけれど、あれじゃあ今日からさっそくいつもの軟体動物に逆戻りだ。

そのとき、ごおおと低い音が大きくなって、滑走路のまんなかの白い飛行機がするする道を走りだした。

あの飛行機は、どこの国の空に飛んでいくのかな。スペインかな、フランスかな、それとももっともっと遠くの空に向かっていくのかな……。

ばいばい！　ばいばい！　ふわっと飛びたった飛行機に両手を振りながら、ハッチとわたしはデッキをまっすぐ走っていった。

（了）

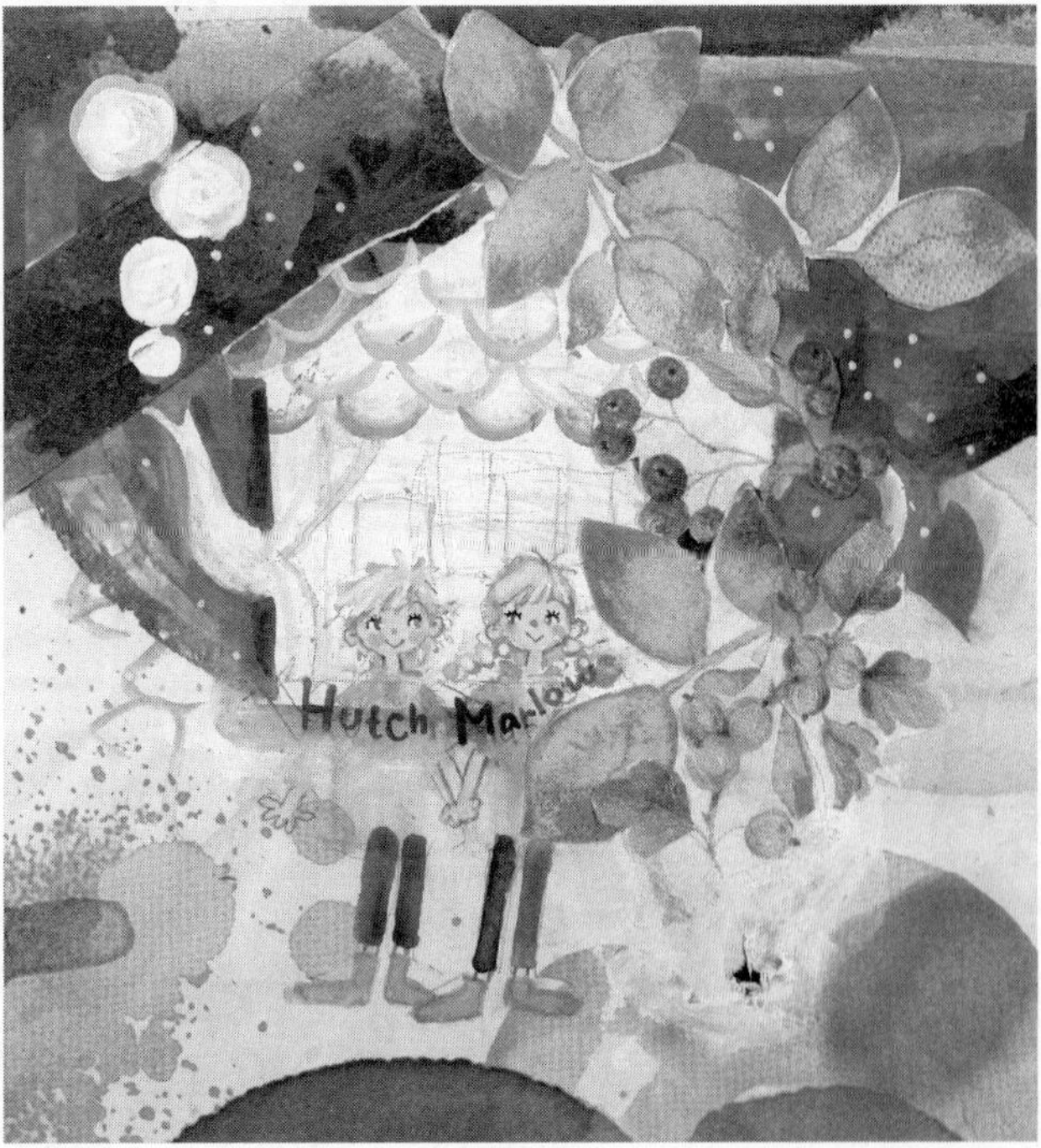
Hutch

解説

ママがだめ人間だったなら

東　直子

一一歳の誕生日に、母親が突然「大人を卒業します」と宣言して、家事も仕事もしない「だめ人間」になってしまう。しかも母親はシングルマザーである。

「だめ人間になって以来、ママは日がな一日軟体動物みたいにソファにはいつくばって、ぶらぶら足を揺らしながら、いままでずっと録《と》りためてたケーブルテレビの映画を見たり、若いころに旅行した外国のガイドブックを床じゅうに広げて眺めていたりする。それでいきなり、うーっと低いうめき声をあげたりもする。ご飯ができるとテーブルまで食べにくるけど、食べたらあとは、お風呂にも入らず朝まで自分の部屋に閉じこもりっきり。なにしてるんだろとハッチとドアに耳をくっつけてみたこともあるけれど、ぐうぐういびきをかいて寝ているだけだった」

なかなかのだめ人間っぷりである。小学生の母親という観点からすれば、ネグレクト（育児放棄）とみなされても仕方がない。でもこの物語、決して悲惨ではない。一一歳は、突然だめ人間宣言をした母親に、大きな驚きや戸惑いを覚えながらも受け入れて、日常をきちんと送れるように、けなげに努力するのである。自分だったらとてもそんな境地にはなれないだろうと思いつつ、そんなたいへんなことを受け入れざるを得ない状況になるのが双子であるということが、大きなポイントだろう。だめ人間になった母を一人で背負い込むのは、辛《つら》すぎる。ハッチとマーロウという軽快な響きのニックネームを持つ少女の双子が二人で一緒に体験するという設定が、絶妙なのだ。

一卵性双生児と思われる彼女たちは、外見が似ていて、気持ちもよく合って、仲がいい。母親から一方的に「今日からふたりは子ども卒業、子どもを卒業して大人になります」と理不尽な決定を突然下されるという困難を、二人は協力しあって乗り越えていく。よく似ているがゆえに、二人のやりとりは、自問自答を客観化させた対話として捉えることもできる。

一月はハッチ、二月はマーロウ、三月はハッチ、と、物語の一人称は交互に変化する。同じものを着て、同じようなものを好む二人の性格の違いは、最初は淡いのだが、読み進むうちにだんだん差異が明確になってくる。勇ましくて正義感の強いのがハッチ。少し慎重で思慮深いのがマーロウ。それぞれの本名の千晴《ちはる》と鞠絵《まりえ》の響きにからめて「むかしのアニメに出てきた、お母さんを探して旅するミツバチの王子」（みなしごハッチ）と、「外国の小説に出てくる探偵さん」（フィリップ・マーロウ）に由来する。冒険の旅を続けるミツバチと、クールに事件の謎を解く探偵のキャラクターは、ハッチとマーロウの性格にもほんのり反映されている気がする。いずれにしても彼女たちは、いつも真っ直《ま》ぐ《す》で、元気で、おしゃれが好きで、前向きで、賢くて、清々《すがすが》しいほどのいい子たちだ。母親がだめ人間であることの裏返しとしての部分があるのかもしれないが、この小説の時間の中では、少女たちのもともとの性質と、それまでの母娘《おやこ》間の愛情表現の積み重ねによってそうなったのだと読み取りたい。

私がこの小説で着目するのは、母親がだめ人間になるということへの新しい問いがある点である。

子育ても家事も、毎日毎日の繰り返しにうんざりして放り出したいと思ったことが私もあった。この「ママ」のように、ある日「大人を卒業します！」と宣言してしまえたらどんなに楽でいいだろう、と思った人も多いだろう。と同時に、その行動に対して疑問を持つ人もそれ以上に多いだろう。共感はするけれど、容認はできない。実はそこに、社会的な固定観念が作用しているのではないかと思うのである。今は、育児に協力しないパパは非難される風潮にあるが、家父長制の概念が染み込んでいた時代は「男子厨房《ちゆうぼう》に入るべからず」などと言って、男が家事一切に関わらないことをむしろ美徳としていた。それは、男がだめ人間でも赦《ゆる》される基本的考えに通じていたのだと思う。

『巨人の星』の主人公の星飛雄馬《ひゆうま》の父親一徹《いつてつ》は、怒るとすぐにちゃぶ台をひっくり返してしまうので有名だが、実際、昭和にはそういう親父《おやじ》が多数いたのだ。ちゃぶ台には、家族の食事や調味料が載っていて、もったいない上に片づけがたいへんである。母親がわりの飛雄馬の姉さんあたりが黙々と片づけたのだろうが、一徹は、そんな理不尽な行動を繰り返しながらも、父親として敬われ続ける。又、向田邦子が脚本を書いたドラマ『寺内貫太郎一家』でも、父親の貫太郎が同じようなふるまいをしつつ、家族に愛された。今でも人気の高い太宰治の私小説では、とことんだめ男でも女たちに深く愛される。視聴者や読者も、だめ男たちには、わりあい寛容だ。そういえば、だめ男たちに魅《ひ》かれてしまう女性のことを描いた倉田真由美さんの漫画『だめんず・うぉ〜か〜』がヒットした。海外の映画や小説作品でも、かつて家族を捨てて家出した父親がふらりと戻ってきても、赦され、受け入れられていた。

しかし、ちゃぶ台をひっくり返すような母親が家族に愛されるストーリーや、家族を捨てた母親を家族がやさしく迎え入れるような作品を思い浮かべることができない。だめな母親が描かれる場合、悲惨で深刻な物語となってしまう気がする。なぜ、女性のだめ人間の物語がないのだろう。だめ男という語は定着しているが、だめ女という語は、ほとんど使われることがない。女の人は、だめであることを、社会の根本的な概念として赦されていないから、物語としても受け入れられることがなかったのではないか、というのが、私の推測である。

ところが、ハッチとマーロウの「ママ」こと埜々下《ののした》えみは、自他共に認める女性のだめ人間でありながら、物語は決して暗い方向には向かわない。ミステリー作家としての才能はあるものの気まぐれで自分本位で、周囲を翻弄する人物である。だが、逆の見方をすれば、自分の意志を貫く強さを持っているともいえる。ちゃぶ台をひっくり返したりなどの迷惑な暴力行為とは無縁だし、多額の借金を抱えるほど破滅的に生きているわけではない。

「家父長制」の話を「ママ」が持ち出す場面がある。「男は外に出て金を稼ぎ家族を養い女は家のなかで家事育児をしながら養われるっていう、むかしながらの家族のしくみ」と言う「ママ」に、ハッチが「男のひとはいないけどお金を稼ぐママがずっと家のなかにいて、でも家事とか育児とかしてないうちはなに制なの？」と尋ねる。すると「ママ、むかしの映画の『ロミオとジュリエット』が好きだからさ、オリビアハッ制とかがいいかな」なんて駄洒落《だじゃれ》を用いた適当なネーミングで答える。これが楽しい。つまり「ママ」は、家のあり方には、家ごとにそれぞれ個別のあり方があっていいのだ、と言っているのだ。

運動会に遅れて独特の格好でやってきた「ママ」の台詞《せりふ》が痛快である。「よく見ておきなさい、これが次世代オリビアハッ制のスーパージェンダーフリーマザーよ！　わたしはだれがなんと言おうと、運動会には好きな格好をして好きな時間に来ます」

クラスメートやその親など、無意識のうちに発せられるジェンダーバイアスに対抗する言葉として愉快に響くのだ。

正直、こんな人が身近にいたら嫌だなと思いながら読んでいたのだが、解説を書くにあたって、なんだかこの「ママ」についてのことばかり書いてしまっている。ハッチとマーロウが生き生きとこの世を楽しんでいられるのは、家族がお互いに根源的なところで信頼しあい、お互いの自由を認めあっているからなのだと、書きながら気づいた。

私が子どものときに愛読した物語には、なんらかの事情で親の力の届かないところで創意工夫をしてたくましく生き抜いていく子どもたちが描かれていた。今の子どもたちは、どこでなにをするにしても親の力が働きがちなので、このくらいスパイシーな母親が、現代の物語には必要なのかもしれない。

「過ぎたるは、なお及ばざるがごとし」に対してマーロウが「たるとざるが入ってるとこと、最後のごとしってところがかっこいい。大きなたるに入ったおそばが大きなざるにざーっと流れて、ごとしごとし、って感じ」と、本来の意味から外れたイメージを述べる場面がある。それを受けて、ハッチとマーロウと「ママ」との三人の瞬間を捉えた文章がある。

「でも……ほんとを言うとその瞬間、たしかにわたしにも見えたような気がしたんだ、いまここにある三人の沈黙と三人の時間が大きく一つに合わさって、ごとしごとし、って波打ちながらわたしたちの足元から森のほうへ流れていって、木や鳥や虫たちをまるごとさらって、きらきらきらきら、ずっと遠くにあるまぶしい金色の海に流れこんでいく、そういうゴージャスな風景が！」

三人が住んでいる自然の恵み豊かな長野県の風景が詩的に描かれ、とても好きなシーンである。「ごとしごとし」が、時間が過ぎていくことのオノマトペとして心地よく響く。

小説全体では、二人が急に「大人」になるように言われた翌日の一月から、その年の一二月まで、季節の変化を味わいながら彼女らがゆっくりと成長する様子を一年分たっぷり味わえる。読み終えたのち、この先の時間にも彼女たちにはいろいろなことが待ち受けているのだろうと思い、二度と戻らないその一年を振り返る。なんでもないその時間は、たしかに、まぶしい。

（ひがし・なおこ／歌人・小説家）

―――本書のプロフィール―――

本書は、二〇一七年に刊行した単行本「ハッチとマーロウ」を文庫化したものです。

小学館文庫

ハッチとマーロウ

著者 青山七恵《あおやまななえ》

二〇二〇年四月十二日　初版第一刷発行

発行人　飯田昌宏
発行所　株式会社 小学館
〒一〇一-八〇〇一
東京都千代田区一ツ橋二-三-一
電話　編集〇三-三二三〇-五六一七
販売〇三-五二八一-三五五五
印刷所 ―― 大日本印刷株式会社

ISBN978-4-09-406757-6　JASRAC申請中